ein Ullstein Buch

ein Ullstein Buch
Nr. 128
im Verlag Ullstein GmbH,
Frankfurt/M – Berlin – Wien
Titel der amerikanischen
Originalausgabe:
»The Pastures of Heaven«

Ungekürzte Ausgabe

Umschlagentwurf:
Hansbernd Lindemann

Printed in Germany 1985
Gesamtherstellung:
Ebner Ulm
ISBN 3 548 00128 9

Februar 1985
230.–232. Tsd.

Vom selben Autor
in der Reihe der
Ullstein Bücher:

Der rote Pony (205)
Tortilla Flat (217)
Die Straße der Ölsardinen (233)
Der fremde Gott (302)
Die wilde Flamme (2677)
Der Mond ging unter (2678)
Autobus auf Seitenwegen (2679)
Wonniger Donnerstag (2684)
Von Mäusen und Menschen (2693)
Laßt uns König spielen (2695)
Jenseits von Eden (2895)
Logbuch des Lebens (2928)
Meine Reise mit Charley (2978)
Die Perle (3292)

John Steinbeck

Das Tal des Himmels

Roman

ein Ullstein Buch

I

Dies ist die Geschichte eines Tales, dessen Anblick für viele Menschen eine große Verheißung war. Manche träumten davon, einmal an diesen Ort zurückzukehren, dessen Schönheit sie einst geschaut hatten, um für immer dort zu bleiben.

Als um das Jahr 1776 die Carmelo-Mission von Alta California aufgebaut wurde, geschah es, daß eines Nachts sich etwa zwanzig kaum bekehrte Indianer gegen die neue Religion erhoben und am Morgen aus ihren Hütten verschwunden waren. Dieses kleine Schisma war nicht nur ein schlechtes Vorbild für die andern Bekehrten, sondern es drohte auch die Arbeitsdisziplin in den Lehmgruben der Mission zu beeinträchtigen, wo die Adobe-Ziegel hergestellt wurden. Nach kurzer gemeinsamer Beratung der kirchlichen und militärischen Behörden wurde ein spanischer Korporal mit einem Trupp Reiter ausgeschickt, um die verirrten Schäfchen in den Schoß der Kirche zurückzuführen. Die Reiter folgten den Abtrünnigen auf mühevollen Wegen das Carmel-Tal hinauf und in die Berge, die jenseits des Tales liegen. Die Suche war um so schwieriger, als die Flüchtlinge ihre Spuren meisterhaft zu verwischen wußten. Eine Woche verging, bis die Soldaten sie endlich in einem farnbewachsenen Cañon entdeckten, wo sie sich an einem Fluß auf dem Talboden niedergelassen hatten und noch immer in einem Schlaf der Erschöpfung lagen.

Das durch die lange Suche aufgebrachte Militär rüttelte die Schlafenden unsanft wach, band sie an eine lange, dünne Kette und achtete nicht auf das Geheule und Wehklagen, das alsbald den Cañon erfüllte. Dann machte sich die Kolonne auf den Heimweg nach Carmel, wo die armen Ketzer Gelegenheit zu tätiger Reue in den Lehmgruben finden sollten.

Am späten Nachmittag des zweiten Tages ihrer Heimkehr geschah es, daß ein junges Reh von den Reitern aufgeschreckt wurde und in voller Flucht hinter einem Hügelkamm verschwand. Hatte der Korporal den vielen anderen Tieren, denen sie auf ihrer Expedition begegnet waren, kaum eine Beachtung geschenkt, so spürte er nun plötzlich ein eigenartiges Verlangen, dem Reh zu folgen. Er löste sich aus der Kolonne, und sein schweres Pferd kletterte mühsam den steilen Abhang hinauf. Stechpalmen und Kakteen zerstachen ihm Gesicht und Hände, aber eine wachsende Unruhe trieb ihn hinter seinem Opfer her. Nach ein paar Augenblicken kam er oben auf der Höhe des Kammes an und blieb vor Staunen wie angewurzelt stehen: zu seinen Füßen lag ein langes Tal grünen Weidelandes, auf dem ganze Rudel von Rehen friedlich ästen. Prachtvolle Eichen warfen ihre Schatten auf die üppigen Auen, und ein Kranz sanfter Hügel schützte das Tal eifersüchtig gegen Wind und Nebel.

Der in harter Zucht geschulte Korporal vermochte angesichts solcher Schönheit seiner Ergriffenheit kaum Herr zu werden. Dieser bärtige, ungefüge Vertreter der Zivilisation, der braune Rücken blutig zu peitschen gewohnt war und in männlich-räuberhafter Gier eine neue Rasse für Kalifornien zu zeugen liebte, dieser Mann glitt ganz benommen aus dem Sattel und nahm ehrfürchtig seinen Helm vom Haupt.

»Heilige Mutter Gottes«, flüsterte er, »das ist wahrhaftig das Tal des Himmels, das uns der Herr verheißen hat.«

Seinen Nachkommen ist heute kaum mehr anzumerken, daß ihre Ahnen einst mit eingeborenen Mädchen gezeugt worden sind, und die heilige Ergriffenheit, welche sich des streitbaren Ahnherrn beim Anblick des neuen Landes bemächtigte, ist längst im Schatten der Legende versunken. Was aber blieb, ist der Name, den er dem lieblichen Tal zwischen den sanften Hügeln gegeben hat. Denn es heißt noch immer »Tal des Himmels« bis auf den heutigen Tag.

Zufolge irgendeines königlichen Versehens blieb es lange unbekannt und wurde von keiner Landakte erfaßt. Längst waren alle umliegenden Gebiete als Faustpfand oder Heiratsgut in den Besitz spanischer Edelleute gelangt, als es noch immer vergessen und herrenlos hinter seinen schirmenden Hügeln lag.

Nur der spanische Korporal, der es entdeckt hatte, konnte es nicht vergessen und träumte zeitlebens davon, einmal wieder hinzufinden. Denn wie alle gewalttätigen Männer sehnte er sich insgeheim nach ein wenig Frieden, bevor es zu Ende war, und nach einem Häuschen am Fluß und nach Vieh, das man nachts die Mäuler an den Mauern reiben hörte. Nachdem ihn eine Indianerin mit der Beulenpest angesteckt hatte und sein Gesicht schon von den ersten Zeichen der Zersetzung heimgesucht worden war, schlossen ihn die Gefährten in eine finstere Scheune ein, um die weitere Verbreitung der Pest zu verhindern. Seine letzten Worte galten einem Tal von himmlischer Schönheit, als ob sein Geist schon die Schwelle zum Jenseits überschritten habe. Dann starb er eines friedlichen Todes, denn die Pest, welche das Äußere so furchtbar zerstört, ist ihrem Gastgeber am Ende ein guter Freund.

Viele Jahre nach seinem Tode zogen einige Siedlerfamilien in das »Tal des Himmels« und errichteten Zäune und pflanzten die ersten Obstbäume. Da das Land niemandem zu Eigentum war, gab es viel Streit bei der Verteilung. Hundert Jahre danach lebten schon an die zwanzig Familien dort auf zwanzig kleinen Höfen. In der Talmitte stand eine einfache Schenke, welche zugleich als Kaufladen und Postbüro diente. Und eine Meile weiter oben im Tal erhob sich ein Schulhaus, dessen Holzplanken durch Messerkerben und Spuren von Nagelschuhen verziert waren.

So lebten die Familien gedeihlich und in Frieden. Der Boden war gut und mühelos zu bearbeiten, und die Früchte ihrer Felder und Gärten wurden als die schönsten und besten von ganz Kalifornien gepriesen.

II

Die Leute im »Tal des Himmels« waren überzeugt, daß auf der Battle-Farm ein Fluch liege, und die Kinder glaubten, das alte Haus sei voll von Gespenstern. Niemand begehrte den Hof, obgleich fruchtbares und gutbewässertes Land dazu gehörte, und niemand wollte in dem alten Hause wohnen; denn Land und Häuser, die einmal geliebt und bebaut und bewohnt und dann am Ende verlassen worden sind, machen immer einen traurigen und drohenden Eindruck. Die Bäume, die um ein verlassenes Haus herum wachsen, sind düster, und die Schatten, die sie auf die Erde werfen, haben unheimliche Formen.

Seit fünf Jahren hatte die Battle-Farm nun leergestanden. Das Unkraut wucherte mit Feiertagsenergie und ohne Furcht vor der Hacke und wurde allmählich so hoch wie kleine Bäume. Die Obstbäume rundum waren knorrig und ineinander verwachsen. Früchte trugen sie viele, aber sie wurden kleiner und kleiner. Brombeerstauden rankten sich um die Wurzeln der Bäume und verschluckten die herabfallenden Früchte. Und das Haus selber, ein viereckiges, solid gebautes, zweistöckiges Gebäude, war einmal recht ansehnlich gewesen, aber eine merkwürdige Vergangenheit hatte eine unerträglich einsame Atmosphäre darin hinterlassen. Unkraut warf die Dielen der Veranda auf, und die Mauern waren grau verwittert. Kleine Buben, jene Vortrupps im Feldzug der Zeit gegen die Werke des Menschen, hatten die Fensterscheiben herausgebrochen und die beweglichen Gegenstände weggetragen. Die Buben sind überzeugt, daß alle Arten und Sorten beweglicher Gegenstände, die nicht einem offensichtlichen Eigentümer gehören und die man deshalb nach Hause nehmen kann, zu irgendeinem nützlichen Zweck verwendet werden können. Und so hatten sie das Haus vollständig ausgeplündert, die Brunnen mit allen möglichen Abfällen und mit Unrat angefüllt und später, als sie heimlich auf dem Heuboden richtigen Tabak rauchten, sogar die alte Scheune bis auf den Grund niedergebrannt. Das Feuer wurde allgemein der Fahrlässigkeit von Landstreichern zugeschrieben.

Die verlassene Farm lag fast in der Mitte des engen Tales. Auf beiden Seiten grenzte sie an die besten und reichsten Gehöfte der Gegend. Es war ein unnützer, wüster Schandfleck zwischen zwei vorbildlich bebauten, schönen Grundstücken. Die Leute des Tales betrachteten die Battle-Farm als eine Stätte unermeßlichen Übels, denn die Erinnerung an ein schreckliches Unglück und ein unentwirrbares Geheimnis lastete darauf.

Zwei Generationen Battles lebten auf der Farm. George Battle kam im Jahre 1863 vom nördlichen Teil des Staates New York nach dem Westen; er war noch jung, als er in das Tal einwanderte, kaum der Militärpflicht entwachsen. Seine Mutter gab ihm das Geld, um das Land zu kaufen und das zweistöckige Haus zu bauen. Als das Haus fertig war, ließ

George seine Mutter nachkommen. Die alte Frau, die geglaubt hatte, die Welt sei zehn Meilen außerhalb ihres Dorfes zu Ende, machte sich auf den Weg. Unterwegs sah sie sagenhafte Städte — New York, Rio, Buenos Aires —, und vor Patagonien starb sie. Eine Schiffswache nähte sie, mit drei Gliedern der Ankerkette zwischen den Füßen, in ein Stück Segeltuch und warf sie in den grauen Ozean. Dabei hatte sich Mutter Battle ihr Leben lang nach einem kleinen Plätzchen in der überfüllten Erde ihres heimatlichen Friedhofes gesehnt.

George Battle schaute sich nach einer Frau um. In Salinas fand er Miss Myrtle Cameron, eine Jungfer von fünfunddreißig Jahren, mit einem kleinen Vermögen. Miss Myrtle war bis dahin unverheiratet geblieben, weil sie ein wenig der Epilepsie unterworfen war, einer Krankheit, die damals »fits« genannt und allgemein einer Abneigung seitens der Gottheit zugeschrieben wurde. George Battle nahm die Epilepsie in Kauf. Er wußte wohl, daß er nicht alles haben konnte. Myrtle wurde seine Frau und gebar ihm einen Sohn, und nachdem sie zweimal versucht hatte, das Haus anzuzünden, wurde sie in einem kleinen Privatgefängnis, genannt Lippman-Sanatorium, in San José interniert. Dort verbrachte sie den Rest ihres Daseins mit dem Häkeln eines symbolischen Lebens Christi aus Baumwollgarn. Hernach wurde das große Haus auf der Battle-Farm von einer Reihe übelgelaunter Haushälterinnen regiert—Haushälterinnen, von denen es im Zeitungsinserat heißt: »Wwe., 45, sucht Stellung als Haush. auf Farm. Gute Köchin. Zwecks Heir.« Eine nach der anderen zog ein; in den ersten Tagen waren sie sanft und ein wenig traurig, dann erfuhren sie von Myrtle und verwandelten sich zur Stunde in Furien mit zornsprühenden Augen, die im Hause herumtobten und sich gleichermaßen betrogen und vergewaltigt fühlten.

Mit fünfzig war George Battle ein alter Mann, von der Arbeit gebeugt, starrköpfig und freudlos. Seine Augen schauten kaum von dem Boden auf, den er so geduldig hegte und pflegte. Seine Hände waren hart und schwarz und rissig wie die Fußsohlen eines Bären. Und seine Farm war schön. Die Obstbäume waren geputzt und gepflegt und glichen sich wie Brüder. Das Gemüse wuchs kräftig und saftig in schnurgeraden Reihen. Das Haus war außen und innen sauber. Das obere Stockwerk war unbewohnt; vor dem Haus blühten die schönsten Blumen.

Dieser Hof war wie das Gedicht eines stummen Menschen. Mit unendlicher Geduld schmückte der Mensch seinen Garten und wartete auf eine *Sylphide*. Es kam nie eine *Sylphide*, aber der Garten war immer bereit und geschmückt. In den vielen Jahren, als sein Sohn heranwuchs, beachtete ihn George kaum. Einzig die Bäume und die grünen Gemüsereihen beachtete er; die waren wichtig. Als John, sein Sohn, in einem Wohnwagen als Missionar auszog, vermißte er ihn kaum. Er arbeitete weiter und beugte seinen Körper Jahr für Jahr tiefer über die Erde. Seine Nachbarn sprachen nicht mit ihm, weil er sie nicht anhörte. Seine Hände waren ewig gekrümmt, wie kleine Röhren, die knapp um die Stiele der Geräte paßten. Er starb, als er fünfundsechzig Jahre alt war, an Altersschwäche und einem Husten.

Dann kam John Battle nach Hause und übernahm die väterliche Farm. Von seiner Mutter hatte er die Epilepsie und den frommen Wahnsinn geerbt. Johns Leben war ein ewiges Ringen mit Teufeln. In seinem Wohnwagen war er von Versammlung zu Versammlung gezogen, hatte mit den Händen herumgefuchtelt, Teufel heraufbeschworen und sie dann verflucht. Als er zu Hause war, ließen ihn die Teufel nicht in Ruhe. Nach wie vor verlangten sie seine volle Aufmerksamkeit. Die Gemüsereihen vereinsamten, wuchsen freiwillig noch ein paarmal und erlagen dann dem Unkraut. Langsam kehrte das Land zurück in den Urzustand, aber die Teufel wurden mächtiger und aufdringlicher. Zum Schutz gegen sie stickte John Battle kleine Kreuze aus weißem Faden auf Kleider und Hut und, so gewappnet, führte er einen zähen, verbissenen Krieg gegen die schwarzen Legionen. In der grauen Dämmerung schlich er mit einem Stock bewaffnet im Hof herum. Er stürzte sich in das Unterholz, schlug mit dem Stock um sich und brüllte Schmähworte, bis die Teufel aus ihrem Versteck vertrieben waren. Nachts kroch er durch das Dickicht und belauschte seine Feinde; wo immer er ihnen begegnete, stürmte er furchtlos auf sie ein und schwang seine Waffe. Tagsüber schlief er im Haus, denn wenn es hell ist, wirken die Teufel nicht.

Eines Tages, im zunehmenden Zwielicht, schlich sich John vorsichtig an einen Fliederbusch heran. Der Busch stand im Hinterhof, und John hatte erfahren, daß er eine Versammlung von bösen Geistern beherberge. Als er so nahe war, daß die

Dämonen nicht mehr entwischen konnten, sprang er auf und warf sich mit einem entsetzlichen Geheul in das harmlose Gebüsch. Von seinen Stockhieben gestört, klapperte schläfrig eine Schlange und hob den flachen, harten Kopf. John ließ den Stock fallen und begann zu zittern, denn der scharfe, trockene Warnruf der Klapperschlange ist ein lähmendes Geräusch. John warf sich auf die Knie und begann zu beten. Plötzlich schrie er auf: »Das ist die verdammte Schlange! Heraus, Teufel!« Und mit gierig greifenden Händen sprang er sie an. Die Schlange traf ihn am Hals, dreimal, dort, wo ihn keine Kreuze schützten. Er rührte sich kaum mehr, und nach ein paar Minuten war er tot.

Die Nachbarn fanden ihn erst, als die Bussarde anfingen, sich aus den Lüften niederzustürzen. Was sie fanden, erfüllte sie mit Grauen vor der Battle-Farm.

Dann lag der Hof zehn Jahre brach. Die Kinder sagten, das Haus sei voll von Gespenstern, und schlichen sich nachts hinaus, um sich zu erschrecken. Etwas Unheimliches, Lähmendes lag über dem alten Haus mit den leeren, glotzenden Fenstern. Der weiße Anstrich blätterte in langen Schuppen ab, und die Schindeln auf dem Dach krümmten sich und sprangen. Felder und Wiesen verwilderten vollständig. Die Farm gehörte einem entfernten Vetter der Battles, aber er hatte sie überhaupt nie gesehen.

Im Jahre 1921 übernahmen die Mustrovics die Battle-Farm. Ihr Kommen war unerwartet und wie von einem Geheimnis umwittert. Eines Morgens waren sie einfach da, ein alter Mann und eine alte Frau, skelettartige Leutchen mit zäher gelber Haut, die über den vorstehenden Backenknochen gespannt und glattgescheuert war. Weder der Mann noch seine Frau verstanden ein Wort Englisch. Die Verbindung mit dem Tal wurde durch ihren Sohn hergestellt, einen großgewachsenen Mann mit den gleichen vorstehenden Backenknochen und kurzgeschorenem Haar, das ihm weit in die Stirne wuchs, und mit sanften dunklen Augen. Er sprach gebrochen Englisch und sagte nur das Allernötigste.

Im Laden fragten ihn die Leute vorsichtig aus, aber sie erhielten keine Auskunft.

»Wie steht's denn eigentlich mit den Gespenstern?« fragte T. B. Allen, der Ladenbesitzer. »Wir haben immer gedacht, in Eurem Hause spukt's. Habt Ihr noch keine angetroffen?«

»Nein«, sagte der junge Mustrovic.

»Natürlich, der Hof ist mehr als recht, wenn man den Wust los wird.«

Mustrovic kehrte ihm den Rücken und lief davon.

»Also, irgend etwas stimmt da nicht mit diesem Haus«, sagte T. B. Allen. »Alle, die drin wohnen, können nicht reden!«

Die alten Mustrovics sah man selten, der junge aber arbeitete von früh bis spät auf dem Felde. Ganz allein säuberte er das Land, pflanzte Gemüse und schnitt die Bäume. Zu jeder Tagesstunde konnte man ihn sehen; er arbeitete fieberhaft, rannte fast von einer Arbeit zur nächsten und machte ein Gesicht, als hätte er erwartet, die Zeit würde stillstehen, bevor die erste Ernte unter Dach war.

Die ganze Familie wohnte und schlief in der Küche des großen Hauses. Alle übrigen Zimmer waren abgeschlossen und leer. Die Fensterscheiben blieben zerbrochen, einzig die Löcher in den Küchenfenstern verklebten sie mit Fliegenpapier. Um das Äußere des Hauses kümmerten sie sich überhaupt nicht. Aber dank der verzweifelten Anstrengungen des jungen Mannes wurde das Land wiederum schön. Zwei Jahre lang rackerte er sich ab und kultivierte den Boden. Im ersten Grau der Morgendämmerung trat er aus dem Hause, und das letzte Abendlicht war am Erlöschen, wenn er wieder im Haus verschwand.

Eines Morgens bemerkte Pat Humbert, als er in den Laden fuhr, daß kein Rauch aus dem Schornstein des Mustrovicschen Hauses stieg. »Das alte Haus schaut wieder verlassen aus«, sagte er zu Allen. »Natürlich, außer diesem Burschen hat man nie jemanden gesehen, aber jetzt ist sicher wieder etwas geschehen. Es sieht ganz so aus, als ob das Haus leer wäre.«

Drei Tage lang schauten die Nachbarn besorgt auf den Schornstein der Battle-Farm. Sie wollten nichts überstürzen und sich am Ende lächerlich machen. Aber am vierten Tag gingen Pat Humbert und T. B. Allen und John Whiteside hinaus, um nachzuschauen. Das Haus war unheimlich still. Es schien wirklich verlassen. John Whiteside klopfte an die Küchentür. Das Haus blieb totenstill. John drückte auf die Klinke. Die Tür flog auf. Die Küche war peinlich sauber; der Tisch war für drei Personen gedeckt. Das Frühstück aus Haferbrei, Spiegeleiern und Brot war bereit. Die Speisen waren schimmelig. Ein paar Fliegen wanderten planlos im Licht umher, das durch die offene Tür eintrat. Pat

Humbert rief: »Jemand da?« Er wußte, daß niemand antworten würde.

Dann durchsuchten sie das Haus von oben bis unten, aber es war leer. Möbel fanden sie nur in der Küche; alle anderen Räume waren nackt und kahl. Die Battle-Farm war verlassen, war plötzlich und unvermutet verlassen worden.

Später, als der Sheriff benachrichtigt wurde, fand auch er nichts, was das Geheimnis hätte lüften können. Die drei Mustrovics hatten, als sie einzogen, bar bezahlt; und als sie wieder auszogen, hinterließen sie keine Spur. Niemand hatte sie gesehen, als sie weggingen, und niemand sah sie je wieder. Nicht einmal ein Verbrechen gab es im Lande, womit man sie hätte in Zusammenhang bringen können. Plötzlich, eines Morgens, als sie sich eben zum Frühstück setzen wollten, waren sie verschwunden. Viele, unzählige Male wurde der Fall Mustrovic im Laden besprochen, aber niemand konnte je eine einleuchtende Lösung vorbringen.

Und wiederum wurde das Land die Beute von Unkraut und Wust. Abermals krochen die wilden Brombeerranken in die Äste der Obstbäume. In kürzester Zeit, als ob sie es durch Übung gelernt hätte, war die Farm allenthalben gänzlich verwildert. Man verkaufte sie an eine Immobiliengesellschaft in Monterey, und die Leute im »Tal des Himmels«, ob sie es zugaben oder nicht, waren überzeugt, daß auf der Battle-Farm ein Fluch lag. »Das Land ist nicht schlecht«, pflegten sie zu sagen, »aber ich würde es nicht annehmen, auch wenn es mir geschenkt würde. Ich weiß nicht, wo es fehlt, aber etwas an diesem Haus ist nicht geheuer; dort spukt's.« Und manche von ihnen waren nicht weit davon entfernt, wirklich an Gespenster zu glauben.

Ein angenehmes Schaudern ging durch die Leute im »Tal des Himmels«, als sie vernahmen, daß die Battle-Farm wieder bewohnt werden sollte. Pat Humbert brachte das Gerücht in den Laden, nachdem er Automobile vor dem alten Haus gesehen hatte, und T. B. Allen, der Ladenbesitzer, verbreitete es weit herum. T. B. malte sich alle Einzelheiten über den neuen Besitzer aus und teilte sie seinen Kunden mit, als vertrauliche Mitteilungen selbstverständlich, die er alle mit »man sagt« eröffnete. »Man sagt, der Kerl, der die Battle-Farm gekauft hat, sei einer, der im Lande umherzieht und Gespenstern nachstöbert, um über sie zu schreiben.« Mit seinem »man sagt« deckte sich Allen den Rücken, wie die Zeitungen, wenn sie etwas als »es wird behauptet« melden.

Bevor Bert Munroe auf seinem neuen Hofe eingezogen war, zirkulierten ein Dutzend Geschichten über ihn im Tal. Als er dann kam, wußte er bald, daß ihm seine neuen Nachbarn nachstarrten, obgleich er sie nie dabei ertappte. Dieses heimliche Anstarren ist unter den Leuten auf dem Lande zu einer großen Kunst entwickelt. Und dabei entgeht ihnen nichts. Sie nehmen jedes sichtbare Flecklein wahr, mustern die Kleidung und lernen sie auswendig, stellen Augenfarbe und Nasenform, Gang und Haltung fest und einigen sich auf drei oder vier Adjektive, die unsere ganze Erscheinung und Persönlichkeit umschreiben — und alleweil meinen wir, sie hätten uns überhaupt noch gar nicht gesehen.

Bert Munroe kaufte also die Battle-Farm und begann unverzüglich den Hof zu säubern. Eine Schar Zimmerleute machte sich im Haus an die Arbeit, schleppte sämtliche Möbel ins Freie und verbrannte sie, riß Wände heraus und errichtete neue, solidere und deckte das Dach mit Asbestschindeln. Dann wurden alle Räume frisch tapeziert, und zuletzt erhielt die Außenwand einen sauberen Anstrich von hellgelber Farbe.

Bert selbst schnitt die Reben und Spalierbäume am Haus, dann die Obstbäume im Hof, um Licht und Sonne hereinzulassen. Nach drei Wochen hatte das alte Haus jede Spur seines spukhaften Aussehens verloren und sah aus wie hunderttausend andere Landhäuser im Westen.

Sobald die Farbe innen und außen trocken war, trafen die neuen Möbel ein: gepolsterte Stühle und ein Sofa, ein emaillierter Ofen, Eisenbetten (in Holzimitation gestrichen und höchsten Komfort bietend), Spiegel mit geschnitzten Rahmen, Wiltonteppiche und Reproduktionen von Gemälden eines modernen Künstlers, der offenbar dem Blau vor allen anderen Farben den Vorzug gab.

Mit den Möbeln kamen Mrs. Munroe und die drei jüngeren Munroes. Mrs. Munroe war eine rundliche Frau und trug einen randlosen Zwicker an einem Band um den Hals. Sie war eine gute Hausfrau. Sie ließ die neuen Möbel unzählige Male verschieben und umstellen, bis sie endlich befriedigt war; war sie aber befriedigt, nachdem sie einen Stuhl oder einen Tisch oder eine Kommode mit zugekniffenen Augen gemustert, dann zustimmend genickt und gelächelt hatte, dann blieb das Stück für immer genauso stehen. Einzig bei der Frühjahrsreinigung durfte es von seinem Platz verschoben werden.

Ihre Tochter Mae war ein hübsches Mädchen mit weichen, runden Wangen und vollen Lippen. Mae war schön gewachsen, aber eine niedliche Wölbung unter dem Kinn deutete an, daß sie dereinst einmal, wie ihre Mutter, plump sein würde. Ihre Augen waren freundlich und unschuldig, nicht intelligent, aber keineswegs dumm. Allmählich würde sie das Ebenbild ihrer Mutter werden: eine gute Hausfrau, eine Mutter gesunder Kinder, eine brave, zufriedene Gattin.

In ihrem neuen Kämmerchen steckte sie alte Carnets de Bal in den Spiegel. An die Wände hängte sie gerahmte Fotografien von ihren Freundinnen in Monterey, und auf das Nachttischchen legte sie das Fotoalbum und das Tagebuch. Das Tagebuch hatte ein kleines Schloß und barg völlig uninteressante Aufzeichnungen von Bällen, Parties, Rezepten für allerlei Zuckergebäck und harmlosen Schwärmereien für gewisse junge Herren. Mae wählte und schneiderte ihre eigenen Vorhänge: eine Bettgardine aus geblümter Kretonne und blaßrosarote Tüllvorhänge vor den Fenstern, um das Licht zu dämpfen. Auf dem Bettüberwurf aus gerafftem Satin breiteten sich fünf bunte Kissen aus neben einer langbeinigen französischen Stoffpuppe mit kurzgeschnittenen gelben Haaren und einer Zigarette aus Stoff zwischen den schlaffen Lippen. Diese Puppe war gleichsam der Beweis dafür, daß Mae gewisse Dinge, welche sie nicht ganz billigte, großzügig zu dulden bereit war. Mae glaubte, daß die Puppe die Verkörperung ihrer Aufgeschlossenheit war. Und Mae liebte Freunde mit einer »Vergangenheit«. Denn dadurch, daß sie solche Freunde hatte und ihnen zuhören durfte, wurde in ihrem Herzen jedes Bedauern über ihr eigenes, tadelloses Leben erstickt. Mae war neunzehn Jahre alt und dachte alleweil nur ans Heiraten. Wenn sie mit Jünglingen ausging, schwatzte sie mit einiger Rührung von Idealen. Was Ideale wirklich waren, wußte sie allerdings kaum; mit solch unbestimmbaren Dingen aber schien irgendwie die Art der Küsse auf der Heimfahrt von Parties zusammenzuhängen.

Jimmie Munroe war siebzehn und, da er soeben die Mittelschule abgeschlossen hatte, ungemein zynisch. In Gegenwart seiner Eltern war er gewöhnlich mürrisch und verstockt. Er wußte, daß er ihnen seine Welterfahrung nicht anvertrauen durfte; sie hätten ihn nie verstanden. Sie gehörten zu einer Generation, welche von Sünden und Heldentaten nichts wußte. Jimmie war fest entschlossen, sein Leben der Wissenschaft zu widmen. Etwas anderes kam nicht in Frage. Aber den Eltern sagte er nichts davon, denn sie wären nicht sehr begeistert gewesen. Unter »Wissenschaft« verstand Jimmie Radioapparate, Flugzeuge und Archäologie. Er malte sich aus, wie er in Peru goldene Vasen ausgraben würde. Er träumte von einer zellenartigen Werkstatt, in welche er sich einschließen und woraus er eines Tages, nach Jahren stummen Leidens und allgemeiner Verkennung und Verachtung seitens der Außenwelt, auftauchen würde, um die Öffentlichkeit mit einem neuen Flugzeugtyp von revolutionärster Konstruktion und verheerender Geschwindigkeit zu überraschen.

Jimmies Zimmer im neuen Haus war denn auch von Anfang an ein entsetzliches Durcheinander von kleinen Maschinen und Apparaten: einem Kristall-Radio mit Kopfhörern, einem handgetriebenen Dynamo, der ein Morsegerät mit Strom belieferte, einem Messingfernrohr und zahllosen Bestandteilen und Bruchstücken von allen möglichen anderen »Geräten«. Jimmie besaß eine geheime Schatzkiste, eine schwere eichene Kiste mit einem riesigen Vorhängeschloß. Darin hielt er eine halbe Büchse Dynamitkapseln, einen alten Revolver, eine Schachtel Melachrino-Zigaretten, drei Apparate, genannt »Lustige Witwe«, eine kleine Flasche Pfirsichschnaps, einen dolchähnlichen Brieföffner, vier Bündel Briefe von vier verschiedenen Verehrerinnen, sechzehn Lippenstifte, die er von Tanzpartnerinnen gestibitzt hatte, und eine Kartonschachtel mit Andenken an laufende Liebschaften verborgen. In der Schachtel langen kunterbunt durcheinander verdorrte Blumen, Taschentücher und Knöpfe und, am wertvollsten von allem, ein Strumpfband mit schwarzen Spitzen. Wie er zu diesem Strumpfband gekommen war, hatte Jimmie vergessen. Nicht vergessen hatte er aber — und das war viel angenehmer —, bei welcher Gelegenheit er es gestohlen hatte. Bevor er seine Schatzkiste aufschloß, drehte er immer den Schlüssel der Zimmertür herum. Auf der Mittelschule war er nicht besser und nicht schlechter gewesen als manche seiner Altersgenossen. Bald nachdem er in das »Tal des Himmels« gezogen war, fand er, daß sein Sündenregister einmalig sei. Er begann, sich als eine Art bekehrten Wüstlings zu betrachten, allerdings nicht so bekehrt, als daß er sich nicht dann und wann hätte einen Rückfall gestatten dürfen. Sein bewegtes Leben verschaffte ihm bei den jüngeren Mädchen des Tales einen gewaltigen Vorteil. Jimmie war ein hübscher, schlanker, gutgewachsener Junge mit dunklen Augen und Haaren.

Manfred, der jüngste Sohn — gewöhnlich Manny genannt —, war siebenjährig und ein ernstes Kind, dessen Gesichtsausdruck von Lymphdrüsen entstellt war. Man hatte davon geredet, sie entfernen zu lassen, und der Gedanke an die Operation jagte dem Kind eine panische Angst ein. Als seine Mutter dies sah, sprach sie von der Operation nur noch, wenn er nicht gehorchen wollte. Mr. und Mrs. Munroe betrachteten Manny als tiefsinniges Kind, vielleicht sogar als ein kleines Genie. Meist spielte er allein für sich, oder dann saß er stundenlang da und starrte ins Leere. Seine Mutter nannte es »Träumen«. Erst viele Jahre später fanden sie heraus, daß der Kleine nicht wie andere Kinder war. Die Lymphdrüsenschwellungen hatten seine geistige Entwicklung gehemmt. Manny war ein lieber, fügsamer Junge, den man leicht zum Gehorchen einschüchtern konnte. Wenn man ihn aber einmal zu sehr eingeschüchtert hatte, wurde er hysterisch und verlor jede Selbstbeherrschung. Einmal schlug er so lange die Stirn auf den Boden, bis ihm das Blut in die Augen rieselte.

Bert Munroe war in das »Tal des Himmels« gezogen, weil er des jahrelangen Kampfes gegen eine Macht, die ihn unweigerlich immer besiegt hatte, überdrüssig geworden war. Er hatte alles mögliche unternommen und jedesmal versagt, nicht etwa infolge eigener Unfähigkeit, sondern auf Grund von Mißgeschicken, deren Verhütung außer seiner Macht gestanden hatte. Es waren — einzeln betrachtet — ganz einfach unglückliche Zufälle gewesen; aber Bert, der sie als Glieder einer langen Kette sah, nannte sie Schläge eines Schicksals, das ihm den persönlichen Erfolg nicht gönnte. Und nun hatte er es satt, dieses namenlose Etwas, welches alle Straßen zum Erfolg verschloß, weiterhin zu bekämpfen. Bert war erst fünfundfünfzig, aber er wollte sich ausruhen; er war halbwegs überzeugt, daß ein Fluch auf ihm lag.

Vor Jahren einmal hatte er am Rande der Stadt eine Garage eröffnet. Das Geschäft blühte; das Geld floß haufenweise herein. Als er sich sicher wähnte, wurde die Staatsstraße verlegt, und er stand im Leeren. Etwa ein Jahr später verkaufte er die Garage und erwarb einen Spezereiladen. Wiederum war er anfänglich erfolgreich. Er konnte die Schulden abzahlen und begann Geld auf die Bank zu tragen, aber ein Warenhaus eröffnete einen Preiskrieg gegen ihn, und das war das Ende dieses Geschäftes. Bert war ein empfindsamer Mann, und solche Vorfälle waren ihm ein dutzendmal zugestoßen. Immer dann, wenn der Erfolg sicher schien, traf ihn der Fluch. Sein Selbstvertrauen schwand. Als der Krieg ausbrach, war sein Mut fast gebrochen. Er wußte, daß man am Krieg Geld verdienen konnte, aber er zögerte, nachdem er so oft vom Mißerfolg betroffen worden war.

Er mußte sich lange zureden, bevor er sich in ein Geschäft mit Bohnen einließ, die der kriegsbedingten Versorgungslage wegen bald im Preise steigen würden. Im ersten Jahr verdiente er fünfzigtausend Dollar, im zweiten Jahr hunderttausend. Im dritten Jahr schloß er über Tausende von Morgen Verträge ab, bevor die Bohnen überhaupt gesteckt waren. Er garantierte zehn Cents für das Pfund. Für achtzehn Cents hätte er sie weiterverkaufen können. Im November war der Krieg zu Ende, und Bert verkaufte die ganze Ernte für vier Cents das Pfund.

Danach war er überzeugt, daß sein Fluch Wirklichkeit sei. Er war so geschlagen, daß er sich kaum mehr unter die Leute wagte. Er arbeitete im Garten, pflanzte ein wenig Gemüse und brütete über die Gemeinheit des Schicksals nach. Langsam, während mehrerer Jahre des Stillstands, wuchs in seinem Herzen eine starke Sehnsucht nach der Scholle. Dort lag, überlegte er, die einzige Hoffnung. Als Bauer war ihm vielleicht vergönnt, etwas aufzubauen, das ihm sein Schicksal nicht mißgönnen konnte. Auf einer kleinen Farm, dachte er weiter, konnte er vielleicht doch noch ein wenig Frieden und Sicherheit finden.

Eine Immobiliengesellschaft in Monterey bot die Battle-Farm zum Verkauf an. Bert schaute sie an, erkannte, was sich daraus machen ließ, und kaufte sie. Seine Familie war anfänglich nicht einverstanden, aber als Bert den Hof gesäubert, elektrisches Licht und das Telefon eingerichtet und das Haus mit neuen Möbeln ausgestattet hatte, waren Mrs. Munroe und die Kinder nahezu begeistert. Mrs. Munroe war froh über jede Neuerung, die Berts Niedergeschlagenheit ein Ende bereitete. Kaum hatte Bert die Battle-Farm gekauft, war er ein ganz anderer Mensch. Seine trüben Gedanken waren verflogen. Der Fluch war weggewischt. Bert fühlte sich befreit und erlöst. Der gequälte Ausdruck verschwand aus seinem Gesicht, und er ging wieder aufrecht. Er wurde ein leidenschaftlicher Bauer. Er studierte unzählige Bücher über landwirtschaftliche Fragen, stellte einen Knecht an und arbeitete von früh bis spät. Jeder Tag brachte Neues, dessen er sich herzlich freute. Jedes neue Pflänzlein, das aus dem Boden schaute, war eine Bestätigung seiner Genesung. Bert war zufrieden und zuversichtlich, und weil er wieder Vertrauen hatte, fiel es ihm leicht, sich mit den Männern des Tales anzufreunden und ihre Achtung zu gewinnen.

Es ist nicht leicht, sich rasch in einer ländlichen Gemeinde einzuleben. Die Leute im Tal hatten der Ankunft der Munroes mit gemischten Gefühlen entgegengesehen. In der Battle-Farm spukte es. Daran hatten sie immer geglaubt, auch jene, die nach außen hin darüber lächelten. Und jetzt kam ein Mann und zeigte ihnen, daß sie sich getäuscht hatten. Noch mehr, dieser Mann verlieh der ganzen Gegend ein neues Gesicht, indem er den unseligen Hof in ein harmloses, fruchtbares Stück Land umwandelte. Die Leute hatten sich an die Gespenster ebenso gewöhnt wie an den Fluch und das Unkraut auf dem dürren Boden. Insgeheim ärgerten sie sich über die Veränderung.

Auf Grund seines Taktgefühls und seiner zuversichtlichen Freundlichkeit belehrte sie Bert in kurzer Zeit eines Besseren. In drei Monaten hatten sie ihn als rechtschaffenen Mann, als Nachbarn, der borgte und verlieh, anerkannt. Und nach sechs Monaten wurde er in die Schulpflege gewählt. Seine Beliebtheit beruhte weitgehend auf seiner Zufriedenheit, die ihn wie ein sonniger Tag erfüllte, seitdem er sich vor den bösen Geistern sicher wußte. Hinzu kam, daß er freigebig und gütig war. Es freute ihn, wenn er seinen Nachbarn helfen durfte, und — was viel wichtiger ist — er zögerte nicht, sie um die vielen kleinen täglichen Freundesdienste zu bitten.

Kurz nach seinem Einzug ins Tal verriet er einigen der Bauern den Grund, weshalb er gekommen war, und sie bewunderten die Offenheit, mit der er von sich erzählte. Im Laden hatte T. B. Allen die übliche Frage gestellt. »In Eurem Haus haben sich merkwürdige Dinge ereignet, und wir haben eigentlich immer geglaubt, es ist verflucht. Seid Ihr noch keinem Gespenst begegnet?« Bert lachte. »Nimm das Futter aus dem Haus, so ziehn die Ratten aus!« sagte er. »Ich habe die Düsterkeit und den Modergeruch herausgenommen — von dem leben ja die Gespenster, nicht wahr?«

»Also, das muß ich sagen«, gab T. B. zu, »Ihr habt ein hübsches Haus daraus gemacht. Es gibt kaum ein schöneres im Tal . . .«

Dann verfinsterte sich Berts Stirn, als ihm ein Gedanke durch den Kopf ging, und er sagte: »Ich habe viel Pech gehabt. Ich habe manche Geschäfte ausprobiert, aber jedesmal ohne Erfolg.« Dann plötzlich lachte er über einen neuen Gedanken. »Und was tu' ich? Ich kaufe mir ausgerechnet ein Haus, auf dem ein Fluch liegen soll. Und jetzt habe ich gedacht, vielleicht haben mein Fluch und der Fluch des Hauses sich am Kragen genommen und umgebracht. Weg sind sie jedenfalls, dessen bin ich sicher.«

Die Männer lachten mit, und T. B. Allen schlug mit der Hand auf den Ladentisch und rief: »Ausgezeichnet! Aber wißt Ihr was? Vielleicht haben Ihr Fluch und der Fluch des Hauses geheiratet und sich in ein Erdloch verzogen, wie zwei Klapperschlangen. Und wer weiß, bevor wir etwas Böses gedacht haben, tauchen auf einmal haufenweise junge Flüchlein auf und kriechen auf den Weiden herum!«

Alle Anwesenden brachen in schallendes Gelächter aus, und T. B. prägte sich die Szene Wort für Wort ein, so daß er sie in anderer Gesellschaft wiederholen konnte. Es ist beinahe wie der Dialog in einem Theaterstück, dachte er.

III

Edward Wicks wohnte in einem kleinen, düsteren Häuschen am Rande der Überlandstraße im »Tal des Himmels«. Hinter seinem Haus lagen ein Pfirsichgarten und ein Gemüsefeld. Edward Wicks besorgte die Pfirsiche, und seine Frau und seine schöne Tochter pflegten das Gemüse und machten die Erbsen, Bohnen und frühen Erdbeeren für den Markt in Monterey bereit.

Edward Wicks hatte ein derbes braunes Gesicht und kleine, kalte Augen ohne Wimpern. Er war bekannt als der schlaueste Mann im ganzen Tal, der gewagte Geschäfte abschloß und nie zufriedener war, als wenn er ein paar Cents mehr als die Nachbarn aus seinen Pfirsichen lösen konnte. Ab und zu, wenn es ging, handelte er mit Pferden und betrog dabei ein wenig. Seines Scharfsinns wegen hatte er sich die Achtung der Mitbürger erworben, aber seltsamerweise wurde er nicht reicher. Allein, es machte ihm Spaß, so zu tun, als würde er öfters Geld anlegen. An den Schulpflegesitzungen fragte er die anderen Mitglieder um Rat über Aktien und Dividenden und erweckte dadurch den Eindruck, als hätte er bedeutende Ersparnisse. Die Leute im Tal nannten ihn »Shark« (Haifisch).

»Shark?« sagten sie. »Oh, ich glaube, der hat seine Zwanzigtausend, vielleicht noch mehr. Shark ist nicht auf den Kopf gefallen!«

Und die Wahrheit war, daß Shark im Leben nie mehr als fünfhundert Dollars auf einmal besessen hatte.

Aber er galt als ein wohlhabender Mann, und das gefiel ihm über alles. Es machte ihm so viel Vergnügen, daß er mit der Zeit seinen imaginären Reichtum als Wirklichkeit betrachtete. Er einigte sich auf fünfzigtausend Dollars und führte ein dickes Hauptbuch, in welchem er Zinsen errechnete und darin er seine diversen Kapitalanlagen eintrug. Und diese Eintragungen waren die größte Freude seines Lebens.

In Salinas wurde eine Ölgesellschaft gegründet mit dem Zweck, im südlichen Teil von Monterey Erdöl zu bohren. Als Shark Kunde von der neugegründeten Gesellschaft erhielt, ging er hinüber zu John Whiteside und unterhielt sich mit ihm über den Wert ihrer Aktien. »Ich interessiere mich für diese South County Ölgesellschaft«, sagte er.

John Whiteside, der als eine Art Experte in solchen Angelegenheiten galt, sagte: »Der Bericht der Geologen tönt nicht schlecht. Es war ja schon lange bekannt, daß es in dieser Gegend Öl geben soll. Natürlich, gar zuviel würde ich nicht hineinstecken.«

Shark faltete die Unterlippe mit dem Finger und dachte nach. Dann sagte er: »Ich habe da zehntausend herumliegen, die nicht eintragen, was sie sollten. Und jetzt habe ich mir überlegt ... die Sache macht einen guten Eindruck. Es scheint, daß es sich lohnt, wenn ich sie etwas gründlicher anschaue. Ich wollte bloß vorher sehen, was Ihr davon haltet.«

Aber Shark war bereits entschlossen. Als er nach Hause kam, holte er das Hauptbuch hervor und hob zehntausend Dollars von seinem Bankkonto ab. Dann trug er eintausend Aktien der South County Ölgesellschaft in die Effektenkolonne ein. Von jenem Tage an verfolgte er fieberhaft die Börsenberichte. Wenn der Preis seiner Aktien ein wenig stieg, war er zufrieden und aufgeräumt, und wenn der Preis fiel, setzte sich ihm ein würgender Klumpen in den Hals. Einmal als die South-County-Aktien plötzlich stark in die Höhe gingen, war Shark so überglücklich, daß er in den Laden ging und eine schwarze Marmoruhr kaufte, mit Onyxsäulen beidseits des Zifferblattes und einem bronzenen Pferd darüber. Die Männer im Laden tuschelten untereinander, Shark führe offenbar etwas Großes im Schilde.

Eine Woche später verschwand die Gesellschaft von der Bildfläche. Als Shark davon hörte, eilte er nach Hause, schlug sein Hauptbuch auf und trug unter dem Datum des Vortages den Verkauf sämtlicher Aktien mit zweitausend Dollars Profit ein.

Pat Humbert fuhr an jenem Tag von Monterey zurück und hielt auf der Straße vor Sharks Haus an. »Wie ich höre, seid Ihr mit der South County hereingefallen«, bemerkte er beiläufig.

Shark lächelte gutmütig. »Aber Pat, für was haltet Ihr mich denn eigentlich? Vor zwei Tagen habe ich verkauft. Ihr solltet doch wissen, daß ich kein Anfänger bin! Ich wußte schon, daß diese Aktien faul waren. Aber ich wußte auch, daß sie steigen würden, damit die Gesellschafter ohne Verlust auflösen konnten. Als sie verkauften, wußte ich, was ich zu tun hatte.«

»Donnerwetter«, sagte Pat voll Bewunderung und Ehrfurcht. Und als er im Laden die Nachricht verbreitete, nickten die Männer und wunderten sich, wie hoch wohl Sharks Vermögen gestiegen sein konnte. Und sie sagten, sie wollten nicht gern in ein Geschäft gegen ihn verwickelt sein.

Um diese Zeit borgte Shark vierhundert Dollars von einer Bank in Monterey und kaufte einen alten Fordson-Traktor.

Allmählich wurde sein Ruf als weitsichtiger Mann mit gesundem Urteil so groß, daß niemand im »Tal des Himmels« daran dachte, Aktien oder ein Stück Land oder auch nur ein Pferd zu kaufen, ohne vorher Shark Wicks um Rat zu fragen. Auf alle Probleme ging er ein, und am Ende, nach sorgfältigster Prüfung, erteilte er verblüffend kluge Ratschläge.

In einigen Jahren wies sein Hauptbuch ein Vermögen von hundertfünfundzwanzigtausend Dollars auf, das er in klugen und kühnen Transaktionen erworben hatte. Wohl bemerkten seine Nachbarn, daß er wie ein armer Mann lebte; um so mehr aber achteten sie ihn, denn der Reichtum hatte ihm den Kopf nicht verdreht. Natürlich, denn Shark war kein Narr. Seine Frau und seine schöne Tochter besorgten weiterhin das Gemüse für den Markt in Monterey, und Shark nahm sich der tausend Pflichten im Pfirsichgarten an.

Sharks Leben war nüchtern und ohne Romantik. Mit neunzehn Jahren lud er Katherine Mullock für drei Tanzabende ein, weil sie zu haben war. Das war der Anfang, und dann heiratete er sie, weil ihre Familie und die Nachbarn es von ihm erwarteten. Katherine war nicht hübsch, aber sie hatte die kräftige Frische eines jungen Unkrauts und die gezügelte Lebenslust einer jungen Stute. Nach der Heirat verlor sie die Frische und die Lebenslust, wie bei einer Pflanze, wenn sie einmal befruchtet ist. Ihr Gesicht wurde schlaff, ihre Hüften wurden breiter, und sie begann das zweite Leben — das Leben der Arbeit.

Shark behandelte sie weder zart noch grob. Er beherrschte sie mit derselben ruhigen Unerbittlichkeit, die er im Umgang mit Pferden anwendete. Härte wäre ihm ebenso ungeschickt und verfehlt vorgekommen wie Verzärtelung. Er sprach nie mit Katherine als mit einem Menschen; er teilte weder seine Gedanken noch Wünsche noch Mißerfolge mit ihr; er verschwieg seinen papiernen Reichtum und äußerte sich nie über die Pfirsichernte. Katherine hätte sich gewundert und beunruhigt, wenn er je von sich geredet hätte. Ihr Leben war genug ausgefüllt, ohne die zusätzliche Belastung der Gedanken und Probleme eines anderen Menschen.

Das braune Haus war das einzig Unschöne auf der Wicks-Farm. Abfall und Unrat der Natur verschwinden im Verlaufe jeden Jahres in den Boden hinein, aber der Menschen Unrat ist von längerer Dauer. Der Platz vor dem Haus war mit alten Säcken, mit Papierfetzen, Glasscherben und Drahtrollen übersät. Die einzige Stelle auf der ganzen Farm, wo Gras und Blumen nicht wachsen wollten, war der hartgestampfte Boden um das Haus herum, weil er von dem Seifenwasser, das aus zahllosen Kübeln dort ausgeschüttet wurde, unfruchtbar und unansehnlich geworden war. Shark bewässerte seinen Baumgarten, aber um sein Haus herum vergeudete er nicht gutes Wasser. Dafür konnte er keinen Grund sehen.

Als Alice geboren wurde, strömten die Frauen des Tales mit der festen Absicht herbei, die Schönheit des Säuglings zu preisen. Als sie sahen, daß es ein schönes Kind war, wußten sie nicht, was sagen. Jene weiblichen Ausrufe des Entzückens, deren einziger Zweck darin besteht, jungen Müttern zu versichern, daß sie abscheulichen Würmer in ihren Armen tatsächlich Menschen sind, die nicht zu Ungeheuern aufwachsen werden, verloren ihre Bedeutung. Und Katherine betrachtete ihr Kind mit Augen, in welchen der Ausdruck künstlicher Begeisterung, womit die meisten Frauen ihre Enttäuschung ersticken, völlig fehlte. Als Katherine gesehen hatte, daß ihr Kind schön war, füllte sich ihr Herz mit Staunen und mit Furcht und Besorgnis. Die Tatsache von Alices Schönheit war zu wunderbar, um ohne Vergeltung zu bleiben. Hübsche Säuglinge, sagte sich Katherine wieder und wieder, sind schon manchmal häßliche Männer und Frauen geworden. Indem sie dies sagte, schüttelte sie einen Teil der Besorgnis von sich, als ob sie das Schicksal bei seinen Streichen ertappt und durch ihre Vorahnungen seiner vollen Macht beraubt habe.

An jenem ersten Besuchstag hörte Shark eine der Frauen zu einer andern in ungläubigem Ton sagen: »Aber ich sage dir, es ist wirklich ein hübsches Kind. Man würde es gar nicht für möglich halten!«

Shark ging in die Schlafkammer zurück und betrachtete seine kleine Tochter sehr lange. Draußen im Baumgarten brütete er über die Sache. Das Kind war ohne Zweifel schön. Es war Unsinn, zu denken, daß er oder Katherine oder irgend jemand aus der Verwandtschaft damit zu tun hatte, denn selbst für ganz gewöhnliche Leute waren sie alle ziemlich häßlich. Zweifellos war ihm da etwas sehr Kostbares geschenkt worden, und weil kostbare Dinge sehr begehrt sind, mußte Alice behütet werden. Wenn er an Gott dachte, glaubte Shark natürlich an ihn als an jenes schattenhafte Wesen, das alles tat, was er nicht verstehen konnte.

Alice wuchs heran und wurde mit jedem Tag schöner. Ihre Haut war so sanft und glänzend wie blühender Mohn; ihr Haar war schwarz und hatte die zarte Lebendigkeit von Farnstielen; ihre Augen waren rätselhaft verschleierte Himmel. Man schaute dem Kind in die ernsten Augen und dachte: ». . . etwas liegt dort drin verborgen, das ich kenne; etwas, das ich verloren oder . . . etwas, das ich mein Leben lang gesucht habe . . .« Dann warf Alice den Kopf herum und ». . . sieh da! es ist nur ein liebliches kleines Mädchen!«

Shark sah, wie die Leute seine Tochter musterten. Er sah

Männer erröten, wenn sie ihr in die Augen schauten, und er sah die kleinen Buben wie Tiger raufen, wenn Alice zugegen war.

In jedem männlichen Gesicht meinte er Begierde zu lesen. Oft, wenn er im Obstgarten arbeitete, quälte er sich mit der Vorstellung, Zigeuner wollten sein kleines Mädchen stehlen. Ein dutzendmal am Tag warnte er Alice vor gefährlichen Dingen — vor den Hinterhufen der Pferde, vor der Höhe der Zäune, vor der Gefahr, die in den Bewässerungskanälen lauerte, und vor dem reinen Selbstmord, eine Straße zu überqueren, ohne sich vorher nach beiden Seiten zu vergewissern, daß keine Automobile kamen. Jeden Nachbarn, jeden Hausierer und, am schlimmsten von allen, jeden Fremdling verdächtigte er als Kindesräuber. Wenn Landstreicher im »Tal des Himmels« gemeldet wurden, ließ er das Kind nicht aus den Augen. Harmlose Touristen wunderten sich über die Grimmigkeit, mit der er sie von seinem Land verwies.

Katherine wurde durch die zunehmende Schönheit ihrer Tochter in den Befürchtungen bestärkt. Das Schicksal lauerte. Es wartete ausgiebig, und das konnte nur bedeuten, daß es sich zu einem verheerenden Schlag rüstete. Katherine wurde zur Sklavin ihrer Tochter, verwöhnte sie und erwies ihr stündlich kleine Dienste von der Art, wie man sie einer Invaliden erweist, die nicht mehr lange lebt.

Trotzdem Shark und Katherine ihre Tochter anbeteten und in ständiger Angst um sie lebten und, Geizhälsen gleich, sich eifersüchtig an ihrer Schönheit weideten, wußten sie, daß Alice ein unglaublich einfältiges und rückständiges Mädchen war. Sharks Ängste wurden durch diese Erkenntnis nur noch vergrößert, denn er war überzeugt, daß Alice sich nie allein helfen konnte und daß sie für jeden, der es auf sie abgesehen hatte, eine leichte Beute sein würde. Katherine hingegen war nicht unglücklich wegen Alices Dummheit, denn ihrer Dummheit wegen war Alice oft auf die Hilfe der Mutter angewiesen. Und indem sie ihr half, bewies Katherine ihre Überlegenheit und vermochte, wenigstens teilweise, die große Kluft zwischen sich und ihrem Kind zu überbrücken. Katherine war froh über jede neue Schwäche, die sie an ihrem Kind entdeckte, denn jedesmal fühlte sie, wie sie ihr näherkam und zugleich an Würde zunahm.

Als Alice vierzehn Jahre alt wurde, kam zu den vielen Sorgen ihres Vaters eine neue hinzu. Bis dahin hatte er nur den Tod und die Verunstaltung seiner Tochter befürchtet, nun aber packte ihn beim Gedanken an den Verlust ihrer Keuschheit eine wahnsinnige Angst. Er trug den Gedanken ständig mit sich herum, und allmählich vereinigten sich alle seine Befürchtungen in dieser einen entsetzlichen Vorstellung. Shark ging so weit, daß er die mögliche Verführung bald als Verstümmelung, bald auch als gänzlichen Verlust seiner Tochter betrachtete. Und von da an verdächtigte er jeden beliebigen Mann oder Jungen, dem er in der Nähe seines Landes begegnete.

Die Vorstellung wurde zu einem Alpdruck. Hundertmal gebot er seiner Frau, Alice nie aus den Augen zu lassen. »Man weiß nie, was passieren könnte!« drohte er immer und immer wieder, und dabei funkelten aus seinen fahlen Augen die schwärzesten Verdächtigungen. »Man weiß nie, was passieren könnte!« Die geistige Schwerfälligkeit seiner Tochter vergrößerte seine Angst. Jeder könnte sie zugrunde richten, dachte er. Jeder, der mit ihr alleingelassen würde, könnte sie mißbrauchen. Und sie konnte sich nicht wehren, weil sie so einfältig war. Kein Mann hat je eine läufige Hündin eifersüchtiger gehütet, als Shark seine Tochter überwachte.

Nach einiger Zeit war Shark nicht mehr zufrieden, wenn er sich nicht von ihrer Reinheit überzeugen konnte. Jeden Monat quälte er seine Frau. Er kannte die Tage besser als sie. »Wie steht's?« fragte er beinahe gierig.

Katherine antwortete geringschätzig: »Noch nicht.« Und ein paar Stunden später sagte er ungeduldig: »Und jetzt?«

Er fragte und fragte, bis Katherine endlich antwortete: »Natürlich. Es ist alles in Ordnung. Was glaubst du denn eigentlich?«

Diese Antwort beruhigte dann Shark genau einen Monat lang, aber seine Wachsamkeit verringerte er nicht. Alice war noch keusch, also mußte sie auch noch überwacht werden.

Shark wußte, daß seine Tochter eines Tages heiraten würde. Wenn er daran dachte, versuchte er, den Gedanken zu vergessen, denn ihre Verheiratung war ihm ebenso zuwider wie ihre Verführung. Sie war etwas Kostbares, etwas, das man erhalten und hegen mußte. Es war nicht eine Frage der Moral, sondern der Ästhetik. War sie einmal nicht mehr keusch, so hörte sie auch auf, das kostbare Ding zu sein, das er so vergötterte. Er liebte sie nicht wie ein Vater sein Kind, sondern so, wie einer einen Schatz liebt. Er weidete sich am Besitz eines schönen, seltenen Schatzes. Allmählich, derweil er Monat für Monat seine Frage wiederholte — »Wie steht's?« —, wurde diese Keuschheit zu einer Art Symbol für ihre Gesundheit, ihre Erhaltung und ihre Unversehrtheit.

Eines Tages, als Alice sechzehnjährig war, trat Shark mit verstörtem Gesicht vor seine Frau. »Weißt du, ganz sicher wissen wir ja nie, ob sie wirklich unberührt ist. Sollten wir nicht ... ich meine, man könnte sie vom Arzt untersuchen lassen.«

Einen Augenblick starrte ihn Katherine fassungslos an und versuchte, zu verstehen, was er sagen wollte. Dann wurde sie zum erstenmal in ihrem Leben zornig. »Du bist ein schmutziger, mißtrauischer Schurke!« rief sie. »Mach, daß du 'rauskommst! Und wenn du noch einmal davon anfängst, lauf ich davon!«

Shark war etwas verblüfft über den Zornausbruch, doch keineswegs beunruhigt. Immerhin gab er den Gedanken an eine ärztliche Untersuchung seiner Tochter auf und begnügte sich mit der allmonatlichen Befragung.

Unterdessen wuchs Sharks Papiervermögen. Nacht für Nacht, wenn Katherine und Alice zu Bett gegangen waren, nahm er das dicke Buch hervor und schlug es unter der tiefhängenden Lampe auf. Dann kniff er die Augen zu, und sein derbes Gesicht nahm einen verschlagenen Ausdruck an, und er plante weiter an seinen Kapitalanlagen und rechnete Zinsen aus. Wenn er telefonisch Aktien bestellte, bewegten sich seine Lippen leicht. Ein finsterer und doch mitleidiger Ausdruck huschte über sein Gesicht, wenn er die Hypothek auf einem guten Hof kündigte. »Ich tu's nicht gern«, flüsterte er dann, »aber ihr dürft nicht vergessen, Leute — Geschäft ist Geschäft!«

Shark tauchte die Feder ins Tintenfaß und trug die Kündigung in sein Hauptbuch ein. »Kopfsalat«, überlegte er dann; »alles setzt jetzt auf Kopfsalat. Der Markt wird überflutet werden. Mir scheint, Kartoffeln wären nicht ungünstig ... hier zum Beispiel, das ist geeigneter Boden.« Er vermerkte in seinem Buch, daß er dreihundert Morgen Kartoffeln angepflanzt hatte. Sein Auge wanderte die Kolonne entlang. Auf der Bank lagen dreißigtausend Dollars auf Zins. Das war ungeschickt. Das Geld war sozusagen nutzlos. Shark dachte angestrengt nach. Er wunderte sich, wie wohl die San José Building and Loan stand. Sie bezahlte sechs Prozent. Es wäre gefährlich, überstürzt und ohne sich gebührend zu erkundigen, etwas zu unternehmen. Als er in jener Nacht sein Buch weglegte, beschloß er, John Whiteside zu konsultieren. »Schließlich«, dachte er besorgt, bevor er einschlief, »kommt es vor, daß gerade solche Gesellschaften Konkurs machen.«

Bevor Bert Munroe und seine Familie in das Tal zogen, verdächtigte Shark sämtliche Männer und Jünglinge des Tales der bösen Absicht, seiner Tochter nachzustellen. Als er aber den jungen Jimmie Munroe gesehen hatte, konzentrierte er alle seine Befürchtungen und Verdächtigungen auf ihn.

Der Junge war schlank, nicht übertrieben, aber gerade so, wie man es gerne sieht, und er hatte ein hübsches Gesicht. Seine Augen strahlten jene beleidigende Keckheit aus, welche die jungen Herrchen an der Mittelschule sich aneignen. Jimmie trinke Gin, munkelte man. Und er trug Stadtkleider aus Wollstoff — nie Überkleider, wie sie die Bauern trugen. Sein Haar glänzte ölig, und sein ganzes Benehmen war so geschniegelt und keck, daß die Mädchen im »Tal des Himmels« kicherten und sich in Verlegenheit und Bewunderung zierten, wenn sie ihn sahen. Jimmie schaute die Mädchen mit zynischen Augen an. Er gab vor, ein schlimmer Junge zu sein. Er wußte, daß die jungen Mädchen auf junge Männer mit Vergangenheit hereinfielen. Jimmie hatte eine Vergangenheit. Er war mehrere Male im Riverside Dance Palace betrunken gewesen; er hatte wenigstens schon hundert Mädchen geküßt und dreimal in den Weidenbüschen am Salinasfluß sündhafte Abenteuer mit Mädchen gehabt. Jimmie bemühte sich, in seinem Gesichtsausdruck etwas von seiner wüsten Vergangenheit zu verraten, aber er traute seinem Aussehen nicht recht, und so setzte er eine Reihe kleiner, häßlicher Gerüchtlein in Umlauf, die dann auch tatsächlich wie Spatzen im Tale herumflatterten.

Shark Wicks vernahm die Gerüchte. Und er begann Jimmie Munroe zu hassen, weil er sich vor seiner Gewandtheit mit Frauen fürchtete. Wie hätte sich seine schöne, einfältige Alice gegen einen solchen Burschen wehren können, dachte Shark.

Bevor Alice überhaupt wußte, daß es einen Jimmie Munroe gab, verbot ihr Shark, ihn zu sehen. Er sprach mit solcher Heftigkeit, daß sich in dem schwerfälligen Gehirn des Mädchens etwas wie leise Neugier regte.

»Daß ich dich nur ja nie mit diesem Jimmie Munroe erwische!« drohte Shark.

»Wer ist denn dieser Jimmie Munroe, Papa?«

»Das kann dir gleich sein. Ich sage dir nur eins: laß dich nicht mit ihm erwischen! Hörst du! Ich zieh dir die Haut vom Leibe, wenn du ihn nur anschaust.«

Shark hatte Alice nie geschlagen, so gut wie er nie eine kostbare Vase zerschlagen hätte. Selbst sie zu streicheln wagte er nicht, aus Furcht, er könnte eine Spur hinterlassen. Strafe war nie notwendig. Alice war immer ein braves, gefügiges Kind gewesen. Bosheit entspringt meist einem Gedanken oder einem Streben. Beides kannte sie nicht.

Und abermals fragte er: »Hast du etwa mit diesem Jimmie Munroe gesprochen?«

»Nein, Papa.«

»Daß ich dich nur nie dabei ertappe!«

Nach unzähligen Wiederholungen der Drohung kroch langsam ein fester Wunsch in die spärlichen Zellen von Alices Gehirn, der Wunsch, diesen Jimmie Munroe einmal zu sehen. Einmal sogar träumte sie von ihm, was beweist, wie tief sie der Gedanke beschäftigte. Im Traum kam ein Mann, der aussah wie einer der bunten Indianer auf den Kalenderblättern und der Jimmie hieß, in einem prächtigen Auto auf sie zugefahren und schenkte ihr einen riesigen, saftigen Pfirsich. Als sie in den Pfirsich biß, tropfte ihr der Saft über das Kinn, und das brachte sie in Verlegenheit. Dann wurde sie von ihrer Mutter geweckt, weil sie geschnarcht hatte. Katherine war froh, daß Alice schnarchte. Es war eine der ausgleichenden Unzulänglichkeiten ihrer Tochter, obwohl es sich keineswegs für eine Dame schickte.

Shark Wicks erhielt ein Telegramm. Es lautete: »Tante Nellie gestern nacht entschlafen. Beerdigung Samstag.« Shark stieg in seinen Ford und fuhr hinüber zu John Whiteside, um ihm zu sagen, daß er an der Schulpflegesitzung fehlen würde. John Whiteside war der Aktuar. Bevor er wieder wegfuhr, machte Shark ein besorgtes Gesicht: »Eigentlich hätte ich Euch noch gern gefragt, was Ihr von der San José Building and Loan Company haltet.«

John Whiteside lächelte: »Über die kann ich Euch nicht viel Neues sagen.«

»Nun, es ist eben so: ich habe da dreißigtausend auf der

Bank liegen, für drei Prozent, und nun habe ich gedacht, wenn ich gerade etwas wüßte, könnte ich vielleicht etwas mehr Zins einbringen.«

John Whiteside spitzte den Mund und blies sachte und schlug mit dem Zeigefinger auf die Lippen. »Dann würde ich meinen, Building and Loan wäre zu riskieren.«

»Ah, aber so mache ich meine Geschäfte nicht. Riskieren tu ich nichts«, unterbrach ihn Shark. »Wenn ich in einer Sache nicht einen garantierten Profit sehe, lasse ich mich nicht auf sie ein. Das Riskieren überlasse ich andern.«

»Das war doch nur so eine Redensart, Mr. Wicks. Die Building-and-Loan-Gesellschaften gehen ja im allgemeinen nicht unter, und gute Zinsen bezahlen sie auch.«

»Ich will der Sache nachgehen«, sagte Shark abschließend. »Ich fahre nach Oakland zu Tante Nellies Beerdigung, und im Vorbeiweg schaue ich mir die Gesellschaft in San José an.«

Shark fragte noch verschiedene andere Nachbarn um Rat, und an jenem Abend im Laden wurde abermals sein Vermögen verhandelt. »Also, eines ist sicher«, sagte zum Schluß T. B. Allen, »Shark Wicks ist ein schlauer Fuchs. Er fragt jeden um Rat, aber er läßt sich nichts vorschwatzen und geht der Sache selber nach.«

Am Samstagmorgen ging Shark nach Oakland und ließ zum erstenmal in seinem Leben Frau und Tochter allein. Am Samstagabend kam Tom Breman vorbei, um Katherine und Alice zu einem Tanzabend im Schulhaus abzuholen.

Erschrocken und verwirrt sagte Katherine: »Oh, ich glaube, Mr. Wicks hätte keine Freude, wenn wir gingen.«

»Aber er hat es Euch doch nicht verboten?«

»Nein, das nicht, aber ... bis jetzt ist er eben noch nie fortgewesen. Ich glaube nicht, daß er es gern hätte.«

»Er hat doch einfach gar nicht daran gedacht«, beharrte Tom Breman. »Kommen Sie! Ziehen Sie Ihre besten Kleider an!«

Und Alice sagte: »Komm, Mama, gehen wir doch!«

Katherine wußte, daß ihre Tochter sich so leicht entschließen konnte, weil sie in ihrer Einfalt keine Furcht vor den Folgen kannte. Alice war nicht imstande, sich auszudenken, was geschehen würde, wenn Shark wieder zu Hause war. Katherine aber dachte an die Wochen endloser, qualvoller Auseinandersetzungen. »Ich kann nicht verstehen, warum du überhaupt gehen konntest«, hörte sie ihn sagen, »wenn ich doch nicht da war. Als ich fortging, war ich der Meinung, ihr beide würdet zu Hause bleiben. Und kaum habe ich euch den Rücken gekehrt, lauft ihr davon und geht tanzen.« Und dann diese Fragen! »Mit wem hat Alice getanzt? Nun — was hat er gesagt? Warum hast du es nicht gehört? Du hättest dabeisein sollen.« Shark würde nicht zornig sein, nein, aber wochenlang davon reden, einfach immer wieder von derselben Geschichte reden, bis sie das Tanzen verabscheute. Und wenn dann der kritische Tag des Monats kam, würden seine ewigen Fragen wie Mücken umherschwirren, bis er sicher war, daß Alice kein Kind erwartete ...

»Bitte, Mama«, bettelte Alice, »laß uns gehen! Wir sind ja noch nie allein ausgegangen.«

In Katherines Herzen regte sich Mitleid. Das arme Kind hatte in seinem Leben noch nie allein sein dürfen. Noch nie hatte es mit einem Jungen Unsinn geschwatzt, weil es von seinem Vater nie außer Hörweite gelassen worden war.

»Gut«, sagte sie atemlos. »Wenn Mr. Breman so gut sein möchte zu warten, bis wir fertig sind, gehen wir.« Sie fühlte sich sehr tapfer, weil sie Sharks Mißtrauen schürte.

Zuviel Schönheit ist für ein Mädchen auf dem Lande ein beinahe ebenso großer Nachteil wie Häßlichkeit. Wenn die Burschen Alice anschauten, wurden ihre Hände und Füße plötzlich schwer und steif und ihre Köpfe rot. Nichts konnte sie dazu bringen, Alice auch nur anzureden, geschweige mit ihr zu tanzen. Statt dessen tanzten sie eifrig mit weniger hübschen Mädchen, lärmten und taten sich hervor wie befangene Kinder. Wenn Alice nicht hinschaute, starrten sie sie an, wenn sie aber den Kopf wandte, schlenderten sie scheinbar gleichgültig davon, um den Anschein zu erwecken, als hätten sie sie überhaupt nicht bemerkt. Und Alice, die nichts anderes kannte, war sich ihrer Schönheit kaum bewußt. Sie hatte sich beinahe damit abgefunden, daß sie beim Tanz immer ein Mauerblümchen sein würde.

Elegant, gleichgültig und vornehm gelangweilt stand Jimmie Munroe an die Wand des Schulzimmers gelehnt, als dann Katherine und Alice eintraten. Jimmies Hosen hatten den modernsten Schnitt, und seine Lackschuhe waren über den Zehen eckig und breit wie Backsteine. Ein schwarzer, waagerechter Schlips flatterte am Kragen seines weißen Seidenhemdes, und sein Haar war prachtvoll gescheitelt. Jimmie war ein Stadtjunge. Er glitt umher wie ein lässiger Habicht. Bevor Alice den Mantel ausgezogen hatte, stand er neben ihr. In seinem schläfrigen Tonfall, den er an der Mittelschule gelernt hatte, forderte er: »Tanzen, Baby?«

»Hm?« sagte Alice.

»Möchtest du mit mir tanzen?«

»Oh! Tanzen?« Alice schaute ihn mit großen Augen an, die so viele Geheimnisse und Versprechen bargen, daß die Frage nicht einfältig, sondern schalkhaft und entzückend wirkte und gleichzeitig auf andere Dinge anspielte, welche sogar den Puls des zynischen Jimmie höher schlagen ließen.

»Tanzen?« meinte er gehört zu haben, »nur tanzen?« Und trotz aller Mittelschulerfahrung schnürte sich Jimmies Hals zusammen; seine Hände und Füße machten nervöse Bewegungen, und das Blut stieg ihm in den Kopf.

Alice wandte sich an ihre Mutter, die bereits mit Mrs. Breman in ein Gespräch über Haushaltsangelegenheiten verwickelt war. »Mama«, fragte Alice, »darf ich tanzen?«

Katherine lächelte. »Aber natürlich«, sagte sie. »Amüsier dich! Heute darfst du.«

Jimmie fand, Alice tanze schlecht. Als die Musik aufhörte, schlug er vor: »Hier drin ist es zu warm. Gehen wir etwas spazieren«, und er führte sie am Arm ins Freie, in den Schatten der Weidenbäume auf dem Schulplatz.

Eine Frau, die auf der Treppe vor dem Schulhaus gestanden hatte, ging hinein und flüsterte Katherine etwas ins Ohr. Katherine sprang auf und eilte hinaus. »Alice!« rief sie verzweifelt. »Alice! Komm sofort herein!«

Als die beiden Ausreißer aus dem Schatten auftauchten, fiel Katherine über den Jungen her. »Lassen Sie die Hände von meiner Tochter, verstanden! Passen Sie auf, sonst geschieht etwas!«

Jimmies Männlichkeit schmolz dahin. Es war ihm, als hätte er eine Ohrfeige bekommen. Er war wütend, aber er konnte nichts dagegen tun.

Katherine führte ihre Tochter zurück ins Schulhaus. »Hat dir nicht dein Vater verboten, mit Jimmie Munroe zu gehen?« sagte sie. Katherine war zu Tode erschrocken.

»War denn das Jimmie Munroe?« flüsterte Alice.

»Natürlich. Was habt ihr dort draußen gemacht?«

»Geküßt«, sagte Alice.

Katherine war fassungslos. »Mein Gott!« jammerte sie. »Mein Gott, was soll ich nur tun?«

»Ist das denn schlimm, Mama?«

Katherine zögerte. »N-ein, natürlich nicht«, stammelte sie. »Küssen ist . . . ist gut. Aber sag um Gottes willen deinem Vater nichts davon. Auch nicht, wenn er dich fragt. Er . . . er würde wahnsinnig. Und jetzt bleibst du hier bei mir, bis wir nach Hause gehen, und geh nie, nie mehr in die Nähe dieses jungen Munroe! Bitte, Alice, du mußt verstehen. Vielleicht wird dein Vater nichts erfahren. Mein Gott, hoffentlich erfährt er nichts!«

Am Montag traf Shark Wicks mit dem Abendzug in Salinas ein, fuhr mit dem Autobus bis zur Kreuzung am Eingang zum »Tal des Himmels« und ging von dort zu Fuß weiter.

Die Nacht war klar und mild und reich mit Sternen behangen. Die gedämpften, geheimnisvollen Geräusche von den Hügeln hießen ihn willkommen und weckten alle möglichen Gedanken und Träumereien, und Shark vergaß ganz, daß er einen vier Meilen weiten Weg vor sich hatte.

Die Beerdigung hatte ihm sehr gefallen. Die Blumen waren hübsch gewesen. Das Weinen der Frauen und das behutsame feierliche Hin und Her der Männer hatten Shark mit einem sanften Weh erfüllt, das gar nicht so unangenehm gewesen war. Selbst die Zeremonie in der Kirche, die niemand verstand und der niemand zuhörte, hatte wie eine süße, geheimnisvolle Betäubung auf ihn gewirkt. Für eine Stunde hatte sich ihm die Religion geöffnet, und in der Begegnung mit ihr hatte er den schläfrigen Frieden von stark duftenden Blumen und Weihrauch und die Glut der Beziehung zur Ewigkeit empfangen. Diese Dinge waren von der überwältigenden Einfachheit der kirchlichen Bestattung in seinem Innern geweckt worden.

Shark hatte seine Tante Nellie nie näher gekannt, aber ihre Beerdigung hatte er voll und ganz genossen. Offenbar hatten seine Verwandten von seinem Wohlstand vernommen, denn sie begegneten ihm mit Ehrfurcht und Würde. Jetzt, auf dem Heimweg, dachte er wieder an alle diese Dinge, und seine Freude ließ die Zeit rascher vergehen, verkürzte ihm den Weg und brachte ihn bald vor den Laden des Tales. Shark ging hinein, denn er wußte, daß er im Laden jemanden finden würde, der ihm über alles, was sich in seiner Abwesenheit ereignet hatte, Bericht geben konnte.

T. B. Allen, der Ladenbesitzer, wußte alles, was sich im Tal ereignete, und er verstand es, jede einzelne Neuigkeit viel wichtiger zu gestalten, als sie war, indem er vorgab, nur widerwillig darüber zu berichten. Das einfältigste Geschwätz wurde spannend und interessant, wenn es von T. B. erzählt wurde.

Außer dem Besitzer war niemand im Laden. T. B. ließ den Stuhl von der Wand auf seine vier Beine zurückfallen, und seine Augen funkelten erwartungsvoll.

»Ihr wart, scheint's, verreist?« sagte er in einem Ton, der zu Vertraulichkeiten ermunterte.

»Ja, nach Oakland«, sagte Shark. »Mußte an einer Beerdigung teilnehmen. Und dann habe ich auch gleich ein Geschäft erledigt.«

T. B. wartete auf Einzelheiten. Er wartete so lange, als es der Anstand erforderte. Dann fragte er: »Und? Hat etwas dabei herausgeschaut, Shark?«

»Vielleicht. Wenn man's so nennen will. Ich habe eine Gesellschaft angeschaut.«

»Geld hineingesteckt?« fragte T. B. respektvoll.

»Etwas.«

Beide Männer schauten auf den Boden.

»Was Neues während meiner Abwesenheit?«

Sogleich veränderte sich der Ausdruck im Gesicht des alten Mannes. Man sah, daß er nicht gern sagen wollte, was sich ereignet hatte. Man konnte in seinem Gesicht eine natürliche Abneigung gegen jede Art von Skandal lesen. Schließlich gestand er: »Party im Schulhaus.«

»Ja, das hab' ich gewußt.«

T. B. wand sich. Sollte er Shark verraten, was er wußte — denn vielleicht war es seine Pflicht, es ihm zu sagen —, oder sollte er alles für sich behalten? Mit wachsender Spannung verfolgte Shark sein inneres Ringen und sah aufmerksam zu, was sich auf seinem Gesicht ereignete. Shark kannte T. B. Allen sehr gut.

»Nun, was gibt's?« forschte Shark.

»Es soll bald eine Heirat geben.«

»Wirklich? Bei wem denn?«

»Ich denke, ziemlich in Eurer Nähe.«

»Wo?«

T. B. wehrte sich vergebens. »Bei Euch«, gestand er.

Shark lachte. »Bei mir?«

»Alice.«

Shark fuhr zusammen und starrte dem alten Mann ins Gesicht. Dann trat er näher und stand drohend über ihm. »Was soll das heißen? Sag, was soll das heißen — du!«

T. B. wußte, daß er zu weit gegangen war. Er duckte sich. »Mr. Wicks! Tut nichts Unbesonnenes!«

»Ich will wissen, was du meinst. Ich will alles wissen!« Shark packte T. B. bei den Schultern und schüttelte ihn.

»Es war ja nur am Samstag ... im Schulhaus ... beim Tanz.«

»Alice ist tanzen gegangen?«

»J-ja.«

»Was hatte sie denn dort zu suchen?«

»Das weiß ich doch nicht. Nichts, sicher nichts.«

Shark hob ihn aus dem Stuhl und stellte ihn grob auf die Füße. »Ich will alles wissen!« schrie er.

Der alte Mann stammelte: »Sie ist ja nur mit Jimmie Munroe auf den Schulhof gegangen.«

Shark schüttelte ihn wie einen Sack. »Heraus mit der Sprache! Was haben sie getan?«

»Ich weiß nicht, Mr. Wicks.«

»Was haben sie getan?«

»Also, Miss Burke ... Miss Burke hat gesagt ... sie haben sich geküßt.«

Shark ließ den Sack fallen und setzte sich. Ein Gefühl gänzlicher Verlorenheit überwältigte ihn. Entgeistert stierte er T. B. an, und seine Gedanken rangen mit der Vorstellung der Entweihung seiner Tochter. Es fiel ihm nicht ein, daß die Sache bei einem Kuß aufgehört haben könnte. Er blickte hilflos im Laden herum. T. B. sah, wie seine Augen den Gewehrschrank streiften.

»Nehmt Euch zusammen, Shark«, schrie er. »Die Gewehre gehören nicht Euch!«

Shark hatte die Gewehre gar nicht gesehen. Aber als er das Wort hörte, sprang er auf, schob die Glastür beiseite und nahm einen schweren Karabiner aus dem Schrank. Er riß das Etikett weg und steckte eine Schachtel Patronen in die Tasche. Dann eilte er wortlos in die Nacht hinaus. Und bevor seine Schritte verhallt waren, hing T. B. am Telefon.

Shark war auf der Straße und ging eilends auf Bert Munroes Haus zu. Hilflos und verwirrt jagten sich die Gedanken in seinem Kopf. Er wußte nur eines: töten wollte er Jimmie Munroe nicht. Er hatte überhaupt nicht daran gedacht, ihn zu erschießen. Erst der Ladenbesitzer hatte ihn auf die Idee gebracht. Und dann hatte er gedankenlos gehandelt. Doch was nun? Er stellte sich vor, was er tun würde, wenn er zu den Munroes kam. Vielleicht *mußte* er Jimmie Munroe erschießen. Vielleicht gestaltete sich die Sache so unglücklich, daß er gezwungen wurde, einen Mord zu begehen, um sein Ansehen im »Tal des Himmels« zu bewahren.

Er hörte ein Auto und trat in ein Gebüsch beiseite, als der Wagen mit Vollgas vorbeidröhnte. Bald mußte er dort sein, und er haßte Jimmie Munroe nicht. Er haßte überhaupt nichts, nur das hohle Gefühl, das sich seiner bemächtigt hatte, als er vom Verlust von Alices Unschuld hörte. Jetzt war seine Tochter tot; wenn er an sie dachte, war sie tot.

In der Ferne sah er die Lichter von Berts Haus. Und Shark wußte, daß er niemals Jimmie Munroe erschießen könnte. Auch wenn er ausgelacht würde, könnte er den Jungen nicht erschießen. Mord war für ihn unvorstellbar! Er würde beim Gartentor hineinschauen und dann nach Hause gehen. Vielleicht lachten ihn dann die Leute aus, aber jemanden erschießen konnte er nicht.

Plötzlich trat ein Mann aus dem Schatten eines Gebüsches und rief ihn an: »Legt das Gewehr nieder, Wicks, und haltet die Hände hoch!«

Shark legte den Karabiner auf den Boden. Er war plötzlich sehr müde. Er erkannte die Stimme des Hilfssheriffs. »Hallo, Jack«, sagte er.

Dann standen rundherum Leute. Im Hintergrund stand Jimmie mit verstörtem Gesicht. Auch Bert Munroe fürchtete sich. Er sagte: »Warum wolltet Ihr Jimmie erschießen? Er hat Euch gar nichts zuleide getan. T. B. hat mich angerufen. Ich muß Euch an einen Ort bringen, wo Ihr kein Unheil anrichten könnt.«

»Einsperren könnt Ihr ihn nicht«, sagte der Hilfssheriff. »Er hat nichts verbrochen. Aber vor Gericht könnt Ihr ihn bringen und eine Friedensbürgschaft verlangen.«

»Dann werde ich das wohl tun müssen«, sagte Bert mit zitternder Stimme.

»Verlangt aber eine hohe Kaution«, sagte der Sheriff weiter; »Shark ist ein reicher Mann. Und jetzt fahren wir am besten gleich mit ihm nach Salinas, und Ihr könnt Eure Klage einreichen.«

Am andern Morgen kam Shark Wicks nach Hause. Völlig apathisch, wie im Traum, ging er ins Haus hinein und warf sich auf sein Bett. Seine Augen waren schwer und müde, aber er sperrte sie weit auf. Seine Arme lagen lose wie die Arme einer Leiche neben seinem Körper. Stunde um Stunde lag er so da.

Katherine war im Garten, als er ins Haus hineinging. Sie hatte ihn gesehen. Sie hatte eine grimmige Genugtuung empfunden, als sie seine herabhängenden Schultern und die geknickte Haltung seines Kopfes sah; aber als sie später in die Küche ging, um das Mittagessen zu kochen, ging sie auf den Zehen und ermahnte Alice, keinen Lärm zu machen.

Um drei Uhr ging Katherine in die Schlafkammer nachschauen. »Alice ist nichts zugestoßen«, sagte sie unter der Tür. »Warum hast du mich nicht gefragt, bevor du etwas unternahmst?«

Shark blieb regungslos liegen und antwortete nicht.

»Glaubst du mir nicht?« Die plötzliche Teilnahmslosigkeit ihres Mannes erschreckte sie. »Wenn du mir nicht glaubst, rufe ich den Arzt. Augenblicklich gehe ich ihn holen, wenn du mir nicht glauben willst.«

Ohne sie anzuschauen, sagte Shark leblos: »Ich glaube dir.«

Als nun Katherine unter der Tür der Schlafkammer stand und ihren Mann vor sich liegen sah, wurde sie von einem Gefühl überflutet, das ihr noch nie begegnet war. Sie tat etwas, woran sie in ihrem Leben nie gedacht hatte. Katherine Wicks setzte sich auf den Rand des Bettes und legte mit sicherer Hand das Haupt ihres Mannes in ihren Schoß. Sie tat es instinktiv, gefühlsmäßig, und das gleiche Gefühl gab ihr ein, sie müsse die Stirn des Mannes streicheln. Sharks Körper war schlaff und völlig apathisch.

Shark starrte unverwandt ins Leere, aber unter dem sanften, rhythmischen Streicheln von Katherines Hand löste sich allmählich seine Apathie, und er begann in abgebrochenen Sätzen zu reden.

»Ich ... habe kein Geld«, sagte seine eintönige Stimme. »Sie haben mich vor den Richter geschleppt und ... zehntausend Dollars Kaution verlangt. Ich mußte es dem Richter sagen. Alle haben es gehört. Jetzt wissen sie es ... alle ... ich habe kein Geld. Ich habe nie welches gehabt. Begreifst du? Das Kassabuch ...

nichts als eine Lüge. Jede einzelne Eintragung war gelogen. Ich habe alles erfunden. Und jetzt wissen es alle. Ich mußte es dem Richter gestehen.«

Katherine strich ihm sanft über die Stirn, und das Gefühl in ihrer Brust wuchs. Sie fühlte sich groß und stark, viel mächtiger als die Welt. Die ganze Welt lag in ihrem Schoß, und sie tröstete sie. Das Mitleid schien ihr eine riesige Gestalt und Kraft zu verleihen; ihre lindernden Brüste neigten sich dem Weh der Welt entgegen.

»Ich wollte niemandem weh tun«, fuhr Shark weiter. »Ich hätt' doch den Jimmie Munroe nicht erschossen! Sie erwischten mich, bevor ich umkehren konnte. Sie meinten, ich wollte ihn töten. Und jetzt wissen es alle. Ich habe keinen Cent.« Kraftlos lag er da und starrte an die Decke der Kammer.

Plötzlich wurde das Gefühl in Katherine zu einer Macht, und die Macht durchströmte sie und erfüllte ihren ganzen Körper. Im nächsten Moment wußte sie, was sie war und was sie tun konnte. Sie war überglücklich und sehr schön. »Du hast eben nie eine Chance gehabt«, sagte sie sanft. »Dein ganzes Leben lang hast du dich auf dieser alten Farm abgerackert. Du weißt gar nicht, ob du nicht doch imstande bist, Geld zu verdienen. Ich glaube, du bist dazu fähig. Ich weiß es. Du wirst es schaffen.«

Immer noch streichelte sie seine Stirn. Sie hatte gewußt, daß sie Shark retten konnte. Das Wissen um ihre Macht war in ihr geboren worden, dort, als sie auf dem Bett saß, und sie wußte, daß ihr ganzes Leben eine Vorbereitung auf diesen einen Augenblick gewesen war. In diesem Augenblick war sie eine Göttin, eine Sängerin des Schicksals. Sie war nicht erstaunt, als sie spürte, wie die Kraft langsam in seinen Körper zurückkehrte.

»Wir werden das Tal verlassen«, sagte sie. »Wir verkaufen die Ranch und suchen etwas anderes, an einem ganz anderen Ort. Dort wirst du die Chance finden, die du nie gehabt hast. Du wirst sehen. Ich weiß, was du bist. Ich glaube an dich.«

Die entsetzliche Leblosigkeit wich aus seinen Augen. Sein Körper fand die Kraft, um sich zu drehen. Shark blickte Katherine an und sah, wie schön sie in diesem Augenblick war, und derweil er sie anschaute, wurde er von ihrem Mut durchdrungen. Shark preßte das Gesicht in ihren Schoß.

Sie neigte den Kopf und blickte auf seinen Nacken. Sie hatte Angst, denn die Macht schwand aus ihrem Körper. Plötzlich sprang Shark auf. Er hatte Katherine vergessen, aber seine Augen strahlten die Kraft und Energie aus, die sie ihm geschenkt hatte.

»Ich gehe!« rief er. »Bei Gott, ich gehe, sobald ich die Ranch verkaufen kann. Dann werde ich es schaffen. Dann zeig' ich den Leuten, wer ich bin.«

IV

Tularecitos Herkunft ist in tiefes Dunkel gehüllt, und seine Entdeckung ist eine mythische Legende, welche die Leute im »Tal des Himmels« nicht glauben wollen, so gut, wie sie an Gespenster zu glauben nicht geneigt sind.

Franklin Gomez hatte einen Knecht, einen mexikanischen Indianer namens Pancho. Alle drei Monate packte Pancho seine Ersparnisse ein und fuhr nach Monterey, um seine Sünden zu beichten, Buße zu tun, Absolution zu empfangen und sich zu betrinken — und all das in der genannten Reihenfolge. Falls er, wenn die Bars geschlossen wurden, noch nicht im Gefängnis war, stieg er in seinen Einspänner und schlief ein. Das Pferd zog ihn nach Hause, wo er kurz vor Tagesanbruch eintraf, gerade rechtzeitig, um noch das Frühstück einzunehmen, bevor er sich wieder an die Arbeit begab. Pancho lag immer in tiefem Schlaf, wenn er heimkam, und deshalb erregte er so viel Aufsehen, als er eines Morgens in den Pferch galoppierte und nicht nur hellwach war, sondern aus Leibeskräften brüllte.

Franklin Gomez zog hurtig die Kleider an und ging hinaus und stellte seinen Knecht zur Rede. Pancho erzählte eine reichlich verworrene Geschichte voll von Widersprüchen; als aber der Knäuel aufgelöst war, lautete sie etwa so: Pancho war nach Hause gefahren, stocknüchtern, wie immer. In der Nähe von Blakes Haus hörte er in einem Salbeibusch neben der Straße ein kleines Kind wimmern. Er brachte das Pferd zum Stehen und ging nachschauen, denn Kindern begegnete man nicht oft auf diese Weise. Und wirklich, in dem Busch lag ein winziges Geschöpf. Es war etwa drei Monate alt, schätzte Pancho. Er hob es auf und zündete ein Streichholz an, um zu sehen, was er eigentlich gefunden hatte, als — o Schreck und Entsetzen! — das Kind ihm boshaft zuzwinkerte und in einer tiefen Stimme sagte: »Schau! Ich habe ganz scharfe Zähne.« Pancho schleuderte das Ding von sich, sprang mit einem Satz auf den Einspänner, schlug mit dem Griff der Peitsche auf das Pferd ein, heulte wie ein Hund und galoppierte nach Hause.

Franklin Gomez zupfte lange wortlos am Schnurrbart. Pancho war auch unter dem Einfluß von Alkohol gewöhnlich nicht hysterisch. Die Tatsache, daß er überhaupt erwacht war, ließ wirklich vermuten, daß etwas in jenem Busch drin war. Schließlich ließ Franklin Gomez ein Pferd satteln, ritt hinaus und brachte das Kind auf den Hof. Fast drei Jahre lang sagte es kein Wort mehr, auch fand man, als man es untersuchte, keine Zähne; aber keine der beiden Tatsachen konnte Pancho überzeugen, daß es nicht doch jene erste grimmige Bemerkung gemacht hatte.

Das Kind hatte kurze, dicke Arme und lange, schlenkernde Beine. Sein riesiger Kopf saß ohne Hals zwischen übermäßig breiten Schultern. Seines flachen Gesichtes und seines merkwürdigen Körpers wegen wurde es automatisch Tularecito, Kleiner Frosch, getauft, obgleich Franklin Gomez es manchmal Coyote nannte, »denn«, sagte er, »in dem Gesicht dieses Knaben liegt jene uralte Weisheit, die man im Gesicht eines Coyoten findet«.

»Aber schauen Sie doch seine Beine an und die Arme und die Schultern, Señor!« protestierte Pancho. Und so blieb der Name Tularecito. Man hat nie herausgefunden, wer das kleine Geschöpf ausgesetzt hatte. Franklin Gomez nahm es im Patriarchat seiner Ranch auf, und Pancho pflegte es. Pancho konnte aber nie eine gewisse Furcht vor ihm loswerden. Weder die Jahre noch eine strenge Buße wischten die Erinnerung an Tularecitos erste Bemerkung aus.

Der Knabe wuchs rasch, aber sein Gehirn blieb im fünften Jahr stehen. Mit sechs Jahren konnte er die Arbeit eines Erwachsenen verrichten. Die langen Finger seiner Hände waren stärker und geschickter als die Finger der meisten Männer. Auf der Ranch machte man sich Tularecitos Finger zunutze. Zähe Knoten konnten ihnen nicht lange widerstehen. Er hatte Pflanzerhände, feine Finger, die nie ein junges Pflänzlein verletzten oder die Oberfläche eines Pfropfzweigleins beschädigten. Waren sie grausam, konnten seine Finger mühelos einem Truthahn den Hals umdrehen. Tularecito hatte noch ein anderes eigenartiges

Talent: Mit dem Daumennagel konnte er erstaunlich wahrheitsgetreue Tiere in Sandstein ritzen. Franklin Gomez hielt viele kleine Abbilder von Coyoten und Berglöwen, Hühnern und Eichhörnchen im Haus aufbewahrt. Das zwei Fuß hohe Bild eines herabstoßenden Habichts hing an einem Draht von der Decke des Eßzimmers. Pancho, der den Jungen nie ganz als Mensch anerkannte, sah — wie in vielen anderen diabolischen Zügen seines Wesens — in seinem Talent einen untrüglichen Beweis für Tularecitos übernatürliche Abstammung. Die Leute im »Tal des Himmels« glaubten nicht an Tularecitos Abstammung vom Teufel, aber dessenungeachtet war ihnen in seiner Gegenwart nicht wohl. Seine Augen waren uralt und glanzlos; in seinem Gesicht lag etwas von einem Höhlenmenschen. Mit seiner riesigen Körperkraft und seinen merkwürdigen Veranlagungen war er nicht wie andere Kinder, und Männer und Frauen fürchteten ihn ein wenig.

Nur etwas konnte Tularecito zornig machen: Wenn irgend jemand, Mann, Frau oder Kind, ein von seinen Händen geschaffenes Werk gleichgültig anfaßte oder zerbrach, wurde er wütend. Dann funkelten seine Augen, und er stürzte sich auf den Schänder. Dreimal, als dies geschehen, band ihn Franklin Gomez an Händen und Füßen und ließ ihn liegen, bis seine übliche Gutmütigkeit zurückgekehrt war.

Als er sechsjährig war, ging Tularecito nicht in die Schule. In den nächsten fünf Jahren arbeiteten der Schulvorsteher und der Bezirksvisitator immer wieder an dem Fall. Franklin Gomez war auch der Meinung, daß Tularecito die Schule besuchen sollte, und ging sogar so weit, ihn mehrmals zu schicken, aber der Junge ging nicht. Er fürchtete, daß die Schule unangenehm sein würde, und so verschwand er einfach einen Tag lang. Erst als er elfjährig war und schon die Schultern eines Gewichthebers und die Hände und Arme eines Erwürgers hatte, fingen ihn die vereinten Kräfte des Gesetzes ein und steckten ihn in die Schule.

Wie Franklin Gomez vermutet hatte, lernte Tularecito überhaupt nichts. Dafür aber gab er unverzüglich Zeugnis eines neuen Talentes. Er zeichnete ebenso gut, wie er in Sandstein ritzte. Als Miss Martin, die Lehrerin, seine Kunstfertigkeit entdeckte, gab sie ihm ein Stück Kreide und bat ihn, einen Umzug von Tieren auf die Wandtafel zu zeichnen. Tularecito arbeitete lange über die Unterrichtszeit hinaus, und am nächsten Morgen prangte eine eigenartige Parade auf allen Wänden. Alle Tiere, die Tularecito je gesehen hatte, waren vertreten, und sämtliche Vögel der Hügel flogen über sie her. Eine Klapperschlange verfolgte eine Kuh; ein Coyote mit stolz in die Luft gestrecktem Schwanz schnüffelte an den Hinterfüßen eines Schweines. Da gab es Katzen, Ziegen, Schildkröten und Maulwürfe, und alle waren bis in jede Einzelheit erstaunlich wahrheitsgetreu gezeichnet.

Miss Martin war von Tularecitos Genie überwältigt. Sie lobte ihn vor der Klasse und gab über jedes der Tiere eine kurze Lektion. In Gedanken sah sie sich geehrt und gepriesen als Entdeckerin und Förderin dieses Genies. »Ich kann noch viel mehr zeichnen«, erbot sich Tularecito.

Miss Martin klopfte ihm auf die breite Schulter. »Und das sollst du auch tun«, sagte sie. »Jeden Tag sollst du zeichnen. Gott hat dir ein großes Talent geschenkt.« Dann wurde ihr bewußt, daß sie soeben etwas sehr Bedeutendes gesagt hatte. Sie lehnte sich über ihn und schaute in seine harten Augen und wiederholte langsam: »Es ist ein großes Talent, das dir Gott geschenkt hat.« Dann schaute Miss Martin auf die Uhr und sagte: »Vierte Klasse: Rechnen — an der Tafel!«

Die Vorschüler krochen aus den Bänken, nahmen die Schwämme und begannen, die Tiere auszuwischen, um Platz für ihre Zahlen zu machen. Sie hatten kaum angefangen, als Tularecito angriff. Es war ein großer Tag! Miss Martin, unterstützt von der ganzen Schule, konnte ihn nicht überwältigen, denn der aufgebrachte Tularecito hatte die Kraft eines Mannes und eines Verrückten zugleich. Die Schlacht zerstörte das Schulzimmer, zerschlug Bänke, verschüttete Ströme von Tinte, schleuderte Blumensträuße umher; Miss Martins Kleider wurden zu Fetzen zerrissen, und die größeren Buben, auf denen das Hauptgewicht der Schlacht lastete, wurden arg verbeult und zusammengehauen. Tularecito kämpfte mit Händen und Füßen und Zähnen und mit dem Kopf. Er hielt sich an keine ehrenhaften Regeln, und am Ende siegte er. Die ganze Schule mit Miss Martin als Rückendeckung floh aus dem Schulhaus und überließ es dem wütenden Tularecito. Als sie fort waren, schloß er die Tür und drehte den Schlüssel, wischte sich das Blut aus den Augen und begann, seine zerstörten Tiere zu heilen.

An jenem Abend sprach Miss Martin bei Franklin Gomez vor und verlangte, der Junge müsse geschlagen werden.

Gomez zuckte die Achseln. »Muß ich ihn wirklich durchprügeln, Miss Martin?«

Das Gesicht der Lehrerin war zerkratzt; ihr Mund war bitter. »Selbstverständlich!« sagte sie. »Wenn Sie gesehen hätten, was er heute angestellt hat, würden Sie nichts mehr sagen. Der Junge muß gezüchtigt werden!«

Gomez zuckte abermals die Achseln und rief Tularecito aus dem Schuppen herbei. Er nahm eine schwere Peitsche von der Wand, und Tularecito lächelte Miss Martin freundlich zu, als ihn Franklin Gomez mit voller Wucht auf den Rücken schlug. Miss Martin machte unwillkürlich die Bewegung des Schlagens mit. Als es vorüber war, tastete sich Tularecito mit langen, suchenden Fingern ab und ging, immer noch lächelnd, in den Schuppen zurück.

Miss Martin hatte dem Ende der Züchtigung mit Entsetzen beigewohnt. »Aber er ist ja ein Tier!« schrie sie. »Es war, wie wenn man einen Hund schlägt!«

Franklin Gomez ließ eine leichte Spur des Ärgers über sie auf seinem Gesicht sehen. »Ein Hund hätte sich geduckt und gewunden, Miss Martin«, sagte er. »Jetzt haben Sie gesehen, was er ist. Sie sagen, er ist ein Tier, aber er ist ein gutes Tier. Sie geboten ihm, Tiere zu zeichnen, und dann haben Sie seine Zeichnungen zerstört. Tularecito mag das nicht . . .«

Miss Martin wollte ihn unterbrechen, aber er fuhr weiter.

»Dieser kleine Frosch sollte nicht in die Schule gehen. Er kann arbeiten, er kann mit den Händen wunderschöne Sachen machen, aber er kann die einfachen kleinen Dinge der Schule nicht lernen. Er ist nicht verrückt; er ist einer von denen, die Gott nicht ganz fertig gemacht hat. Ich habe das alles dem Schulvorsteher gesagt, und er antwortete, das Gesetz verlange es, daß Tularecito zur Schule geht, bis er achtzehn Jahre zählt. Das ist sieben Jahre von heute an. Sieben Jahre lang wird mein Kleiner Frosch in der ersten Klasse sitzen, weil es das Gesetz so haben will. Ich verstehe das nicht.«

»Einsperren sollte man ihn«, protestierte Miss Martin. »Diese Kreatur ist gefährlich. Sie hätten ihn heute sehen sollen!«

»Nein, Miss Martin, man sollte ihn in Ruhe lassen. Er ist nicht gefährlich. Niemand kann einen Garten besorgen wie er. Niemand kann so flink und so sorgfältig melken. Er ist ein guter Junge. Er kann ein wildes Pferd zähmen, ohne es zu reiten. Er kann einen Hund dressieren, ohne ihn zu schlagen. Aber das Gesetz sagt, er muß in der ersten Klasse sitzen und sieben Jahre lang ›K-A-T-Z-E, Katze‹ wiederholen. Wenn er gefährlich wäre, hätte er mich leicht töten können, als ich ihn schlug.«

Miss Martin fühlte, daß es Dinge gab, die sie nicht verstehen konnte, und sie haßte Franklin Gomez deswegen. Sie wußte, daß sie gemein und daß er gut gewesen war. Am andern Tag, als sie in die Schule kam, stand Tularecito vor ihr. Jedes freie Flecklein Wand war vollgezeichnet mit Tieren.

»Haben Sie gesehen?« sagte er und strahlte sie über die Schulter an. »Noch viel mehr! Und ich habe ein Buch mit noch andern, aber es hat keinen Platz für sie an der Wand.«

Miss Martin wischte die Tiere nicht aus. Die Schularbeiten wurden auf Papier geschrieben, aber am Ende des Schuljahres kündigte sie ihre Stelle, wobei sie schlechte Gesundheit vorschützte.

Miss Morgan, die neue Lehrerin, war sehr jung und sehr hübsch – zu jung und zu gefährlich hübsch, dachten die älteren Männer des Tales. Einige der Burschen in den oberen Klassen waren siebzehn Jahre alt. Man bezweifelte ernstlich, daß eine so junge und so hübsche Lehrerin Ordnung in der Schule zu halten vermochte.

Sie brachte eine heiße Begeisterung für ihren Beruf mit ins Tal. Die Schüler waren verblüfft, denn sie hatten sich an alternde Jungfern gewöhnt, deren Gesichter ewig müde Füße widerzuspiegeln schienen. Miß Morgan hatte Freude am Lehren und verwandelte die Schule in eine aufregende Stätte, wo ungewöhnliche Dinge geschahen.

Von Anfang an war Miss Morgan von Tularecito tief beeindruckt. Sie wußte alles über ihn, hatte Bücher gelesen über seine Psychologie und Kurse besucht. Sie hatte von der Schlacht im Schulzimmer gehört, und deshalb umgrenzte sie am oberen Rand der Wandtafeln mit einem dicken Strich eine Fläche für seine Tiere, und als er seinen Umzug fertiggezeichnet hatte, kaufte sie ihm von ihrem Geld einen riesigen Zeichenblock und einen weichen Bleistift. Von da an gab er sich nicht mehr mit Buchstabieren ab. Tag für Tag arbeitete er über dem Zeichenbrett, und jeden Nachmittag überreichte er der Lehrerin ein prachtvoll gezeichnetes Tier. Sie hing die Zeichnungen an die Wände über den Tafeln. Die Schüler nahmen die Neuerungen, welche Miss Morgan einführte, mit großer Begeisterung entgegen. Der Unterricht wurde spannend, und sogar jene Buben, welche sich als Quälgeister ein beneidenswertes Ansehen erworben hatten, träumten nicht mehr so oft davon, das Schulhaus anzuzünden.

Miss Morgan führte etwas ein, was ihr die tiefste Verehrung der Schüler eintrug. Jeden Nachmittag las sie ihnen eine halbe Stunde vor. Sie las in Fortsetzungen »Ivanhoe« und »The Talisman«, dann Geschichten von Zane Grey und Jagderzählungen von James Oliver Curwood, ferner »The Sea Wolf« und »Call of the Wild« – nicht Kindergeschichten von der kleinen roten Henne und dem Fuchs und den Gänsen, sondern spannende, aufregende, richtige Geschichten für Erwachsene.

Miss Morgan las gut vor. Auch die wilderen Buben wurden langsam gewonnen, bis sie überhaupt nicht mehr schwänzten, weil sie die Fortsetzungen nicht verpassen wollten.

Aber Tularecito zeichnete sorgfältig weiter und hielt nur ab und zu inne und blinzelte die Lehrerin an und versuchte zu verstehen, weshalb wohl diese weitläufigen Erzählungen von unbekannten Leuten irgend jemanden interessieren konnten. Für ihn waren es Berichte von tatsächlichen Ereignissen – oder warum hätte man sie sonst niedergeschrieben? Die Geschichten waren wie der Unterricht. Tularecito hörte nicht zu.

Nach einiger Zeit hatte Miss Morgan das Gefühl, daß sie die älteren Kinder etwas zu sehr bevorzugt hatte. Sie selbst liebte Märchen und dachte gern an ganze Völker, welche an Elfen und Feen glaubten und sie in der Folge auch sahen. In demselben Kreis ihrer erprobten und gebildeten Bekanntschaft sagte sie oft, daß »ein Teil der kulturellen Not Amerikas auf der einfältigen, abergläubischen Verleugnung der Existenz von übernatürlichen Wesen beruht«. Und eine Zeitlang widmete sie ihre halbe Stunde am Nachmittag dem Vorlesen von Märchen.

Und das machte Tularecito aufhorchen. Als Miss Morgan von Elfen und Heinzelmännchen, Feen und Wichten und Wechselbälgen vorlas, fand seine Aufmerksamkeit ein Ziel, und der Bleistift lag untätig in seiner Hand. Dann las sie von Gnomen und ihren Eigenarten und Lebensgewohnheiten, und er ließ den Bleistift aus der Hand fallen und beugte sich weit nach vorn gegen die Lehrerin, um jedes Wort aufzunehmen.

Nach der Schule mußte Miss Morgan eine Meile weit gehen, bis sie an ihrem Wohnort war. Sie liebte es, den Weg allein zu gehen, unterwegs mit einem Zweig Distelköpfe abzuschlagen und Steine in die Gebüsche zu werfen, um die Wachteln aufzuscheuchen. Sie hätte gern einen übermütigen, neugierigen Hund bei sich gehabt, der ihre Freude geteilt und den Zauber von Erdlöchern und trippelnden Pfoten auf dürren Blättern erkannt, der das Geheimnisvolle des seltsamen, melancholischen Vogelgezwitschers und die Zartheit der Düfte, die die Erde verstohlen verbreitete, verstanden hätte.

Eines Nachmittags kletterte Miss Morgan hoch über eine Kreidewand hinauf, um ihre Initialen in den weißen Stein einzuritzen. Auf dem Hinaufweg riß sie an einem Dorn den Finger wund, und statt Initialen kratzte sie ein: »Hier bin ich gewesen und habe das von mir hiergelassen«, und preßte den blutigen Finger auf den porösen Kalkstein.

An jenem Abend schrieb sie in einem Brief: »Neben dem Allernötigsten zum Leben und zur Vermehrung bedarf der Mensch am meisten der Gelegenheit, irgendwelches Zeichen zu hinterlassen, einen Beweis vielleicht, daß er wirklich gelebt hat. Er hinterläßt sein Zeichen auf Holz, auf Stein oder im Leben anderer Menschen. Dieses tiefe Bedürfnis existiert in jedem von uns, von dem Knaben, der schmutzige Worte an die Wand einer öffentlichen Toilette malt, bis zum Buddha, der sein Ebenbild in den Geist seiner Rasse einätzt. Das Leben ist so unwirklich! Ich glaube, wir zweifeln wirklich, ob wir existieren, und ziehen umher und versuchen zu beweisen, daß wir es tun.« Eine Kopie dieses Briefes bewahrte sie auf.

Als sie an dem Nachmittag, da sie von den Gnomen vorgelesen hatte, nach Hause ging, teilte sich plötzlich das Gras neben der Straße, und der häßliche Kopf von Tularecito tauchte auf.

»Oh! Hast du mich aber erschreckt!« rief Miss Morgan. »So solltest du die Leute nicht überfallen!«

Tularecito stand auf und lächelte verlegen und schlug seinen Hut gegen das Bein. Plötzlich wurde Miss Morgan von Angst ergriffen. Die Straße war vollständig verlassen – sie hatte Geschichten von Idioten gelesen! Mit großer Mühe meisterte sie ihre zitternde Stimme.

»Was . . . was willst du?«

Tularecito grinste und schlug noch heftiger mit dem Hut an das Bein.

»Hast du dich einfach versteckt? . . . oder . . . willst du etwas?«

Tularecito rang verzweifelt nach Worten; dann begann er von neuem zu lächeln.

»Nun ... ? Wenn du nichts willst, gehe ich weiter.«

Miss Morgan war bereit, zu fliehen.

Tularecito stammelte: »Diese L-Leute ...«

»Welche Leute?« fragte Miss Morgan mit erregter Stimme. »Was für Leute meinst du?«

»Die Leute ... i-im Buch ...«

Dann lachte Miss Morgan erleichtert, bis sie spürte, daß ihr Haar im Nacken in Unordnung geriet. »Ach so! Du meinst ... Du meinst die Gnome?«

Tularecito nickte.

»Ja, und? Was soll ich dir von den Gnomen erzählen?«

»Ich habe noch keine gesehen«, sagte Tularecito. Seine Stimme war tief und eintönig.

»Natürlich, die wenigsten Leute sehen sie.«

»Aber ich, ich wußte von ihnen.«

Miss Morgan war höchst erstaunt. »Wirklich? Wer hat es dir denn gesagt?«

»Niemand.«

»Du hast sie noch nie gesehen, und niemand hat dir von ihnen erzählt, und doch hast du gewußt, daß es Gnome gibt? Wie ist denn das möglich?«

»Ich hab's einfach gewußt. Habe sie gehört, vielleicht. Wie sie aus dem Buch vorlasen, habe ich sie gleich erkannt.«

Miss Morgan dachte: »Warum sollte ich vor diesem seltsamen, unfertigen Kind die Gnome verleugnen? Wäre sein Leben nicht reicher und glücklicher, wenn er an sie glaubte? Und was könnte es schon schaden!«

»Hast du sie gesucht?« fragte sie.

»Nein. Nie. Ich hab's einfach gewußt. Aber jetzt suche ich.«

Miss Morgan war begeistert von dem Gespräch. Das war Papier, auf das man schreiben mußte; das war Stein, um etwas einzuritzen! Sie könnte eine wunderbare Geschichte schreiben, dachte sie, eine Geschichte, die viel wirklicher war, als je eine in einem Buch sein konnte. »Wo willst du suchen?« fragte sie.

»Löcher graben!« sagte Tularecito trocken.

»Die Gnome kommen aber nur nachts hervor, Tularecito. Du mußt in der Nacht suchen. Und du mußt zu mir kommen und es mir sagen, wenn du sie gefunden hast. Willst du das tun?«

»Ich komme«, versprach er ernst.

Als sie weiterging, starrte er ihr nach. Auf dem ganzen Heimweg stellte sie sich vor, wie er in der Nacht herumsuchte. Das Bild gefiel ihr. Vielleicht sogar fand er wirklich seine Gnome und lebte und sprach mit ihnen. Mit ein paar andeutenden Worten hatte sie sein Leben unwahrscheinlich und sehr wunderbar gemacht und von dem albernen Leben um ihn herum abgesondert. Sie beneidete ihn beinahe um sein Suchen.

Am Abend zog Tularecito die Jacke an und holte die Schaufel. Pancho überraschte ihn, als er aus dem Werkschuppen trat. »Wohin gehst du, Kleiner Frosch?« fragte er.

Tularecito war über die Verzögerung beunruhigt und scharrte ungeduldig mit den Füßen. »Ich gehe hinaus in die Nacht. Ist das etwas Neues?«

»Aber wozu die Schaufel? Suchst du vielleicht Gold?« Das Gesicht des Jungen wurde hart. Er hatte etwas sehr Ernstes im Sinn.

»Ich gehe nach den kleinen Leuten graben, die in der Erde wohnen.«

Jetzt war Pancho von Entsetzen erfüllt. »Geh nicht, Kleiner Frosch! Hör auf deinen alten Freund, deinen Gevatter, und geh nicht! Draußen im Salbeibusch habe ich dich aufgelesen und vor den Teufeln gerettet, deinen Angehörigen. Du bist jetzt ein kleiner Bruder Jesu. Geh nicht zurück zu deinen Leuten! Hör auf einen alten Mann, Kleiner Frosch!«

Tularecito starrte unverwandt auf den Boden und versuchte, seine alten Gedanken mit dieser neuen Kunde zu vereinbaren. »Du hast es gesagt; sie sind meine Leute!« rief er. »Ich bin nicht wie die anderen in der Schule und hier! Ich weiß das. Ich habe Sehnsucht nach meinen eigenen Leuten, die tief in der kühlen Erde leben. Wenn ich an dem Loch eines Eichhörnchens vorbeikomme, will ich hineinkriechen und mich verstecken. Meine Leute sind wie ich, und sie haben mich gerufen. Ich muß heimgehen zu ihnen, Pancho.«

Pancho schreckte zurück und hielt gekreuzte Finger hoch. »So geh denn zum Teufel, deinem Vater! Ich bin nicht gut genug, dieses Übel zu besiegen. Dazu braucht es einen Heiligen. Aber sieh! Ich mache das Kreuz gegen dich und gegen alle von deinesgleichen!« Und er machte das Kreuz in die Luft vor sich.

Tularecito lächelte traurig, kehrte sich um und stampfte davon in die Hügel.

Tularecitos Herz schlug heftig vor Freude über seine Heimkehr. Sein ganzes Leben lang war er ein Ausgestoßener gewesen, ein einsamer Fremder, und jetzt ging er heim. Wie immer hörte er die Stimmen der Erde — das weitentfernte Läuten der Kuhglocken, das Flüstern der Wachteln, das kleine Winseln eines Coyoten, die nächtlichen Stimmen von Millionen von Insekten. Aber Tularecito lauschte auf ein anderes Geräusch, die Bewegung von zweibeinigen Geschöpfen, und die gedämpften Stimmen der verborgenen Leute.

Einmal hielt er an und rief: »Mein Vater, ich bin zu dir gekommen!« und er hörte keine Antwort. In die Löcher der Eichhörnchen flüsterte er: »Wo seid ihr, meine Leute? Es ist nur Tularecito, der zu euch gekommen ist.« Aber niemand antwortete. Und noch schlimmer: er spürte die Nähe der Gnome nicht; er wußte, daß hinter einem Busch eine Wildkatze ein Kaninchen anpirschte, obwohl er sie nicht sehen konnte, aber von den Gnomen erhielt er kein Zeichen.

Ein weißer Mond stieg aus den Hügeln auf.

»Jetzt kommen die Tiere hervor, um zu fressen«, sagte Tularecito in dem papierenen Flüstern der Einfältigen.

»Jetzt kommen dann auch die Leute hervor.«

Am Rande eines kleinen Tals war das Gebüsch zu Ende, und an seine Stelle trat ein Baumgarten. Die Bäume waren üppig beblättert, der Boden war schön gepflegt. Es war Bert Munroes Obstgarten. Oft, als das Land noch verlassen war und von Gespenstern heimgesucht wurde, war Tularecito nachts hingeschlichen und hatte sich unter den Bäumen auf die Erde gelegt und mit zarten Fingern nach den Sternen gegriffen. In dem Augenblick, als er in den Baumgarten trat, wußte er, daß er nahe am Ziel war. Er konnte sie nicht hören, aber er wußte, daß die Gnome in der Nähe waren. Er rief sie, wieder und wieder, aber sie kamen nicht zu ihm. »Vielleicht lieben sie das Mondlicht nicht«, sagte er. Am Fuße eines großen Pfirsichbaumes grub er sein Loch — drei Fuß breit und sehr tief. Die ganze Nacht hindurch arbeitete er, hielt ab und zu inne und horchte ein Weilchen und grub weiter, immer tiefer in die kühle Erde hinein. Er hörte nichts, gar nichts, aber er war sicher, daß er ihnen näher kam. Erst als die Morgendämmerung nahte, unterbrach er die Arbeit und legte sich in die Büsche und schlief ein.

Am Vormittag ging Bert Munroe hinaus, um nach einer Coyotenfalle zu schauen, und fand das Loch am Fuße des Baumes. »Was zum Teufel!« sagte er. »Das muß von den Kindern sein. Die wollen einen Tunnel graben. Das ist aber gefährlich! Das Loch kann sie verschütten, oder jemand fällt hinein und verletzt sich.« Er ging ins Haus zurück und holte eine Schaufel und deckte das Loch zu.

»Manny«, sagte er zu seinem jüngeren Sohn, »hast du im Baumgarten ein Loch gegraben?«

»Nein«, sagte Manny.

»Weißt du, wer es gegraben hat?«

»Nein!« sagte Manny.

»Jemand hat ein tiefes Loch gegraben. Das ist gefährlich. Sag den Buben, das dürfen sie nicht, sonst werden sie verschüttet.«

Die Nacht kam, und Tularecito trat aus dem Gebüsch und wollte an seinem Loch weitergraben. Als er sah, daß es zugedeckt war, knurrte er wütend, dann aber lachte er und sagte glücklich: »Meine Leute sind hiergewesen! Sie wußten nicht, wer es war, und sie fürchteten sich. Sie haben das Loch zugedeckt, wie die Maulwürfe es machen. Ich will mich verstecken, und wenn sie wieder hervorkommen und das Loch zudecken wollen, sage ich ihnen, wer ich bin. Dann werden sie mich lieben.«

Und Tularecito grub das Loch wieder auf und machte es viel tiefer als zuvor, denn ein Teil der Erde war nun locker. Kurz vor Tagesanbruch zog er sich in das Gebüsch am Rande des Baumgartens zurück und legte sich auf den Boden und wartete.

Bert Munroe ging vor dem Frühstück hinaus, um zu sehen, ob seine Falle etwas gefangen hatte, und dann sah er abermals das Loch unter dem Baum. »Die kleinen Teufel!« rief er. »Was glauben die denn? Ich wette, da steckt Manny dahinter!«

Er musterte das Loch einen Augenblick, und dann begann er mit dem Schuh die Erde hineinzuschieben. Ein wildes Fauchen schreckte ihn auf. Er warf sich herum. Tularecito sprang mit seinen langen Beinen auf ihn los und schwang die Schaufel wie eine Keule.

Als Jimmie Munroe seinen Vater zum Frühstück holen wollte, fand er ihn leblos auf einem Erdhaufen liegen. Er blutete aus dem Mund und an der Stirn. Aus dem Loch heraus kamen Schaufeln voll Erde geflogen.

Jimmie glaubte, jemand habe seinen Vater getötet und schaufle ein Loch, um ihn zu begraben. Zu Tode erschrocken rannte er nach Hause und rief durch das Telefon eine Schar Nachbarn zusammen.

Ein halbes Dutzend Männer schlich sich an das Loch heran. Tularecito wehrte sich wie ein verwundeter Löwe und hielt stand, bis sie ihn mit seiner eigenen Schaufel über den Kopf schlugen. Dann banden sie ihn und warfen ihn ins Gefängnis.

In Salinas wurde der Junge auf seinen Geisteszustand untersucht. Als die Ärzte ihn fragten, lächelte er sie freundlich an und antwortete nicht. Franklin Gomez erzählte ihnen, was er wußte, und bat, man möge ihm die Schutzaufsicht übertragen.

»Das dürfen wir wirklich nicht, Mr. Gomez«, entschied der Richter schließlich. »Sie behaupten, er ist ein guter Junge. Erst gestern versuchte er, einen Mann zu töten. Ein Glück, daß der Verletzte außer Lebensgefahr ist. Sie müssen einsehen, daß wir ihn nicht frei herumlaufen lassen dürfen. Früher oder später wird er einmal wirklich jemanden töten.«

Nach kurzer Beratung wurde Tularecito in die Anstalt für kriminelle Geisteskranke in Nepa eingewiesen.

V

Helen van Deventer war eine stattliche Frau mit einem scharfgeschnittenen, hübschen Gesicht und traurigen Augen. Eine tiefe Erkenntnis des Tragischen erfüllte ihr Leben. Schon als fünfzehnjähriges Mädchen hatte sie wie eine Witwe ausgesehen, nachdem ihr Perserkätzchen vergiftet worden war. Unauffällig, mit gedämpfter Stimme und lautlosem Gebaren trauerte sie um das Kätzchen, und als sechs Monate später ihr Vater starb, ging ihr Trauern ohne Unterlaß weiter. Es schien, als sei sie nach Tragik ausgehungert. Und das Leben hatte sie verschwenderisch mit traurigen Dingen überhäuft.

Als sie fünfundzwanzig Jahre alt war, heiratete sie Hubert van Deventer, einen blühenden, gesunden Jägersmann, der sechs Monate des Jahres damit zubrachte, auf die eine oder andere Kreatur zu schießen. Drei Monate nach der Heirat erschoß er sich selbst, als ihm ein Brombeerzweig ein Bein stellte. Hubert war ein recht tapferer Mann. Als er sterbend unter einem Baum lag, fragte ihn einer seiner Begleiter, ob er ein paar Worte für seine Frau hinterlassen möchte.

»Ja«, antwortete Hubert. »Sagt ihr, sie soll mich ausstopfen und an den leeren Platz zwischen dem Elch und dem Steinbock in der Bibliothek hängen lassen! Sagt ihr, diesen da hätte ich nicht dem Jagdaufseher abgekauft!«

Helen van Deventer legte gleichsam ein Siegel über das Bibliothekzimmer mit den Trophäen. Von da an blieb der Raum dem Geiste Huberts geweiht. Die Vorhänge wurden nie mehr von den Fenstern gezogen. Wer es für nötig fand, in dem Zimmer zu sprechen, tat es nur schüchtern und leise. Helen weinte nicht, denn es war nicht ihre Art, zu weinen, aber ihre Augen wurden größer, und oft starrte sie ins Leere wie jemand, der in anderen Zeiten weilt. Hubert hinterließ ihr das Haus in Russian Hill, San Franzisko, und ein ansehnliches Vermögen.

Ihre Tochter Hilda kam sechs Monate nach Huberts Tod zur Welt und war ein hübsches, puppenähnliches Baby mit den großen Augen seiner Mutter. Hilda war nie ganz gesund; mit verblüffender Bereitwilligkeit zog sie sich alle Kinderkrankheiten zu. Ihr Temperament, das sich anfänglich im Schreien einen Ausweg suchte, wurde verheerend, sobald sie auf allen vieren kriechen konnte. Jeden zerbrechlichen Gegenstand, der ihrem Zorn in den Weg geriet, schlug sie in Stücke. Helen van Deventer beschwichtigte und liebkoste sie und brachte es zumeist fertig, sie dadurch noch mehr zu reizen.

Als Hilda sechsjährig war, erfuhr Mrs. van Deventer von ihrem Hausarzt, Dr. Phillips, was sie heimlich schon lange befürchtet hatte.

»Sie müssen sich damit abfinden«, sagte er. »Hilda ist geistig nicht ganz normal. Ich schlage vor, daß Sie sie von einem Psychiater behandeln lassen.«

Die dunklen Augen der Mutter erweiterten sich vor Schmerz. »Sind Sie ganz sicher?«

»Ziemlich sicher. Ich bin kein Spezialist. Sie müssen das Kind von einem Arzt untersuchen lassen, der mehr von der menschlichen Seele weiß als ich.«

Helen schaute weg. »Daran habe ich auch schon gedacht, Doktor Phillips, aber ich kann es nicht. Sie haben sich immer um unsere Familie gekümmert. Ich kenne Sie. Bei einem andern Arzt hätte ich nie dieses Gefühl der Sicherheit.«

»Was heißt Sicherheit!« fuhr Dr. Phillips auf. »Wissen Sie denn nicht, daß wir das Kind heilen können, wenn wir es richtig behandeln lassen?«

Helen hob die Hände ein wenig und ließ sie hilflos fallen. »Sie wird nie ganz gesund werden. Sie wurde in einer bösen Zeit geboren. Der Tod ihres Vaters ... es war zuviel für mich. Ich hatte nicht die Kraft, um ein gesundes Kind auszutragen.«

»Aber was wollen Sie denn tun? Verzeihen Sie, aber was Sie da sagen, ist sträflicher Unsinn.«

»Was vermag ich schon zu tun? Ich kann warten und hoffen. Ich weiß, daß ich das Schlimmste zu ertragen fähig bin, aber zu einem andern Arzt kann ich das Kind nicht bringen. Ich werde es behüten und pflegen. Das ist alles. Das scheint mein Schicksal zu sein.« Sie lächelte sehr traurig und hob abermals die Hand.

»Mir scheint, Sie zwingen sich unnütz Sorgen auf«, sagte Dr. Phillips gereizt.

»Wir nehmen, was uns gegeben wird. Ich kann ausharren. Ich weiß, daß ich es kann, und ich bin stolz darüber. Keine noch so große Tragik wird meine Geduld erschüttern. Aber eins könnte ich nicht ertragen, Doktor Phillips: Hilda darf man mir nicht wegnehmen. Ich werde sie bei mir behalten, und Sie werden vorbeikommen wie immer, aber außer Ihnen darf sich niemand einmischen.«

Dr. Phillips verließ das Haus in schlechter Laune und bedrückt. Die auffällige, unnütze Beharrlichkeit dieser Frau machte ihn immer sehr zornig. »Wenn ich das Schicksal wäre«, dachte er, »wäre ich auch versucht, ihren Widerstand zu brechen.«

Nicht lange darauf wurde Hilda von Träumen und Visionen heimgesucht. Entsetzliche Nachtmahre mit Krallen und spitzen Zähnen versuchten sie zu töten, wenn sie schlief. Häßliche kleine Wichte peinigten sie und bohrten die Zähne in ihre Ohren, und Helen van Deventer sah in diesen Visionen neue Wesen, die gekommen waren, um sie zu prüfen.

»Ein Tiger hat am Leintuch gezerrt«, weinte Hilda am Morgen.

»Du darfst dich nicht fürchten, Liebes.«

»Aber er wollte in das Leintuch beißen, Mutter.«

»Heute nacht bleibe ich bei dir, Liebling, und dann darf er nicht kommen.«

Sie fing an, bis zum Morgengrauen am Bett des kleinen Kindes zu wachen. Ihre Augen wurden fiebrig und strahlten ihren verzweifelten Widerstandswillen wider.

Noch mehr als die Träume beunruhigte sie etwas anderes: Hilda hatte zu lügen angefangen. »Heute morgen ging ich in den Garten, Mutter. Auf der Straße saß ein alter Mann. Er sagte, ich soll mit ihm kommen, und dann bin ich mit ihm gegangen. Er hatte einen großen goldenen Elefanten, und er hat mich darauf gesetzt.« Hildas Augen waren fremd und leer, als sie die Geschichte erfand.

»Du darfst nicht solche Sachen erzählen, Liebling«, bat ihre Mutter. »Du weißt, daß sie nicht wahr sind.«

»Aber das *ist* wahr, Mutter, sicher! Und der alte Mann hat mir eine Uhr geschenkt. Schau, ich zeige sie dir.« Und sie hielt ihrer Mutter eine Armbanduhr mit eingelegten Diamanten vor die Augen. Helen erschrak. Mit zitternden Händen nahm sie die Uhr. Ein Schatten von Entsetzen huschte über ihr Gesicht.

»Woher hast du das, Hilda?«

»Der alte Mann hat es mir gegeben, Mutter.«

»Nein ... sag deiner Mutter, wo du die Uhr gefunden hast! Du hast sie gefunden, Hilda, nicht wahr?«

»Ich habe sie von dem alten Mann bekommen.«

Auf der Rückseite der Uhr war ein Monogramm eingraviert. Helen kannte die Initialen nicht. Hilflos starrte sie auf die verschnörkelten Buchstaben. »Mutter nimmt das an sich«, sagte sie streng. Und in jener Nacht ging sie unbemerkt in den Garten, nahm eine kleine Handschaufel und vergrub die Uhr tief in der Erde. Dann ließ sie einen hohen eisernen Gartenzaun errichten, und von da an durfte Hilda nie mehr allein den Garten verlassen.

Als sie dreizehn war, entwischte Hilda und rannte davon. Helen ließ sie durch Privatdetektive suchen, und nach vier Tagen fand sie ein Polizist, schlafend, in dem leerstehenden Büro einer Immobilienfirma in Los Angeles. Helen rettete ihre Tochter vor der Polizeistation. »Warum bist du denn fortgerannt?«

»... weil ich auf einem Klavier spielen wollte.«

»Aber wir haben doch ein Klavier zu Hause. Warum hast du nicht auf dem gespielt?«

»Oh, ich wollte eben auf einem andern Klavier spielen, auf einem größeren.«

Helen nahm Hilda auf den Schoß und drückte sie an sich. »Und was hast du dann getan, Liebes?«

»Ich ging auf die Straße, und ein Mann kam und hieß mich mitfahren. Er gab mir fünf Dollars. Und dann fand ich die Zigeuner und wohnte bei ihnen. Sie machten mich zu ihrer Königin. Dann wurde ich mit einem jungen Mann verheiratet, und wir hätten ein kleines Baby bekommen sollen, aber ich wurde müde und setzte mich irgendwohin, und dann hat mich der Polizist mitgenommen.«

»Mein armer Liebling«, sagte Helen. »Du weißt doch, daß das alles nicht wahr ist!«

»Aber es *ist* wahr, Mutter, sicher!«

Helen ließ Dr. Phillips kommen. »Sie sagt, sie hat einen Zigeuner geheiratet. Sie glauben doch nicht ... nicht wahr. Sie glauben auch, daß es unmöglich ist? Ich könnte es nicht ertragen.«

Der Arzt schaute das kleine Mädchen genau an. Als er mit der Untersuchung zu Ende war, sagte er ungehalten: »Ich habe Ihnen ja gesagt, man sollte sie einem Spezialisten anvertrauen.« Er trat auf das kleine Mädchen zu. »Kommt die böse alte Frau immer noch in dein Schlafzimmer, Hilda?«

Hildas Hände zuckten. »Gestern nacht ist sie mit einem Affen gekommen, mit einem großen Affen. Er wollte mich beißen.«

»Denk nur immer fest daran, daß sie dir nicht weh tun kann, weil ich dich ja behüte. Die alte Frau fürchtet mich. Wenn sie wiederkommt, sagst du ihr, daß ich dich behüte, und dann wirst du schon sehen, wie schnell sie sich davonmacht.«

Das kleine Mädchen lächelte müde. »Und der Affe auch?«

»Natürlich, der auch. Und da ich gerade daran denke: hier hast du etwas für deine Tochter.« Er zog ein Stück Pfefferminz aus der Tasche. »Da! Gib das deiner Babette ... so heißt sie doch, nicht wahr?« Hilda riß ihm das Zuckerstück aus der Hand und rannte aus dem Zimmer.

»Helen«, sagte der Arzt, »leider fehlen mir das Wissen und die Erfahrung, aber soviel weiß ich: Hildas Zustand wird sich nun rasch verschlimmern. Sie wird erwachsen. Die Übergangszeit und die damit verbundenen Gefühlsregungen werden die geistigen Defekte unweigerlich verschärfen. Ich weiß nicht, was geschehen könnte. Sie kann eine Mörderin werden, oder sie läuft dem ersten besten Mann nach, dem sie begegnet. Wenn Sie sie nicht endlich zu einem Spezialisten bringen, wenn Sie sie nicht auf das sorgfältigste überwachen lassen, kann etwas geschehen, das Sie bereuen werden. Dieser jüngste Streich ist nur ein milder

Vorbote. Und so kann das einfach nicht weitergehen. Auch Ihretwegen nicht; das ist zu viel für Sie.«

Helen saß starr auf ihrem Stuhl. In ihrem Gesicht war abermals jener Widerstand zu erkennen, der ihn so reizte. »Was schlagen Sie denn vor?« fragte sie heiser.

»Eine Anstalt«, sagte er, und es freute ihn beinahe, daß seine Antwort so brutal klang.

Helens Gesicht zog sich zusammen. »Nein!« rief sie. »Das tue ich nicht! Sie gehört mir, und ich bin für sie verantwortlich. Ich selber werde bei ihr bleiben, Doktor Phillips, und ich werde sie nie aus den Augen lassen. Aber wegschicken kann ich sie nicht.«

»Sie kennen die Folgen«, sagte er schroff. Und dann überwältigte ihn die Aussichtslosigkeit, mit dieser Frau vernünftig zu reden. »Helen, seit vielen Jahren bin ich Ihr Freund. Müssen Sie wirklich diese schwere Bürde von Leid und Verantwortung auf Ihre eigenen Schultern laden? Und warum denn?«

»Ich kann alles ertragen, aber weggeben kann ich sie nicht.«

»Nicht wahr, Sie gefallen sich in Ihrer Rolle! Sie lieben das härene Hemd«, grollte er. Ihr Schmerz macht Ihnen Vergnügen. Sie wollen nichts davon hergeben, nicht das kleinste Fetzchen.« Dann wurde er sehr zornig. »Helen, jeder Mann hat, denke ich, einmal in seinem Leben das Bedürfnis, eine Frau zu schlagen. Ich glaube, ich bin sonst ein nachsichtiger Mensch, aber gerade jetzt möchte ich Sie mit beiden Fäusten ins Gesicht schlagen.« Er blickte in ihre dunklen Augen und sah, daß er nur noch eine weitere Tragödie auf sie geworfen hatte; sah, daß er eine neue Bürde auf sie gewälzt hatte, die sie erdulden würde. »Ich gehe jetzt«, sagte er. »Rufen Sie mich nicht mehr! Ich ... ich fange an, Sie zu hassen.«

Mit Interesse und Verdruß vernahmen die Leute im »Tal des Himmels«, daß eine reiche Frau sich im Tal niederlassen wollte. Sie sahen zu, wie Balken und Bauholz auf Lastwagen in den Christmas Cañon hinaufgeführt wurden, und sie lachten etwas verächtlich über diese Idee und auch über die Kosten, die damit verbunden sein mußten. Balken herbeischleppen! Bert Munroe spazierte in den Cañon und sah den Zimmerleuten zu, die ein Haus errichteten. Einen halben Tag lang schaute er zu, dann ging er in den Laden, um Bericht zu erstatten.

»Es wird hübsch«, sagte er. »Jeder einzelne Balken ist tadellos. Und wißt Ihr, bereits sind Gärtner an der Arbeit. Sie fahren große Bäume und blühende Pflanzen in den Cañon und setzen sie in die Erde. Diese Mrs. van Deventer muß ordentlich viel Geld haben.«

»Die tragen aber auch dick auf, diese reichen Leute«, sagte Pat Humbert mißbilligend.

»Und noch etwas«, fuhr Bert weiter. »Ist das nicht bezeichnend für eine Frau? Wißt Ihr, was es an einigen der Fenster hat? Stäbe! Nicht Eisenstäbe, sondern große, dicke, eichene Stangen. Ich glaube, die alte Dame fürchtet sich vor den Coyoten.«

»Möchte nur wissen, ob sie einen Haufen Bediente mitbringt«, sagte T. B. Allen hoffnungsvoll. »Aber sie wird wohl ihre Ware in der Stadt einkaufen. Alle Leute von dieser Art kaufen ihre Ware in der Stadt.«

Als das Haus und der Garten fertig waren, fuhren Helen van Deventer und Hilda, ein chinesischer Koch und ein Hausbursche — ein Filipino — in den Christmas Cañon hinauf. Es war ein schönes Blockhaus. Die Zimmerleute hatten die Balken mit Säuren künstlich alt gemacht, und die Gärtner hatten den Garten so angelegt, daß er auch nicht neu aussah. Die Lorbeerbäume und Eichen im Rasen hatten sie stehengelassen, und unter ihnen wuchsen rote und weiße und blaue Zinerarien. Die Gartenwege waren mit Hecken von blauen Lobelien eingefaßt.

Der Koch und der Hausbursche begaben sich unverzüglich auf ihre Posten im Haus, aber Helen nahm Hilda beim Arm und spazierte mit ihr durch den Garten. »Ist es nicht wunderschön!« rief Helen aus. Ihr Gesicht hatte etwas von der Resignation verloren. »Liebling, glaubst du nicht auch, daß es uns hier sehr gefallen wird?«

Hilda schlug mit einer Zinerarie gegen den Stamm einer Eiche. »Zu Hause hat es mir viel besser gefallen.«

»Aber nein, Liebling. Wir hatten ja keine Blumen, und die Bäume waren viel kleiner. Hier können wir jeden Tag, wie es uns gefällt, in den Hügeln herumstreifen.«

»Zu Hause hat es mir besser gefallen.«

»Warum denn, Liebling?«

»Weil alle meine Freunde dort sind. Und ich konnte auf die Straße schauen und die Leute vorbeigehen sehen.«

»Wenn du dich einmal daran gewöhnt hast, Hilda, gefällt es dir bestimmt besser hier oben.«

»Nein! Hier wird es mir nie gefallen, nie, nie!« Hilda begann zu weinen, und dann hatte sie einen Zornanfall und schrie überlaut. Plötzlich riß sie einen Stock aus dem Boden und schlug ihre Mutter auf Rücken und Arme. Unbemerkt tauchte der Hausbursche hinter ihr auf, griff ihre Gelenke und trug das strampelnde, schreiende Kind ins Haus.

In dem Zimmer, das für sie hergerichtet worden war, schlug Hilda systematisch alle Möbel in Stücke. Sie riß Löcher in die Kissen und schüttelte die Daunenfedern im Zimmer herum. Zuletzt brach sie die Scheiben ihres Fensters heraus und schlug auf die hölzernen Stäbe ein und schrie und kreischte wie besessen. Helen saß in ihrem Zimmer, und ihre Lippen hatten sich zu einer schmalen Linie zusammengepreßt. Einmal erhob sie sich halb, wie wenn sie in Hildas Zimmer gehen wollte; dann sank sie in ihren Stuhl zurück. Für einen kurzen Augenblick war ihre stumme Resignation fast erschüttert, aber augenblicklich wurde sie wieder stark, stärker als zuvor, und Hildas Schreie hatten keine Wirkung. Der Hausbursche glitt ins Zimmer.

»Läden zumachen, Missie?«

»Nein, Joe. Wir sind weit genug von den übrigen Leuten entfernt. Niemand kann etwas hören.«

Bert Munroe sah das Auto mit den neuen Leuten vorbeifahren. »Es wird wohl schwierig sein für eine Frau, so ganz allein sich einzurichten«, sagte er zu Mrs. Munroe. »Ich denke, ich sollte schnell hinaufgehen und fragen, ob sie etwas braucht.«

»Du bist ja nur neugierig«, neckte ihn seine Frau.

»Meinetwegen. Wenn du das meinst, bleibe ich eben hier.«

»Aber Bert! Das war doch nur Spaß«, protestierte sie. »Im Gegenteil, es wäre eine nette, nachbarliche Geste, wenn du zu ihr gehen würdest. Später gehe ich dann selber hin, mit Mrs. Whiteside. Es gehört sich, daß wir einen ordentlichen Anstandsbesuch machen. Aber geh du zuerst, gleich jetzt, und schau, wie sie sich zurechtfindet!«

Bert marschierte davon und folgte dem Bach, der durch den Christmas Cañon heruntermurmelte. »Es ist ja nicht gerade ein Ort für eine Farm«, dachte er im Hinaufgehen, »aber es ist ein hübscher Platz zum Wohnen. An einem solchen Ort könnte ich auch wohnen, einfach wohnen und es mir wohl sein lassen ... wenn der Waffenstillstand nicht ausgerechnet in jenem Moment gekommen wäre.« Wie immer, wenn er wünschte, der Krieg hätte noch etwas länger gedauert, schämte er sich.

Er war noch eine Viertelmeile vom Hause entfernt, als ihn Hildas Schreie erreichten. »Was zum Teufel!« sagte er laut. »Das tönt beinahe, wie wenn jemand umgebracht würde.« Aufgeregt eilte er die Straße hinauf. Das vergitterte Fenster von Hildas Zimmer ging auf den Fußweg hinaus, der zum vorderen Eingang des Hauses führte. Bert sah das Mädchen, das sich an die Stäbe klammerte, und seine von Wut und Angst entstellten Augen.

»Hallo!« rief er. »Was ist denn los? Wozu haben sie dich denn eingesperrt?«

Hildas Augen wurden kleiner. »Sie wollen mich aushungern«, sagte sie. »Sie wollen, daß ich sterbe.«

»Dummes Zeug«, sagte Bert.

»Sicher! Es ist wegen meines Geldes«, erklärte Hilda. »Sie wollen mein Geld, aber sie kriegen es erst, wenn ich gestorben bin.«

»Aber du bist ja noch ein kleines Mädchen.«

»Das ist nicht wahr! Ich bin eine große, erwachsene Frau. Ich bin nur klein, weil sie mich aushungern und schlagen.«

Berts Gesicht verfinsterte sich. »Dem wollen wir schon abhelfen«, sagte er.

»Nein! Du darfst ihnen nichts sagen. Hilf mir nur hier heraus, dann hole ich mein Geld und heirate dich.«

Zum erstenmal begann Bert zu ahnen, was da nicht stimmte. Dann sagte er beschwichtigend: »Natürlich helfe ich dir. Wart ein kleines Weilchen; gleich komme ich dich holen.«

Er ging zum Eingang des Hauses und klopfte an die Tür. Sie öffnete sich ein wenig, und die schwarzen Augen des Filipinos schauten heraus.

»Kann ich die Dame des Hauses sprechen?« fragte Bert.

»Nein«, sagte der Junge und machte die Tür zu.

Die Abweisung war so unerwartet und beleidigend, daß Bert im ersten Augenblick vor Scham errötete; dann aber wurde er böse und klopfte nochmals, sehr heftig. Abermals öffnete sich die Tür etwa zwei Zoll breit, und die schwarzen Augen schauten heraus.

»Ich sage dir, ich muß unbedingt die Dame des Hauses sprechen. Ich *muß* sie sprechen; es ist wegen des kleinen Mädchens, das eingesperrt ist.«

»Dame sehr krank. Bedaure«, sagte der Junge und machte die Tür wieder zu. Diesmal hörte Bert, daß der Riegel vorgeschoben wurde. Er schritt beleidigt davon und dachte: »Bei der braucht allerdings meine Frau nicht vorzusprechen. Ein verrücktes Mädchen und ein lausiger Diener! Die sollen sich selber helfen!«

Helen rief von ihrem Schlafzimmer: »Was war das, Joe?«

Der Junge stand unter der Tür. »Ein Mann. Sagt, er muß Sie sprechen. Ich sage, Sie krank.«

»Gut. Wer war es denn? Sagte er, warum er mich sprechen wollte?«

»Weiß nicht, wer. Sagt, muß Sie sprechen wegen Missie Hilda.«

Helen fuhr auf. »Was wollte der Mann? Wie heißt er?«

»Weiß nicht, Missie.«

»Und du hast ihn einfach weggeschickt? Du nimmst dir zu viele Freiheiten heraus. Mach, daß du fortkommst!« Sie lehnte sich in den Stuhl zurück und bedeckte die Augen.

»Ja, Missie«, sagte Joe und wandte sich langsam zur Tür.

»Oh! Joe! Komm her!«

Bevor sie die Hände vom Gesicht genommen hatte, stand er neben ihrem Stuhl. »Verzeih, Joe. Ich wußte nicht, was ich sagte. Du hast recht getan. Du bleibst bei mir, Joe, nicht wahr?«

»Ja, Missie.«

Helen stand auf und schritt zum Fenster. Sie war unruhig. »Ich weiß nicht, was heute in mich gefahren ist. Hat sich Miss Hilda beruhigt?«

»Ja, Missie jetzt ruhig.«

»Gut. Mach ein Feuer im Wohnzimmer, Joe; und später kannst du Miss Hilda hereinbringen.«

In der Ausstattung des Wohnzimmers ihres neuen Hauses hatte Helen eine Art Denkmal für ihren Gatten geschaffen. Sie hatte es wie das Innere einer Jagdhütte eingerichtet. Es war ein riesiger Raum, mit Täfelung und Trägern aus Rotholz. Von den Wänden streckten in kleinen Abständen die ausgestopften Köpfe verschiedenartiger wilder Tiere neugierige Nasen in die Luft. An einer Wand war ein großer Kamin aus Stein eingebaut, und darüber hing ein zerfetztes französisches Feldzeichen, das Hubert irgendwo einmal aufgelesen hatte. In einem verschließbaren Schrank mit Glastüren standen Huberts Jagdgewehre. Helen fühlte, daß sie ihren Gatten nicht gänzlich verlieren würde, solange sie in einem solchen Zimmer sitzen konnte.

Im Bibliothekzimmer des Russian-Hill-Hauses hatte sie jeweils einen angenehmen Wachtraum heraufbeschworen. Der Traum verlangte eine beinahe rituelle Vorbereitung. Helen saß vor dem Feuer und faltete die Hände. Dann schaute sie auf zu den Trophäen, betrachtete einen um den anderen der ausgestopften Köpfe und dachte bei jedem: »Hubert hat den erlegt.« Und dann, allmählich, nahm der Traum Form und Gestalt an. Helen sah ihren Gatten. Sie sah seine Hände, seine schmalen Hüften und seine langen, geraden Beine. Sie hörte ihn sprechen; sie hörte, wie er einzelne Wörter betonte, und sie erinnerte sich, wie sein Gesicht zu glühen schien und rot wurde, wenn er sich ereiferte. Sie stellte sich vor, wie er seine Gäste von einem Tier zum anderen führte, wie er vor jedem stehenblieb, auf den Absätzen schaukelte und die Hände hinter dem Rücken faltete und langsam, umständlich, bis in die kleinsten Details schilderte, unter welchen Voraussetzungen er das Tier erlegt hatte.

»Der Mond stand ungünstig, und nirgends war eine Spur zu finden. Fred (Fred war der Jagdaufseher) meinte, die Sache sei aussichtslos. Ich erinnere mich, an jenem Morgen war uns der Speck ausgegangen. Aber weißt du, ich hatte einfach so ein Gefühl, daß wir auf gut Glück suchen gehen sollten.«

Deutlich hörte Helen, wie er seine einfältigen, nichtssagenden Geschichten erzählte, die unweigerlich immer gleich endeten. ». . . die Entfernung war natürlich viel zu groß, und von links wehte ein teuflischer Wind, aber ich zielte, und ich dachte, ›schon wieder ein Loch in der Luft‹, und ich wollte meinen Augen nicht trauen, aber die Kugel saß. Natürlich war es reines Glück.«

Hubert erwartete von seinen Zuhörern nicht, daß sie wirklich glaubten, es sei nur Glück gewesen. Daß er es sagte, war eine artige Geste des Jägersmannes. Helen erinnerte sich, wie oft sie sich gewundert hatte, weshalb ein Jäger nicht zugeben durfte, daß er irgend etwas recht machte.

Aber das war der Traum. So kam er. Hubert war bei ihr, und sie malte sich sein Bild aus und erweiterte es, bis es den ganzen Raum beherrschte und mit der ungestümen Vitalität des Jägers erfüllte. Dann, wenn das Traumbild vollendet war, zerschlug sie es. Die Hausglocke hatte mit einem traurigen, schmerzlichen Ton geläutet. Helen erinnerte sich genau an die Gesichter der Männer, die ihr traurig und verlegen die Kunde von dem Unglück brachten. Das Ende ihres Traumes war immer die Erinnerung an die schweren Schritte der Männer, welche die Leiche die Treppe hinauftrugen. Eine erstickende Welle von Traurigkeit erfüllte ihre Brust, und Helen sank in ihren Stuhl zurück.

Auf diese Weise behielt sie ihren Gatten lebendig, indem sie sich hartnäckig weigerte, die Erinnerung an ihn in ihrem Gedächtnis matt werden zu lassen. Sie war nur drei Monate verheiratet gewesen, dachte sie immer wieder. Nur drei Monate! Sie ergab sich einem Gefühl hoffnungslosen Trübsinns. Sie wußte, daß sie dieses Gefühl willkürlich ermutigte, aber sie fühlte, daß Hubert ein Anrecht darauf hatte; der Traum und ihr Leiden und der Raum, in dem sie Hubert am nächsten stand, waren das Denkmal, das sie ihm errichten mußte.

Und sie hatte gehofft, daß Hubert auch im neuen Hause bei ihr sein würde. Deshalb, vor allem, hatte sie sich auf diesen ersten Abend gefreut. Wenn das Holzfeuer im Kamin loderte und das Licht in den gläsernen Augen der Tierköpfe an den Wänden leuchtete, würde sie den Traum in seinem neuen Heim willkommen heißen.

Joe trat in ihr Zimmer und sagte: »Feuer brennt, Missie. Ich holen Missie Hilda?«

Helen blickte zum Fenster hinaus. Von den Hügeln herunter senkte sich die Dämmerung. Schon flatterten die ersten Fledermäuse herum. Die Wachteln zogen zum Wasser und riefen einander zu, und weit unten im Cañon muhten die Kühe auf dem Heimweg zu ihren Unterständen. Helen fühlte sich seltsam verändert. Sie war erfüllt von einem ganz neuen Gefühl von Ruhe und Frieden; sie spürte auf einmal, daß sie von den Tragödien, die sie so lange bedrängt hatten, nichts mehr zu fürchten haben würde. Sie streckte die Arme aus und seufzte wohlig. Joe wartete unter der Tür.

»Was?« sagte Helen. »Miss Hilda? Nein, bring sie noch nicht! Das Nachtessen muß gleich bereit sein. Wenn Hilda zum Nachtessen nicht kommen will, werde ich sie später sehen.« Sie wollte ihre Tochter nicht sehen. Diese neuartige liebliche Ruhe würde zerstört, wenn sie Hilda sähe. Sie wollte in dem geheimnisvollen Leuchten der Dämmerung sitzen und den Wachteln zuhören, die einander riefen, derweil sie aus den Gebüschen an den Hügeln herunterkamen, um zu trinken, bevor die Nacht hereinbrach.

Helen warf einen seidenen Schal um die Schultern und ging in den Garten. Es schien, als ob der Friede von den Hügeln herunterschwebte und sie umarmte. In einem Blumenbeet sah sie ein kleines graues Kaninchen, und der Anblick ließ sie vor Freude zittern. Das Kaninchen drehte den Kopf und schaute sie einen Augenblick neugierig an; dann knabberte es weiter an den frischen Pflanzen. Plötzlich fühlte sich Helen sehr, sehr glücklich. Etwas Köstliches, Aufregendes stand ihr bevor, etwas sehr Schönes; und in ihrer jähen, erwartungsvollen Freude sprach sie zu dem Kaninchen: »Iß nur ruhig weiter! Die alten Blumen kannst du haben. Morgen pflanze ich dir Kohl. Das hättest du gern, nicht wahr, Peter? Oder heißt du nicht Peter? Aber natürlich. Alle Kaninchen heißen doch Peter. Weißt du, Peter, seit Jahren habe ich mich nie mehr auf etwas gefreut. Ist das nicht komisch? Oder ist es traurig? Ich weiß nicht. Aber jetzt freue ich mich auf etwas. Ich vergehe fast vor Freude. Und ich weiß nicht einmal, was dieses Etwas sein könnte. Gelt, Peter, das ist dumm.« Sie schlenderte weiter und winkte dem Tier mit der Hand. »Die Zinerarien würden wahrscheinlich besser schmecken«, sagte sie leise.

Das Singen des Wassers lockte sie gegen den Bach hinunter. Als sie sich dem Ufer näherte, floh mit stotternden Alarmrufen eine Schar Wachteln in das Unterholz. Helen schämte sich, daß sie sie gestört hatte. »Kommt nur wieder zurück!« rief sie. »Ich erschieße euch nicht. Das Kaninchen hat sich doch auch nicht gefürchtet. Wie dumm von euch! Ich *könnte* euch ja gar nicht erschießen, nicht einmal, wenn ich wollte.« Plötzlich erinnerte sie sich an die Tage, als Hubert sie mit hinausgenommen und ihr gezeigt hatte, wie man mit einem Gewehr umgeht. Fast feierlich hatte er ihr erklärt, wie sie die Waffe halten und wie sie zielen müsse, mit offenen Augen. »Ich werfe jetzt diese Blechbüchse in die Luft«, sagte er. »Ich möchte nicht, daß du auf unbewegliche Ziele schießest. Nur ein schlechter Jäger schießt auf einen ruhenden Vogel.« Verzweifelt hatte sie auf die Büchse geschossen, bis ihre Schulter wund war, und auf dem Heimweg legte er den Arm um sie und sagte: »Du wirst noch lange keine Wachtel im Flug erwischen; aber nach einem Weilchen solltest du imstande sein, wenigstens Kaninchen zu treffen.« Die toten Vögel band er mit ledernen Schnüren um die Hälse zusammen; oft, wenn er nach Hause kam, hatte er ganze Bündel von toten Vögeln über die Schulter geworfen. »Wenn sie von den Schnüren fallen, kann man sie essen«, sagte er feierlich. Aber Helen wollte nicht an jene Tage denken. Plötzlich wußte sie, daß sie nicht mehr an Hubert denken wollte. Sie klammerte sich fest an ihre friedliche Stimmung, die fast von der Erinnerung zerstört worden wäre.

Es war nahezu dunkel. Die Nacht war süß vom Duft des Salbeis. Helen hörte die Glocke in der Küche, die zum Essen rief. Sie zog den Schal vor der Brust zusammen und zitterte und ging ins Haus.

Im Eßzimmer fand sie ihre Tochter. Alle Spuren des vorangegangenen Zornes waren aus Hildas Gesicht verschwunden. Sie sah beinahe glücklich aus und schien mit sich selbst sehr zufrieden zu sein.

»Mein Liebling! Fühlst du dich besser?« rief Helen.

»Oh, ja.«

Helen ging um den Tisch zu ihr und küßte sie auf die Stirn. »Weißt du, wenn du gesehen hast, wie schön es hier ist, wird es dir sehr gefallen.«

Hilda gab keine Antwort, aber ihre Augen wurden schlau.

»Es wird dir gefallen, nicht wahr, Liebling?« bettelte Helen, als sie wieder an ihren Platz ging.

Hilda blickte sie geheimnisvoll an. »Vielleicht. Vielleicht auch nicht. Vielleicht ist es nicht nötig, daß es mir hier gefällt.«

»Was soll das heißen, Liebes?«

»Vielleicht bin ich nicht mehr lange hier.«

»Nicht mehr lange hier?« Helen sah sie fragend an. Hilda hatte ein Geheimnis, aber sie konnte es nicht für sich behalten.

»Vielleicht laufe ich davon und heirate.«

Helen lächelte erleichtert. »Ach so! Natürlich, das ist schon möglich. Aber wäre es nicht besser, du würdest noch ein paar Jahre warten? Wer ist es denn diesmal, Liebes? Auch wieder der Prinz?«

»Nein, nicht der Prinz. Es ist ein armer Mann, aber ich werde ihn lieben. Heute haben wir alle Pläne ausgemacht. Er wird mich bald holen kommen.«

Dann erinnerte sich Helen. »Ist es der Mann, der heute nachmittag zum Haus gekommen ist?«

Hilda sprang vom Tische auf. »Ich verrate dir kein Wort mehr!« schrie sie. »Du hast kein Recht, mich auszufragen. Warte nur ein Weilchen ... ich werde dir zeigen, daß ich nicht in diesem alten Hause bleiben muß.« Sie rannte aus dem Zimmer und warf hinter sich die Tür ins Schloß.

Helen läutete. »Joe, sag mir genau, was hat der Mann gesagt, der heute nachmittag zu mir wollte?«

»Sagt, er muß Sie sprechen, wegen kleines Mädchen.«

»Was für ein Mann war es denn? Ich meine, wie alt?«

»Nicht alter Mann, Missie, nicht junger Mann. Mag sein, daß fünfzig Jahre alt, vielleicht.«

Helen seufzte. Es war nichts. Es war nur einfach wieder eine von Hildas Geschichten, die sie sich ausdachte und erzählte. Und für die arme Kleine waren sie so ernst und wirklich, diese kleinen Dramen. Helen aß sehr langsam, und später, im großen Wohnzimmer, saß sie vor dem Feuer und schlug müßig die Kohle von den glühenden Scheiten. Sie löschte alle Lichter. Die Augen der ausgestopften Köpfe an den Wänden leuchteten. Langsam wandelte sich Helen zurück in ihr altes Wesen. Unwillkürlich begann sie, ihrer alten Gewohnheit zu folgen: sie stellte sich Huberts Hände vor, dann seine schmalen Hüften, dann seine Beine, seine langen, geraden Beine. Und dann machte sie eine Entdeckung. Einzelheiten konnte sie sich deutlich vorstellen, aber wenn sie ihre Gedanken nicht mehr auf die Hände konzentrierte, verschwanden die Hände. Sie sah seine schmalen Hüften, aber dann verschwanden sie wieder. Und dann war Hubert überhaupt verschwunden. Sein Bild war weggewischt, vollständig ausgelöscht und tot. Zum erstenmal seit vielen Jahren hielt Helen die Hände vor das Gesicht und weinte vor Glück, denn der Friede und die freudige Erwartung waren wiedergekommen. Sie trocknete sich die Augen und schritt langsam im Zimmer auf und ab. Sie lächelte zu den Tierköpfen hinauf, mit den unbeteiligten Augen einer fremden Person, die nicht wußte, wie jedes der Tiere gestorben war. Das Zimmer war anders geworden; es sah anders aus, und die Stimmung im Zimmer war anders. Helen warf die breiten Fenster weit auf, und der Nachtwind seufzte herein und koste ihre nackten Schultern mit seiner kühlen Ruhe. Sie lehnte sich aus dem Fenster und lauschte. Aus dem Garten und von den Hügeln herunter kamen unzählige kleine Geräusche. »Alles strotzt von Leben«, dachte sie, »überall ist pulsierendes Leben.« Allmählich, derweil sie so in die Nacht hinaushorchte, meinte sie, von der anderen Seite des Hauses ein raspelndes Geräusch zu vernehmen. »Wenn es hier Biber gäbe, wäre das ein Biber, der einen Baum fällt. Vielleicht ist es ein Stachelschwein, das am Fundament nagt? Das kommt vor. Aber auch Stachelschweine gibt es hier sicherlich nicht.« Ein leises Vibrieren begleitete das Raspeln durch das Haus. »Irgend etwas muß da an den Balken nagen«, dachte sie. Dann ertönte ein leises Krachen. Das Geräusch hatte aufgehört. Helen erschrak. Sie trat vom Fenster zurück und ging aus dem Zimmer. Vor Hildas Tür blieb sie stehen und rief: »Fehlt dir etwas, Liebling?« Es kam keine Antwort. Helen schob leise den äußeren Riegel zurück und trat in das Zimmer. Einer der eichenen Stäbe am Fenster war herausgeschlagen, und Hilda war fort.

Helen stand starr vor dem offenen Fenster und sah nachdenklich in die graue Nacht hinaus. Dann wurde ihr Gesicht weiß, und ihre Lippen preßten sich zusammen. Stumm und mechanisch und mit dem alten leidenden Ausdruck auf dem Gesicht schritt sie in das Wohnzimmer zurück, stieg auf einen Stuhl, drehte den Schlüssel am Waffenschrank und nahm eine Jagdflinte heraus.

Dr. Phillips saß neben Helen van Deventer im Arbeitszimmer des Untersuchungsrichters. Als Arzt des Kindes mußte er anwesend sein. Auch dachte er, er könnte Helen beistehen, wenn sie sich fürchtete. Sie sah nicht aus, als ob sie sich fürchtete. In ihrer strengen, fast grimmigen Trauerkleidung sah sie so duldsam und unantastbar aus wie ein vom Meerwasser verwaschener Stein. »Und Sie haben es also erwartet?« fragte der Untersuchungsrichter. »Sie haben damit gerechnet, daß so etwas geschehen könnte?«

Dr. Phillips sah Helen beruhigt an und räusperte sich. »Sie war seit ihrer Geburt meine Patientin. So, wie der Fall war, bestand die Möglichkeit, daß sie Mord oder Selbstmord begehen würde, je nach den Umständen. Andererseits aber hätte sie ebensogut harmlos weiterleben können. Es war möglich, daß sie alt geworden wäre, ohne je etwas Drastisches anzurichten. Sehen Sie, es war einfach nicht möglich, etwas vorauszusagen.«

Der Richter unterzeichnete Papiere. »Es war eine grauenhafte Art, es zu tun. Das Mädchen war natürlich wahnsinnig, und es besteht kein Grund, nach Motiven zu forschen. Die Motive können ganz unwichtige Dinge gewesen sein. Aber sie hat es in einer entsetzlichen Art getan. Ihr Kopf im Bach, und das Gewehr neben sich. Ich werde Selbstmord angeben. Ich bedauere, daß ich in Ihrer Gegenwart so reden muß, Mrs. van Deventer. Sie so zu finden, muß ein schwerer Schlag für Sie gewesen sein.«

Der Arzt geleitete Helen hinaus. »Schauen Sie bitte nicht so drein!« sagte er. »Sie machen ein Gesicht, als ob Sie zu einer Hinrichtung gingen. Es ist besser so. Sicher, Helen; und es besteht kein Grund für Sie, so zu leiden.«

Sie sah ihn nicht an. »Ich weiß es jetzt. Endlich weiß ich, was das Leben von mir erwartet«, sagte sie leise. »Jetzt weiß ich, was ich immer geahnt habe. Und ich habe die Kraft, es zu ertragen, Doktor Phillips. Kümmern Sie sich nur nicht um mich!«

VI

Junius Maltby war ein schmächtiger, wohlerzogener junger Mann aus guter und kultivierter Familie. Als sein Vater mittellos starb, ließ sich Junius widerwillig mit einer Buchhalterstelle ein — ein Schicksal, gegen das er sich zehn Jahre lang erfolglos zur Wehr setzte.

Nach der Arbeit zog er sich in sein möbliertes Zimmer zurück, klopfte die Kissen auf seinem Morrisstuhl zurecht und verbrachte den Abend mit Lesen. Stephensons Essays waren nach seiner Meinung etwas vom Besten in der gesamten angelsächsischen Literatur, und »Travels with a Donkey« las er unzählige Male. Eines Abends, kurz nach seinem fünfunddreißigsten Geburtstag, wurde Junius Maltby auf der Treppe seiner Pension ohnmächtig. Als er wieder zu Bewußtsein kam, wurde er zum erstenmal gewahr, daß etwas mit seiner Lunge nicht stimmte. Er wunderte sich, wie lange das Übel schon dauern mochte. Der Arzt, den er konsultierte, war freundlich und sprach nicht ohne Zuversicht.

»Es ist noch keinesfalls zu spät«, sagte er. »Sie haben noch jede Chance, gesund zu werden, aber mit Ihrer Lunge müssen Sie San Franzisko verlassen. Wenn Sie hierbleiben, sind Sie in einem Jahr tot. Ziehen Sie in ein warmes, trockenes Klima.«

Das Mißgeschick mit seiner Gesundheit erfüllte Junius mit großem Vergnügen, denn es war gerade das Ereignis, dessen er bedurfte, um die Fäden, die ihn gefangenhielten, zu durchschneiden. Er besaß fünfhundert Dollars. Nicht daß er je Geld gespart hätte; er hatte einfach vergessen, es auszugeben. »Damit«, sagte er, »kann ich entweder gesund werden und ein neues Leben anfangen, oder ich sterbe, und die ganze Geschichte ist ohnehin erledigt.«

Ein Mann im Büro erzählte ihm von einem warmen, geschützten Gebiet, dem »Tal des Himmels«, und Junius machte sich unverzüglich auf, es zu finden. Der Name gefiel ihm. »Entweder ist es ein gutes Zeichen, daß ich gesund werde«, kommentierte er, »oder dann ist es ein netter symbolischer Name für den Tod.« Er fühlte, daß der Name »Tal des Himmels« für ihn nicht ohne persönliche Bedeutung war, und das stimmte ihn sehr glücklich, denn zehn Jahre lang war ihm nichts auf Erden persönlich vorgekommen.

Im »Tal des Himmels« gab es mehrere Familien, die Kostgänger suchten. Junius sah sie sich alle in Ruhe an und entschied sich dann schließlich für die Farm der Witwe Quaker. Sie schien das Geld dringender als alle anderen zu brauchen, und überdies konnte er in einem Schuppen außerhalb des Hauses schlafen. Mrs. Quaker hatte zwei kleine Buben und beschäftigte einen Knecht für das Feld.

Das warme Klima tat Junius' Lungen sehr gut. Nach Jahresfrist hatte er eine bessere Farbe, und er hatte auch zugenommen. Er lebte stillvergnügt auf der Farm, und am meisten freute es ihn, daß er die zehn Jahre Büroarbeit überwunden hatte und grenzenlos faul geworden war. Sein dünnes blondes Haar sah nie mehr einen Kamm; die Brille trug er weit vorn auf der Nasenspitze, denn seine Augen wurden stärker, und nur die langjährige Gewohnheit, eine Brille zu tragen, verhinderte ihn, sie beiseite zu legen. Den ganzen Tag kaute er an einem Hölzchen — eine Gewohnheit, die nur faulen und grüblerisch veranlagten Männern eigen ist. Diese Genesung fand im Jahre 1910 statt.

Im folgenden Jahr begann Mrs. Quaker sich über das Gerede der Leute zu beunruhigen. Wenn sie sich vorstellte, was es bedeutete, einen ledigen Mann im Hause zu haben, wurde sie aufgeregt und nervös. Sobald Junius' Genesung sicher schien, gestand ihm die Witwe ihre Bedenken. Er heiratete sie unverzüglich und gern. Nun hatte er ein Heim und eine goldene Zukunft, denn die neugebackene Mrs. Maltby besaß zweihundert Morgen Grasland am Hügel, fünf Morgen Obstgarten und ein Gemüsefeld. Junius ließ seine Bücher kommen, seinen Morrisstuhl mit der verstellbaren Rückenlehne und seine Reproduktion des Kardinals von Velasquez. Die Zukunft war ein angenehmer und sonniger Nachmittag.

Mrs. Maltby entließ sofort den Knecht und versuchte, ihren Gatten zum Arbeiten zu überreden, stieß dabei aber auf einen Widerstand, der um so verwirrender war, als man ihn in keiner Weise frontal überwinden konnte. Während der Rekonvaleszenz hatte Junius das Faulsein lieben gelernt. Er liebte das Tal und die Farm — aber so, wie sie waren. Er wollte nicht Neues pflanzen noch Altes ausreißen. Wenn Mrs. Maltby ihm die Hacke in die Hand drückte und im Gemüsegarten eine Arbeit zuwies, fand sie ihn, wenn sie ihn ein paar Stunden später suchte, am Bach in der Wiese sitzen, wo er die Füße ins Wasser streckte und seine Taschenausgabe von »Kidnapped« las. Es tat ihm leid; er wußte nicht, wie es gekommen war, daß er die Arbeit verlassen hatte. Und das war die Wahrheit.

Anfänglich keifte Mrs. Maltby heftig und machte ihm seiner Faulheit und liederlichen Kleidung wegen endlose Vorwürfe, aber Junius lernte bald, ihr gar nicht mehr zuzuhören. Es wäre unhöflich, dachte er, sie überhaupt zu beachten, wenn sie sich nicht wie eine Dame benahm; es wäre ebenso unhöflich, sie etwa wie einen Krüppel anzustarren. Und als Mrs. Maltby umsonst eine Zeitlang seinen nebelartigen Widerstand zu brechen versucht hatte, begann ihre Nase zu triefen, und ihr Haar wurde unordentlich.

Von 1911 bis 1917 wurden die Maltbys sehr arm. Junius wollte einfach nicht arbeiten. Sie verkauften ein paar Morgen Weideland, um sich mit dem Nötigsten an Nahrung und Kleidung zu versehen, aber selbst dann gab es nie genug zu essen. Mit übereinandergeschlagenen Beinen saß die Armut auf dem Hof, und die Maltbys gingen in Lumpen einher. Neue Kleider konnten sie sich nie leisten, dafür aber hatte Junius die Essays von David Grayson entdeckt. Er trug Overalls und saß unter den Feigenbäumen am Bach. Manchmal las er seiner Frau und den beiden Buben aus den »Adventures in Contentment« vor.

Anfangs 1917 wußte Mrs. Maltby, daß sie ein Kind erwartete, und später im gleichen Jahr wurde die Familie das Opfer der Grippeepidemie. Die beiden Jungen wurden gleichzeitig angesteckt, vielleicht weil sie unterernährt waren. Drei Tage lang schien das Haus überfüllt von fiebrigen, schwitzenden Kindern, die mit nervösen Fingern in den Bettüchern wühlten und sich hilflos an ihr flackerndes Leben klammerten. Drei Tage lang wehrten sie sich schwächlich, und am vierten Tag starben sie beide. Ihre Mutter wußte nichts davon, denn die Entbindung stand bevor, und die Nachbarinnen, die zu Hilfe gekommen waren, hatten weder den Mut noch die Grausamkeit, es ihr zu sagen. Das schwarze Fieber packte sie, als sie in den Wehen lag, und tötete sie, bevor sie ihr Kind gesehen hatte.

Die Nachbarsfrauen, die bei der Geburt geholfen hatten, erzählten im Tal herum, daß Junius Maltby am Bach unten Bücher gelesen habe, während zu Hause Frau und Kinder starben. Doch das war nur halbwahr. Am Tage, als die Buben krank wurden, saß er am Bach, weil er gar nicht wußte, was geschehen war. Hernach aber stand er im Hause herum, ging ratlos von einem zum anderen seiner sterbenden Kinder und erzählte ihnen Unsinn. Dem Ältesten erzählte er, wie Diamanten gemacht werden. Am Bett des andern erläuterte er die Schönheit, den Ursprung und die Symbolik des Malteserkreuzes. Ein Leben erlosch, derweil er laut das zweite Kapitel aus »Treasure Island« las, und er wußte nicht, daß das Kind tot war, bis er das Buch weggelegt hatte. In jenen Tagen war Junius verwirrt und ratlos. Er gab alles, was er hatte, die einzigen Schätze, die er besaß, aber dem Tode gegenüber waren sie machtlos. Er wußte von vornherein, daß sie machtlos sein würden, und das war um so schrecklicher für ihn.

Als die Toten begraben waren, ging Junius wiederum an den Bach und las ein paar Seiten aus »Travels with a Donkey«. Er kicherte etwas über die Starrköpfigkeit von Modestine. Nur ein Stephenson konnte einen Esel »Modestine« nennen!

Eine der Nachbarsfrauen rief ihn ins Haus und beschimpfte ihn so heftig, daß er verlegen wurde und nicht hinhörte. Sie stützte die Hände in die Hüften und starrte ihn verächtlich an. Dann holte sie sein Kind, einen Sohn, und legte ihn in seine Arme. Als sie vom Gartentor zurückblickte, stand er mit dem schreienden kleinen Geschöpf im Arm unter der Tür. Er wußte nicht, was er mit ihm anfangen sollte, und so behielt er es im Arm.

Die Leute im Tal erzählten sich viele Geschichten über Junius. Manchmal verabscheuten sie ihn mit dem merkwürdigen Haß, den fleißige Leute für faule empfinden, und manchmal beneideten sie ihn wegen seiner Sorglosigkeit; oft aber hatten sie Mitleid mit ihm, weil er so planlos in den Tag hineinlebte. Niemand hätte je daran gedacht, daß er zufrieden war.

Die Leute erzählten, wie er, auf Anraten eines Arztes, eine Ziege kaufte. Sein Kind sollte Ziegenmilch trinken. Er kümmerte sich nicht um das Geschlecht der Ziege, noch gab er einen Grund an, weshalb er sie kaufen wollte. Als das Tier in seinem Hof stand, schaute er es von unten an und fragte todernst: »Ist das eine normale Ziege?«

»Natürlich«, sagte der Besitzer.

»Aber sollte da nicht ein Sack oder so etwas sein, zwischen den Hinterbeinen ... ich meine, für die Milch?« Die Leute im Tal lachten über die Geschichte. Später, als eine neue und bessere Ziege in seinem Hof stand, hantierte Junius zwei Tage lang an ihr herum und konnte nicht ein Tröpflein Milch herauskriegen. Er wollte das Tier zurückgeben, als fehlerhaft, aber dann zeigte ihm der Besitzer, wie man Ziegen melkt. Einzelne Leute wollten wissen, daß er den Säugling unter die Ziege halte und saugen lasse, doch das war nicht wahr. Jedenfalls aber erklärten die Leute, es sei ihnen unverständlich, wie er sein Kind am Leben erhielt. Eines Tages ging Junius nach Monterey und stellte einen Knecht an, einen alten Deutschen namens Jakob Stutz. Er gab ihm fünf Dollars Vorschuß und dann nie mehr einen Cent. Nach zwei Wochen war Jakob genau so faul und arbeitsscheu geworden wie sein Herr. Zusammen saßen die beiden herum und erörterten Probleme, die sie interessierten oder sonstwie beschäftigten — weshalb die Blumen farbig seien, ob es in der Natur eine Symbolik gebe, wo Atlantis zu finden wäre und wie die Inkas ihre Toten begruben ...

Im Frühjahr pflanzten sie Kartoffeln, aber zu spät und ohne sie, gegen die Käfer, mit Asche zu decken. Sie säten Korn und steckten Bohnen und Erbsen, schauten eine Weile zu, wie sie wuchsen, und vergaßen sie. Alles wurde vom Unkraut überwuchert. Man konnte sehen, wie Junius sich in ein Malvendickicht hineingrub und mit einer blassen Gurke wieder auftauchte. Schuhe trug er keine mehr, weil er das Gefühl der warmen Erde an den Füßen gern hatte und weil er keine Schuhe besaß.

Am Nachmittag unterhielt er sich lange und ausführlich mit Jakob. »Weißt du«, sagte er, »als die Kinder starben, dachte ich, ich hätte ein ungewöhnliches Maß von Grauen erfahren. Und dann, noch fast während ich es dachte, verwandelte sich das Grauen in Gram, und der Gram schwand dahin, und was übrigblieb, war Traurigkeit. Ich glaube, weder meine Frau noch die Kinder habe ich sehr gut gekannt. Vielleicht, weil sie mir zu nahestanden. Es ist eine seltsame Sache, dieses Kennen. Es ist eigentlich nichts als ein Wahrnehmen von Einzelheiten. Es gibt weitsichtige Geister und kurzsichtige. Dinge, die mir nahestanden, habe ich nie wirklich sehen können. So ist mir zum Beispiel der Parthenon viel vertrauter als mein eigenes Haus dort drüben.« Plötzlich schien sein Gesicht vor Erregung zu beben, und seine Augen strahlten, als er begeistert sagte: »Du, Jakob, hast du je eine Abbildung des Parthenonfrieses gesehen?«

»Ja«, sagte Jakob, »und es ist sehr gut, nicht wahr?« Junius legte eine Hand auf Jakobs Knie. »Diese Pferde«, sagte er. »Diese wunderschönen Pferde! Sie gehören auf eine himmlische Weide. Und jene eifrigen und doch würdevollen jungen Männer, die sich aufgemacht haben zu einer unglaublichen Fiesta, die gerade um die Ecke auf dem Karnies gefeiert wird! Schon oft habe ich mich gewundert, wie es einem Pferd zumute sein mag, wenn es sehr glücklich ist. Jener Bildhauer muß es gewußt haben, sonst hätte er sie nicht so darstellen können.«

So ging es immer. Junius konnte nie bei einem Thema verweilen. Oft hungerten die beiden Männer, weil sie keine Eier im Gras finden konnten, wenn es Zeit zum Essen war.

Junius' Sohn hieß Robert Louis. Junius taufte ihn so, als er zufällig an diesen Namen dachte, aber Jakob protestierte. »Buben und Hunde sollte man gleich nennen«, beharrte er. »Eine Silbe genügt. Sogar Robert ist zuviel. Bob wäre besser.« Jacob hätte beinahe seinen Willen durchgesetzt.

»Ich will dir entgegenkommen«, sagte Junius. »Wir wollen ihn Robbie nennen. Robbie ist doch eigentlich kürzer als Robert, findest du nicht?«

Oft ließ er Jakob seinen Willen, denn Jakob wehrte sich dauernd ein wenig gegen das Gewebe, das um ihn herum gesponnen wurde. Ab und zu säuberte er das Haus in einem Anfall von Tugendhaftigkeit.

Robbie wuchs heran und wurde ein ernstes Kind. Er lief hinter den Männern her und lauschte ihren Gesprächen. Junius behandelte ihn nie wie ein Kind, denn er wußte nicht, wie man Kinder behandelt. Wenn Robbie etwas sagte, hörten die beiden

Männer artig zu und schlossen seine Äußerungen in ihre Gespräche ein; manchmal sogar benützten sie eine von Robbies Bemerkungen als Ausgangspunkt für eine Nachforschung. Im Verlaufe eines Nachmittags gingen sie den Spuren mancher Dinge nach. Jeden Tag gab es mehrere »Überfälle« auf Junius' Enzyklopädie.

Ein riesiger Feigenbaum streckte einen waagerechten Ast über den Bach in der Wiese, und auf diesem Ast saßen die drei, und die Männer ließen die Füße ins Wasser baumeln und wühlten mit den Zehen in den runden Steinen, während Robbie großartig sich bemühte, sie nachzuahmen. Das Wasser zu erreichen, war für ihn eins der Kriterien der Männlichkeit. Jakob hatte auch aufgehört, Schuhe zu tragen; Robbie hatte im Leben nie welche gesehen.

Ihre Gespräche waren gelehrt. Robbie konnte die Kindersprache nicht sprechen, weil er sie nie gehört hatte. Sie machten nicht »Konversation«; vielmehr ließen sie einzelne Gedanken sprießen und sahen dann staunend zu, wie sie zu Ästen und Bäumen heranwuchsen. Sie waren erstaunt über die seltsamen Früchte ihrer Gespräche, denn ihre Gedanken lenkten sie nie, noch zogen, noch beschnitten sie sie, wie so viele Leute es zu tun pflegen.

Dort auf dem Ast also saßen sie, alle drei. Ihre Kleider waren nichts als Lumpen und Fetzen, und die Haare schnitten sie sich nur, um die Augen frei zu halten. Die Männer trugen lange, ungepflegte Bärte. Der riesige Baum über ihnen rauschte sachte im Wind, und ab und zu ließ er ein Blatt wie ein braunes Taschentuch ins Wasser fallen. Robbie war fünf Jahre alt.

»Ich finde, die Feigenbäume sind gut«, bemerkte er, als ihm ein Blatt in den Schoß fiel. Jakob hob das Blatt auf und zerpflückte es.

»Ja«, stimmte er bei, »denn sie wachsen am Wasser. Gute Dinge lieben das Wasser. Schlechte sind immer trocken gewesen.«

»Die Feigenbäume sind groß und gut«, sagte Junius. »Mir scheint, ein gutes Ding oder ein gütiges Ding muß sehr groß sein, um am Leben zu bleiben. Kleine gute Dinge werden immer von bösen *kleinen* Dingen zerstört. Selten ist etwas Großes giftig oder trügerisch. Aus diesem Grund ist im menschlichen Denken Größe ein Attribut von Güte und Kleinheit von Schlechtigkeit. Siehst du das ein, Robbie?«

»Ja«, sagte Robbie. »Das sehe ich ein. Wie die Elefanten.«

»Die Elefanten sind oft böse, aber wenn wir an sie denken, sind sie sanft und gut.«

»Aber das Wasser«, unterbrach Jakob. »Verstehst du auch das von dem Wasser?«

»Nein, das nicht.«

»Aber ich«, sagte Junius. »Ich verstehe dich. Du willst sagen, das Wasser ist der Same des Lebens, nicht wahr? Von den drei Elementen ist das Wasser der Same, die Erde der Schoß und der Sonnenschein die Gebärmutter.«

So lehrten sie ihn Unsinn.

Nach dem Tod seiner Frau und seiner beiden kleinen Söhne wandten sich die Leute im »Tal des Himmels« von Junius Maltby ab. Die Berichte von seiner Teilnahmslosigkeit während der Epidemie wuchsen und wurden derart phantastisch, daß sie am Ende durch ihr eigenes Gewicht in sich zusammenfielen und fast vergessen wurden. Allein, wenn auch die Nachbarn vergaßen, daß Junius, als seine Kinder starben, in seinen Büchern gelesen hatte, so konnten sie doch das Fragwürdige, das seine Existenz immer mehr kennzeichnete, nicht übersehen. Hier, in diesem fruchtbaren Tal, lebte er in entsetzlicher Armut. Während andere Familien kleine Vermögen erarbeiteten, Fordautomobile und Radioapparate kauften, sich elektrisches Licht anlegten und zweimal in der Woche in Monterey oder Salinas ins Kino gingen, sank Junius immer tiefer und wurde ein zerlumpter Halbwilder. Die Männer des Tales konnten sich nicht damit abfinden, daß sein gutes Land dem Unkraut zum Opfer fiel, daß seine Obstbäume ungeschnitten blieben und die Umzäunungen am Boden lagen. Die Frauen dachten voll Abscheu an sein verlottertes Haus mit den schmutzigen Fensterscheiben und dem Müllhaufen vor der Tür. Frauen und Männer haßten gleichermaßen seine Faulheit und seinen vollständigen Mangel an Ehrgeiz und Stolz. Eine Weile gingen sie ihn noch besuchen, in der Hoffnung, ihr Beispiel würde ihn aus seiner Gleichgültigkeit herausreißen. Aber er empfing sie gutmütig und freundlich, als ob sie nicht anders seien als er. Seiner Armut und seiner Lumpen schämte er sich nicht im geringsten. Daran dachte er gar nicht. Allmählich begannen die Nachbarn, ihn als Außenseiter zu betrachten. Sie verstießen ihn aus der Gesellschaft und beschlossen, ihn nicht zu empfangen, falls er sie aufsuchen sollte.

Junius hatte keine Ahnung von der Abneigung seiner Nachbarn. Er war völlig glücklich und zufrieden. Sein Leben war so unwirklich, so romantisch und unbedeutend wie seine Gedanken. Er war zufrieden, wenn er in der Sonne sitzen und seine Füße in den Bach baumeln lassen durfte. Anständige Kleider besaß er keine, aber er ging auch nirgends hin, wo er anständige Kleider hätte tragen müssen.

Obwohl die Leute Junius beinahe haßten, empfanden sie für den kleinen Robbie nur Mitleid. Die Frauen sagten zueinander, wie schrecklich es sei, das Kind in diesem Dreck aufwachsen zu lassen. Da sie aber zumeist gute Leute waren, wollten sie sich nicht gern in Junius Maltbys Angelegenheiten einmischen. »Warten wir ab, bis er schulpflichtig ist«, sagte Mrs. Banks zu einem Kränzchen von Damen in ihrem Salon. »Jetzt können wir ja nichts unternehmen, auch nicht, wenn wir es wollten. Er gehört nun einmal seinem Vater. Sobald er aber sechs ist, werden die Behörden etwas dazu zu sagen haben; das kann ich Ihnen garantieren.«

Mrs. Allen nickte und sagte mit nachdenklich geschlossenen Augen: »Wir vergessen, daß er doch auch Mamie Quakers Kind ist, so gut wie Maltbys. Ich finde, wir hätten längst einschreiten sollen. Aber wenn er einmal in die Schule geht, schenken wir dem armen Kleinen ein paar Sachen, die er überhaupt noch nie gesehen hat.«

»Das mindeste, was wir tun können, ist, dafür zu sorgen, daß er endlich etwas anzuziehen hat«, nickte eine andere der Frauen.

Es war, als habe das ganze Tal, geduckt wie eine Katze, zum Sprung bereit, auf den Moment gewartet, da Robbie schulpflichtig wurde. Als am ersten Schultag nach seinem sechsten Geburtstag kein junger Maltby in der Schule erschien, schrieb John Whiteside, der Aktuar der Schulpflege, einen Brief.

»Daran habe ich gar nie gedacht«, sagte Junius, als er den Brief las. »Jetzt mußt du eben in die Schule gehen.«

»Aber das will ich doch nicht!« protestierte Robbie.

»Ich weiß. Und ich bin auch nicht der Meinung, daß du gehen solltest. Aber siehst du, es gibt nun einmal ein Gesetz. Und das Gesetz ist durch einen Anhang, genannt Strafe, geschützt. Wir müssen das Vergnügen der Mißachtung des Gesetzes gegen die Strafe abwägen. Die Karthager bestraften sogar Unglück. Wenn ein General durch ein Mißgeschick eine Schlacht verlor, wurde er hingerichtet. Ganz ähnlich bestrafen wir heutzutage Menschen für Mißgeschicke wie Geburt und andere Zufälligkeiten.«

Und in der anschließenden Diskussion vergaßen sie den Brief. John Whiteside schrieb abermals, diesmal sehr kurz.

»Nun, jetzt mußt du gehen, Robbie«, sagte Junius, als er zu Ende gelesen hatte. »Natürlich werden sie dich manche nützliche Dinge lehren.«

»Warum lehrst du mich nicht?« bettelte der Knabe.

»Oh, das kann ich nicht. Weißt du, ich habe längst vergessen, was sie in der Schule lehren.«

»Aber ich will nicht gehen! Ich will gar nichts lernen.«

»Ich weiß, ich weiß. Aber ich kann keinen Ausweg sehen.«

Und so ging denn Robbie eines Morgens in die Schule. Er ging ungern und ließ sich Zeit für den Weg. Er hatte ein altes Paar Overalls an mit Löchern an den Knien und am Hintern, ein blaues Hemd ohne Kragen und sonst nichts. Die Haare hingen ihm über die grauen Augen wie die Stirnlocken eines Ponys.

Die Kinder scharten sich um ihn und starrten ihn schweigend an. Sie hatten von der Armut der Maltbys und von Junius' Faulheit gehört. Die Buben hatten sich gefreut, daß sie Robbie hänseln konnten. Nun war der Moment gekommen. Er stand in ihrer Mitte. Und sie, sie starrten ihn bloß an. Keiner sagte: »Wo hast du denn diese Kleider her?« oder: »Seht, seine Haare!« Es war nicht so, wie sie geplant hatten. Die Kinder waren erstaunt und verwirrt über ihr Versagen.

Und Robbie betrachtete den Kreis von starrenden Kindern mit tiefernsten Augen. Von Angst war keine Spur. »Spielt ihr denn nicht?« fragte er. »Mein Vater hat gesagt, ihr würdet Spiele spielen.«

Das war das erlösende Wort. Die Kinder brachen in ein wildes Geschrei aus. »Er weiß keine Spiele!« — »Zeigen wir ihm das Stockspiel!« »Ncin, Nigger-Baby« — »Hört, hört! Zuerst Barlaufen!« — »Der weiß keine Spiele!«

Und sie fanden, keine Spiele zu kennen, sei eigentlich ganz nobel, obwohl sie nicht wußten, warum. Robbies mageres Gesicht war nachdenklich. »Zuerst Stockspiel!« entschied er. Er war unbeholfen und ungeschickt, aber seine Lehrmeister lachten ihn nicht aus. Im Gegenteil, sie stritten sich um das Vorrecht, ihm zu zeigen, wie man den Stock hält. Beim Stockspiel gibt es verschiedene Ansichten über die Technik des Werfens. Robbie stand daneben und sah sich die Sache genau an, dann erst bestimmte er, wer ihn lehren sollte.

Robbies Einfluß auf die jüngeren Buben war sofort zu erkennen. Die älteren Schüler ließen ihn in Ruhe, aber die jüngeren ahmten ihn in allem nach. Sie rissen sich sogar Löcher in ihre Hosenbeine, um ihm ähnlich zu sein. In der Mittagspause, wenn sie mit dem Rücken gegen die Mauer in der Sonne saßen und ihr Mittagbrot verzehrten, erzählte Robbie von seinem Vater und vom Feigenbaum. Sie lauschten aufmerksam und wünschten, daß auch ihre Väter so faul und gütig seien.

Das Verbot ihrer Väter mißachtend, schlichen manchmal an Samstagen ein paar Buben hinaus zum Feigenbaum und setzten sich zu beiden Seiten von Junius auf den großen Ast, und Junius las ihnen aus »Treasure Island« vor oder schilderte die Schlacht von Trafalgar oder den Gallischen Krieg. In kurzer Zeit wurde Robbie, nicht zuletzt seines Vaters wegen, König des Schulplatzes. Das zeigte sich darin, daß er keinen Busenfreund hatte, daß niemand ihm einen Spitznamen gab und daß er bei Meinungsverschiedenheiten entscheidend eingriff. So erhaben war seine Stellung, daß sogar niemand versuchte, sich mit ihm zu raufen.

Nur ganz langsam fand Robbie heraus, daß er der Anführer der jüngeren Buben geworden war. Etwas Reifes und Gefaßtes in seinem Wesen veranlaßte die anderen Schüler, sich ihm als Führer anzuvertrauen. Bald entschied er, was gespielt wurde. Im Baseball war er Schiedsrichter, weil außer ihm kein anderer Junge Einspruch erheben konnte, ohne daß unverzüglich Streit und Aufruhr entstand. Und während er selber sehr schlecht spielte, wurden Dispute über die Spielregeln unweigerlich vor ihn gebracht.

Nach ausgiebiger Beratung mit Junius und Jakob erfand Robbie zwei ungemein beliebte Spiele; das erste, eine den lokalen Verhältnissen angepaßte Version von Schnitzeljagd, nannte er »Schleichender Coyote« und das andere »Gebrochenes Bein«, und für diese beiden Spiele stellte er Regeln nach seinem Gutdünken auf. Miss Morgan begann sich für den kleinen Maltby zu interessieren, denn im Unterricht war er eine ebenso große Überraschung wie draußen auf dem Platz. Er konnte perfekt lesen und verfügte über den Wortschatz eines Erwachsenen, aber er konnte nicht schreiben. Er kannte alle Zahlen, einerlei, wie hoch, aber er weigerte sich, auch nur die einfachste Arithmetik zu lernen. Mit unglaublichen Schwierigkeiten lernte er schreiben. Seine Hand malte zitternd unförmige Hieroglyphen in das Übungsheft. Schließlich versuchte Miss Morgan, ihm zu helfen.

»Nimm einen Satz und schreib ihn so oft, bis du's kannst«, empfahl sie ihm. »Aber schreib jeden einzelnen Buchstaben so sorgfältig wie möglich!«

Robbie durchstöberte sein Gedächtnis nach einem Satz, der ihm gefiel. Endlich fand er etwas. Er schrieb: »Nichts ist so monströs, daß wir es nicht auch von uns selber glauben könnten.« Er liebte das »monströs«. Es verlieh der Sache Klang und Tiefe. Wenn es Wörter gab, die durch ihre bloße Klangfarbe unwillige Genien aus der Erde ziehen konnten, so war sicherlich »monströs« eines davon. Einmal über das andere schrieb er den Satz und legte die größte Sorgfalt und Liebe in sein »monströs«. Nach einer Stunde kam Miss Morgan, um zu sehen, welche Fortschritte er gemacht hatte.

»Aber Robert! Wo in aller Welt hast du denn das her?«

»Von Stephenson, Ma'am. Mein Vater sagt es oft.«

Miss Morgan hatte natürlich die üblen Geschichten über Junius auch gehört, und trotzdem hatte sie nichts gegen ihn. Nun erwachte in ihr ein starkes Verlangen, ihn einmal kennenzulernen.

Die Spiele auf dem Schulplatz verloren langsam ihren Reiz für Robbie. Eines Morgens, bevor er zur Schule ging, beklagte er sich deswegen. Junius kratzte sich den Bart und dachte nach. »›Spion‹ ist natürlich auch immer etwas Interessantes«, sagte er schließlich. »Ich erinnere mich, ›Spion‹ war immer eines unserer Lieblingsspiele.«

»Aber wem sollen wir denn nachspionieren?«

»Oh, das spielt keine Rolle. Bei uns waren es die Italiener.«

Robbie rannte davon, und an jenem Nachmittag, in der Schule, organisierte er, nachdem er längere Zeit das Wörterbuch studiert hatte, den G.J.S.H.G.J., den Geheimen-Jugend-Spionage-Hilfsdienst-Gegen-Japaner; aber den vollen Namen flüsterte man höchstens. Selbst wenn weiter nichts dabei gewesen wäre, hätte die Pracht des Namens diese Organisation zu einer Macht gestaltet, mit welcher man rechnen mußte. Robbie zog einen um den andern seiner Kameraden beiseite in den Schatten der Weide auf dem Schulplatz und nahm ihm das Gelübde der Verschwiegenheit ab, mit einem Eid, dessen Furchtbarkeit einer

Loge Ehre gemacht hätte. Später versammelte er seine Getreuen und erklärte, daß wir zweifellos eines Tages gegen Japan Krieg führen würden.

»Und es geziemt sich«, sagte er weiter, »daß wir uns vorsehen. Je mehr wir über die schändlichen Machenschaften dieser schändlichen Rasse herauskriegen, um so mehr und wertvollere Spionageinformationen können wir, wenn der Krieg ausbricht, unserm Land zur Verfügung stellen.«

Vor solch blumenreicher Sprache verstummten die anderen. Sie waren bestürzt und überwältigt von dem Ernst einer Situation, die solche Worte verlangte. Von da an war in der Schule Spionage das Hauptanliegen, und der kleine Takashi Kato von der dritten Klasse hatte keinen unbewachten Moment mehr. Wenn Takashi zwei Finger hob in der Schule, warf Robbie einem der Geheimen bedeutungsvolle Blicke zu, und eine zweite Hand schoß in die Höhe. Wenn Takashi nach Hause ging, schlichen wenigstens fünf Buben durch die Gebüsche neben der Straße hinter ihm her. Schließlich allerdings feuerte Mr. Kato, Takashis Vater, nachdem er deutlich ein bleiches Gesicht am Fenster gesehen hatte, einen Schuß in die Nacht hinaus. Ungern genug rief Robbie die Geheimen zusammen und befahl, die Spionagetätigkeit müsse nach Sonnenuntergang eingestellt werden. »Nachts könnten sie ja nichts wirklich Wichtiges unternehmen«, erklärte er ihnen.

Auf die Dauer mußte Takashi eigentlich nicht unter der Spionage gegen ihn leiden, denn da die Geheimen ihn beobachten mußten, konnten sie ohne ihn keine wichtigen Streifzüge unternehmen. Auf einmal durfte er überallhin mitgehen, denn niemand wollte zu Hause bleiben und ihn überwachen.

Den Todesstoß erlebten die Geheimen, als Takashi, der auf unerklärliche Weise von der Organisation erfahren hatte, sich um die Mitgliedschaft bewarb.

Robbie erklärte ihm höflich: »Ich glaube nicht, daß wir dich aufnehmen können. Denn siehst du, du bist ein Japaner, und die hassen wir eben.«

Takashi war dem Weinen nahe. »Aber . . . ich bin doch hier geboren! Ich bin ebensogut Amerikaner wie du, oder?«

Robbie dachte angestrengt nach. Er wollte nicht grausam sein. Endlich hellte sich sein Gesicht auf. »Weißt du was! Kannst du Japanisch?«

»Natürlich, ganz gut.«

»Gut, dann kannst du unser Dolmetscher sein und geheime Dokumente für uns übersetzen.«

Takashi strahlte vor Glück. »Natürlich! Das kann ich«, rief er begeistert. »Und wenn ihr wollt, spionieren wir meinem Alten nach.«

Aber die Sache war aus. Mr. Kato war als einziges Opfer übriggeblieben, und Mr. Kato ging zu nervös mit dem Schießgewehr um.

Allerheiligen ging vorüber und dann das Dankfest. Die Spuren von Robbies Einfluß auf die jüngeren Buben wurden immer deutlicher. Ihr Wortschatz hatte sich beträchtlich erweitert, und sie haßten entschieden jegliches Schuhwerk und auch alle Arten von anständigen Kleidungsstücken. Robbie hatte, ohne es zu wissen, eine Mode diktiert, die zwar nicht neu, aber ausgesprochener war als das, was bis dahin von Buben seiner Art getragen wurde. Es war unmännlich, ganze Kleidungsstücke zu tragen, und noch mehr — es war eine Beleidigung für Robbie.

An einem Freitagnachmittag schrieb Robbie vierzehn Zettel und verteilte sie heimlich an vierzehn Kameraden. Auf allen Zetteln stand das gleiche: »Ein Heer von Indianern will morgen um zehn Uhr den Präsidenten der US am Marterpfahl bei meinem Haus verbrennen, schleicht euch heran und bellt wie ein Fuchs unten bei der unteren Wiese, ich werde dort sein und euch zur Rettung der armen Seele führen.«

Schon seit einigen Monaten hatte Miss Morgan beabsichtigt, Junius Maltby zu besuchen. Die Geschichten, die über ihn erzählt wurden, und ihre Erfahrungen mit seinem Sohn in der Schule hatten sie sehr neugierig gemacht. Alle paar Tage vernahm sie im Unterricht aus dem Munde eines ihrer Schüler ein Stück erstaunlichen Wissens. Einer zum Beispiel, der seiner Dummheit wegen geradezu berühmt war, erzählte ihr, daß Hengest und Horsa Britannien erobert hatten. Und als sie den Knirps zum Reden zwang, gestand er, daß er seine Weisheit von Junius Maltby habe und daß es sich um eine Art Geheimnis handle. Die alte Geschichte von der Ziege, der Junius Milch entlocken wollte, amüsierte die Lehrerin so sehr, daß sie sie niederschrieb und an verschiedene Zeitschriften verschickte, aber keine wollte sie drukken. Wiederholt hatte sie einen Tag bestimmt, um Junius Maltby einen Besuch abzustatten.

An einem Samstagmorgen im Dezember erwachte sie und fand Frost in der Luft und strahlenden Sonnenschein am Himmel. Nach dem Frühstück zog sie den Manchesterrock und die hohen Schuhe an und ging aus dem Haus. Im Hof versuchte sie, die Hunde zum Mitkommen zu überreden, doch diese ließen die Ohren hängen und schliefen weiter in der Sonne.

Die Maltby-Farm lag etwa zwei Meilen entfernt in einem kleinen Cañon, genannt Gato Amarillo. Neben der Straße floß ein Bach, und unter den Erlen wuchsen Farne. Im Cañon war es kühl, denn die Sonne war noch nicht über den Berg gekrochen. Unterwegs einmal meinte Miss Morgan, sie hätte weiter vorn Schritte und Stimmen gehört, aber als sie um die Wegkrümmung bog, war niemand in Sicht. Nur im Gebüsch raschelte es verdächtig.

Miss Morgan war noch nie dort gewesen, aber als sie ankam, wußte sie, daß sie richtig gegangen war. Die Maltby-Farm war unverkennbar. Unter ihrer Last von Beerensträuchern neigten sich die Zäune müde gegen die Straße. Die Obstbäume streckten nackte Äste aus einem Wald von Unkraut. Wilde Brombeerranken klammerten sich um die Stämme der Apfelbäume. Eichhörnchen und Kaninchen schreckten von Miss Morgans Schritten auf, und gurrende Tauben flogen mit peitschenden Flügeln davon. In einem großen, verwilderten Birnbaum kreischte eine Gesellschaft von Hähern. Und dann, neben einer Ulme mit einem schäbigen Mantel von erfrorenen Schlingpflanzen, sah Miss Morgan die moosüberwachsenen Schindeln des Maltbyschen Daches. Das Haus war totenstill, als hätte es seit hundert Jahren leergestanden. »Wie verlottert und unordentlich!« dachte Miss Morgan, »und doch auch wie wunderbar ungezwungen und hübsch zugleich!« Sie trat in den Hof durch ein kleines Tor, das mit einem Draht am Pfosten hing. Haus und Scheune waren grau verwittert, und wilde Kletterpflanzen streckten ihre Ranken an den Mauern empor. Miss Morgan bog um die Ecke des Hauses und blieb mit offenem Munde wie angewurzelt stehen. Ein kalter Schauer fuhr ihr über den Rücken. In der Mitte des Hofes stand ein starker Pfahl, und an diesen Pfahl war ein alter, zerlumpter Mann mit einem Seil festgebunden. Ein anderer Mann, jünger und kleiner, und wenn möglich noch verwahrloster, legte Brennholz um die Füße des Gefangenen. Miss Morgan trat zitternd zurück hinter das Haus. »Solche Dinge gibt es doch nicht mehr!«

redete sie sich zu. »Du träumst! So etwas ist doch einfach nicht möglich!« Und dann hörte sie das liebenswürdigste Zwiegespräch zwischen den beiden Männern.

»Es ist gleich zehn Uhr«, sagte der eine, und der Gefangene erwiderte: »Ja, und daß du mir aufpaßt, wenn du das Zeug in Brand steckst! Warte, bis du ganz sicher bist, daß sie kommen!«

Miss Morgan hätte beinahe vor Erleichterung geschrien. Ein wenig schwankend trat sie hinter dem Haus hervor. Der nicht gebundene Mann wandte sich um und sah sie. Einen Augenblick schien er überrascht, dann aber erholte er sich gleich und machte eine tiefe Verbeugung. An einem Mann in zerfetzten Overalls und mit einem zottigen Bart sah die Verbeugung lächerlich und liebenswürdig zugleich aus.

»Ich bin die Lehrerin«, sagte Miss Morgan atemlos. »Ich habe einen Spaziergang gemacht und eben dieses Haus gesehen. Im ersten Moment glaubte ich, dieses Autodafé sei Ernst.«

Junius lächelte. »Es ist auch Ernst. Es ist eine viel ernstere Sache, als Sie glauben. Fast meinte ich, Sie seien die Retter. Denn wissen Sie, die Erlösung dieses armen Geschöpfes ist um zehn Uhr fällig.«

Unterhalb des Hauses in den Weidenbäumen ertönte ein wütendes Bellen von Füchsen. »Ah, das müssen die Retter sein«, fuhr Junius weiter. »Übrigens, verzeihen Sie ... Miss Morgan, nicht wahr? Ich bin Junius Maltby, und dieser Herr da ist gewöhnlich Jakob Stutz. Heute allerdings ist er der Präsident der Vereinigten Staaten und wird in ein paar Minuten von Indianern verbrannt. Eine Zeitlang hofften wir, man könnte ihn als Guenevere brauchen, aber selbst mit seiner mageren Gestalt macht er sich besser als Präsident, nicht wahr? Und dann weigerte er sich auch, einen Frauenrock anzuziehen.«

»Unsinn«, sagte der Präsident behaglich. Miss Morgan lachte. »Darf ich der Rettung beiwohnen, Mr. Maltby?«

»Mr. Maltby? Oho, Madame! Ich bin nicht Mr. Maltby; ich bin dreihundert Indianer.«

Die Füchse bellten von neuem. »Bleiben Sie aber dort drüben, bei der Treppe«, sagten die dreihundert Indianer. »Dort wird man Sie nicht mit einer Rothaut verwechseln und massakrieren.« Dann blickte er suchend gegen den Fluß hinunter. Ein Weidenzweig wurde heftig geschüttelt. Junius strich an der Hose ein Streichholz an und steckte das Holz unter dem Präsidenten in

Brand. Als die Flammen aufzüngelten, schienen die Weidenbäume auseinanderzubersten, und die einzelnen Stücke wurden zu schreienden Buben. Die Horde stürmte heran und war mindestens so fürchterlich und mit so viel verschiedenen Geräten bewaffnet wie die Franzosen, als sie die Bastille stürmten. Das Feuer wurde auseinandergerissen. Mit fiebrigen Händen wurde das Seil losgebunden, und Jakob Stutz stand glücklich befreit und gerettet vor seinen Erlösern. Die nachfolgende Zeremonie war nicht weniger eindrucksvoll als die Rettung selbst. Die Buben standen in Achtungstellung in einer Reihe und salutierten, und der Präsident schritt von einem zum andern und steckte jedem eine Bleiplakette an den Latz der Overalls, und auf der Plakette war das Wort HELD eingekratzt. Das Spiel war aus.

»Nächsten Samstag werden die Bösewichte hängen, die diesen ruchlosen Anschlag planten«, verkündete Robbie.

»Warum denn nicht heute? Hängen wir sie doch jetzt!« schrien die andern.

»Nein, Leute! Das geht nicht. Das müssen wir erst vorbereiten. Wir brauchen einen Galgen.« Er wandte sich an seinen Vater. »Ich denke, wir werden euch beide hängen müssen.« Einen Augenblick musterte er Miss Morgan, dann beschloß er, sie leben zu lassen.

Es war einer der schönsten Nachmittage, die Miss Morgan je erlebt hatte. Man gab ihr einen Ehrenplatz auf dem Ast, und die Buben betrachteten sie bald nicht mehr als ihre Lehrerin.

»Ziehn Sie sich doch auch die Schuhe aus; das ist viel angenehmer«, schlug Robbie vor, und es war wirklich viel angenehmer, fand Miss Morgan, als sie die nackten Füße ins Wasser streckte.

An jenem Nachmittag erzählte Junius von Kannibalenstämmen unter den Aleuten-Indianern und von Karthago. Er schilderte, wie die Lakedämonier sich die Haare kämmten, bevor sie in den Thermopylen starben; er erklärte den Ursprung der Makkaronen und berichtete von der Entdeckung des Kupfers, wie wenn er selber dabeigewesen sei.

Schließlich, als der starrköpfige Jakob seine Theorie von der Vertreibung aus dem Paradies anfocht, entstand ein kleiner Streit, und dann machten sich die Buben auf den Heimweg. Miss Morgan ließ sie vorausziehen, weil sie allein und in Ruhe über den seltsamen Mann nachdenken wollte.

Lehrerin und Schüler erwarteten mit Schrecken den Tag, an dem die Schulpflege zum Examen kam. Es war ein Tag aufreibender Zeremonien. Die Lektionen wurden nervös vorgetragen, und ein falsch buchstabiertes Wort war fast ein Kapitalverbrechen. An keinem anderen Tag machten die Kinder mehr Schnitzer, und nie im ganzen Jahr waren die Nerven der Lehrerin so gespannt und strapaziert.

Die Schulpflege im »Tal des Himmels« besuchte die Schule am Nachmittag des 15. Dezember. Kurz nach dem Mittagessen begann der Aufmarsch der Mitglieder. Alle blickten finster und ein wenig verschämt drein wie bei einer Beerdigung. Als erster kam John Whiteside herein, der Aktuar, ein alter, weißhaariger Mann mit einer etwas weitherzigen Ansicht in Erziehungssachen, was manchmal im Tal kritisiert wurde. Pat Humbert kam kurze Zeit später. Pat war in die Pflege gewählt worden, weil er es gewollt hatte. Er war ein einsamer Mann, dem es schwerfiel, den Kontakt mit anderen Leuten zu finden, und so benützte er jede Gelegenheit, die ihm Beziehungen verschaffen konnte. Seine Kleidung war so steif und so traurig wie der bronzene Anzug der Statue von Lincoln in Washington. Dann folgte T. B. Allen und schob seine runde Gestalt zwischen den Bankreihen hindurch. Er war der einzige Kaufmann im Tal, und das gab ihm ein Anrecht auf den Sitz in der Pflege. Hinter ihm her stapfte mit langen Schritten Schulpfleger Raymond Banks, groß und fröhlich und mit rotem Gesicht und breiten Händen, und als letzter erschien Bert Munroe, das jüngste Mitglied. Es war sein erstes Examen, und er war etwas verlegen, als er sich zu seinen Amtskollegen auf einen Stuhl vor der Klasse setzte.

Als alle Schulpfleger Platz genommen hatten, kamen ihre Gattinnen herein und setzten sich in den Hintergrund des Schulzimmers. Die Schüler rutschten aufgeregt in den Bänken umher. Sie fühlten sich umzingelt; Flucht, sollte sie vonnöten sein, war ausgeschlossen. Wenn sie sich nach hinten drehten, sahen sie, daß ihnen die Frauen wohlwollend zulächelten. Und sie entdeckten ein riesiges Paket, das Mrs. Munroe auf dem Schoß hielt.

Der Unterricht begann. Mit einem gequälten Lächeln auf dem Gesicht hieß Miss Morgan die Schulpfleger willkommen. »Meine Herren«, sagte sie, »was wir heute tun werden, ist nichts Ungewöhnliches. Ich glaube, für Sie als in offizieller Mission hier Versammelte ist es wertvoller, wenn Sie die Schule so erleben, wie sie alle Tage ist.« Schon wenige Augenblicke später bereute sie, daß sie das gesagt hatte. Gar nie, soweit sie sich zurückerinnern konnte, hatte sie so einfältige Kinder gesehen. Die wenigen, die ein paar Worte über ihre eingefrorenen Lippen brachten, machten die abscheulichsten Fehler. Das Buchstabieren war unter aller Kritik. Das Lesen war wie das Stammeln von Idioten. Die Schulpfleger bemühten sich, ihre Würde zu wahren, aber ein gelegentliches verlegenes I ächeln konnten sie nicht unterdrücken. Kalter Schweiß trat auf Miss Morgans Stirn. Schon sah sie sich von einer empörten Behörde mit Schimpf und Schande entlassen. Die Frauen im Hintergrund lächelten weiter, aber etwas nervöser, und die Zeit verstrich. Als das Rechnen überstanden war, erhob sich John Whiteside von seinem Stuhl.

»Danke, Miss Morgan«, sagte er. »Wenn Sie gestatten, möchte ich jetzt ein paar Worte an die Kinder richten, und dann können Sie sie entlassen. Mir scheint, sie haben für unsere Anwesenheit eine kleine Entschädigung verdient.«

Die Lehrerin atmete erleichtert auf. »So haben Sie also gesehen, daß sie nicht so gut waren wie sonst. Ich bin so froh.«

John Whiteside lächelte. In seiner langjährigen Karriere als Mitglied der Schulpflege hatte er schon manche aufgeregte junge Lehrerin gesehen. »Wenn ich wüßte, daß sie immer so wenig könnten, wäre es wohl am besten, die Schule zu schließen.« Dann sprach er fünf Minuten zu den Kindern und ermahnte sie, ernsthaft zu arbeiten und die Lehrerin zu lieben. Es war die übliche kurze, schmerzlose Ansprache, die er seit Jahren an solchem Tag gehalten hatte. Die älteren Schüler hatten sie schon oft gehört. Als er geschlossen hatte, bat er die Lehrerin, die Klasse zu entlassen. Die Schüler begaben sich artig hinaus, aber als sie an der frischen Luft waren, wurde die Erleichterung zu groß. Mit ohrenbetäubendem Geheul und Gekreisch stürzten sie aufeinander los und taten ihr möglichstes, um sich gegenseitig eins auszuwischen.

John Whiteside schüttelte der Lehrerin die Hand. »Wir haben noch nie eine Lehrerin hier gehabt, die bessere Ordnung hielt«, sagte er freundlich. »Ich glaube, wenn Sie wüßten, wie sehr die Kinder Sie verehren, kämen Sie in Verlegenheit.«

»Sie sind aber auch lieb«, sagte Miss Morgan bescheiden. »Wirklich, sie sind sehr lieb und artig.«

»Natürlich. Übrigens, was macht der kleine Maltby?«

»Oh, das ist ein aufgeweckter Junge. Ein seltsames Kind. Ich glaube, er ist sehr intelligent.«

»Wir haben bei der Sitzung von ihm gesprochen, Miss Morgan, Sie wissen ja, sein Familienleben ist nicht, wie es sein sollte. Ich habe ihn heute nachmittag beobachtet. Der arme Kerl hat ja fast nichts an.«

»Nun ... ja, die Verhältnisse sind wohl nicht ganz normal«, sagte Miss Morgan vorsichtig, denn sie sah, daß sie Junius verteidigen mußte. »Aber schlecht, wissen Sie, schlecht sind sie nicht.«

»Verstehen Sie mich nicht falsch, Miss Morgan. Einmischen werden wir uns nicht. Wir dachten bloß, wir sollten ihm ein paar Sachen geben. Sein Vater ist sehr arm, wissen Sie.«

»Ich weiß«, sagte sie leise.

»Mrs. Munroe hat ihm ein paar Sachen gekauft — Kleider, und wenn Sie ihn hereinrufen, werden wir sie ihm geben.«

»Aber nein! Tun Sie das bitte nicht ...« begann Miss Morgan.

»Warum nicht? Es sind nur ein paar Hemden und ein Paar Overalls und Schuhe.«

»Nein, Mr. Whiteside, das würde ihn in Verlegenheit bringen. Er ist ein stolzer kleiner Junge.«

»In Verlegenheit bringen? Indem wir ihm anständige Kleider schenken? Unsinn! Aber abgesehen davon, ist es zu kalt für ihn, um barfuß herumzulaufen in dieser Jahreszeit! Seit einer Woche ist ja jeden Morgen der Boden gefroren.«

»Ich wollte, Sie würden's nicht tun«, sagte Miss Morgan hilflos. »Wirklich, Mr. Whiteside, geben Sie ihm nichts!«

»Miss Morgan, finden Sie nicht, Sie machen zuviel aus der Sache? Mrs. Munroe hatte die Güte, diese Kleider für ihn zu kaufen. Bitte, rufen Sie ihn jetzt herein, dann kann sie sie ihm geben!«

Also stand Robbie vor ihnen. Das ungekämmte Haar fiel ihm ins Gesicht, und seine Augen leuchteten noch von dem wilden Spiel im Freien. Die Leute im Schulzimmer sahen ihn wohlwollend an und bemühten sich, nicht zu auffällig seine schäbigen Kleider zu mustern. Robbie blickte ängstlich umher.

»Mrs. Munroe will dir etwas schenken, Robert«, sagte Miss Morgan.

Dann trat Mrs. Munroe vor ihn hin und legte das Paket in seine Arme. »Was für ein netter kleiner Junge!«

Robbie legte das Paket vorsichtig auf den Boden und verschränkte die Arme hinter dem Rücken.

»Mach auf, Robert!« sagte T. B. Allen grimmig. »Wo sind deine Manieren?«

Robbie warf ihm einen mürrischen Blick zu. »Ja, Sir«, sagte er und löste die Schnur. Hemden und Overalls lagen offen vor ihm, und er starrte sie verständnislos an. Plötzlich schien er sich bewußt zu werden, was sie bedeuteten. Sein Gesicht wurde rot und heiß. Er sah ängstlich um sich wie ein gefangenes Tier, und dann schoß er durch die Tür hinaus und ließ das Häuflein Kleider am Boden liegen. Zwei Schritte über die Treppe — und Robbie war fort.

Mrs. Munroe wandte sich ratlos an die Lehrerin. »Was fehlt ihm denn?«

»Ich glaube, er war verlegen«, sagte Miss Morgan.

»Aber warum denn? Waren wir denn nicht nett zu ihm?«

Die Lehrerin versuchte zu erklären und wurde sehr böse. »Weil, sehen Sie ... er wußte doch gar nicht, daß er arm war, bis ...«

»Es war mein Fehler«, entschuldigte sich John Whiteside. »Verzeihen Sie, Miss Morgan!«

»Aber was fangen wir nun mit ihm an?« wunderte sich Bert Munroe.

»Ich weiß nicht. Das weiß ich wirklich nicht.«

Mrs. Munroe wandte sich an ihren Mann. »Bert, vielleicht könntest du hinausgehen und mit Mr. Maltby reden. Ich meine natürlich, sehr höflich, nicht wahr? Sag ihm, kleine Buben sollten in dieser Jahreszeit nicht barfuß gehen. Vielleicht würde ihn das überzeugen. Mr. Maltby könnte dann Robbie veranlassen, die Kleider zu nehmen. Oder was meinen Sie, Mr. Whiteside?«

»Nein, mir gefällt das nicht. Wenn Sie abstimmen wollen, meinetwegen, aber ich bin dagegen. Ich habe bereits genug Schaden angerichtet.«

»Nach meiner Meinung ist seine Gesundheit wichtiger als seine Launen«, beharrte Mrs. Munroe.

Am 20. Dezember schloß die Schule für die Weihnachtsferien. Miss Morgan wollte ihre Ferien in Los Angeles verbringen. Als sie an der Straßenkreuzung auf den Autobus nach Salinas wartete, sah sie einen Mann und einen kleinen Jungen auf sich zukommen. Sie hatten billige neue Kleider an, und beide gingen, als ob sie wunde Füße hätten. Als sie näher kamen, schaute Miss Morgan den Jungen genauer an und sah, daß es Robbie war. Sein Gesicht war mürrisch und unglücklich.

»Robert!« rief Miss Morgan, »was ist denn los? Wo gehst du denn hin?«

Der Mann sprach. »Wir gehen nach San Franzisko, Miss Morgan.«

Sie erschrak. Es war Junius Maltby ohne Bart. Sie hatte nicht gewußt, daß er so alt war. Selbst seine Augen, die so jung gewesen waren, blickten alt und müde. Natürlich war er so blaß, weil der Bart sein Gesicht vor der Sonne geschützt hatte. Er sah sie mit einem Ausdruck tiefer Ratlosigkeit an. »Gehen Sie in die Ferien?« fragte Miss Morgan. »Über Weihnachten sind die Läden in der Stadt so wunderschön. Ich könnte tagelang darin herumstöbern.«

»Nein«, antwortete Junius. »Wir gehen für immer in die Stadt. Ich bin Buchhalter, Miss Morgan, oder wenigstens war ich einer, vor zwanzig Jahren. Und jetzt, jetzt gehe ich in die Stadt und suche eine Stelle.« Seine Stimme war traurig und gequält.

»Aber warum denn? Wozu eine Stelle suchen?«

»Sehen Sie«, erklärte er ohne Umschweife, »ich hatte ja keine Ahnung, daß ich dem Bub hier oben weh getan hatte. An so etwas habe ich nie gedacht. Ich hätte es wohl wissen sollen. Sie sehen ja selbst, daß er nicht in Armut aufwachsen sollte. Das sehen Sie ein, nicht wahr? Ich wußte nicht, was die Leute über mich redeten.«

»Aber warum bleiben Sie nicht auf der Farm? Das Land ist doch gut, und . . .«

»Aber ich konnte nie etwas daraus machen. Ich verstehe nichts vom Landbestellen, Miss Morgan. Jakob will versuchen, etwas mit dem Hof anzufangen, aber Sie wissen ja, Jakob ist auch kein großer Arbeiter. Später dann, wenn ich kann, verkaufe ich alles, so daß Robbie ein paar Sachen bekommt, die er nie gekannt hat.«

Miss Morgan war sehr böse, aber sie spürte, daß sie gleich weinen würde. »Sie glauben doch nicht alles, was die dummen Leute Ihnen erzählen?«

Er sah sie erstaunt an. »Natürlich nicht. Aber Sie wissen so gut wie ich, daß ein Bub nicht wie ein wildes Tier aufwachsen sollte. Das wissen Sie doch.«

Der Autobus kam in Sicht und näherte sich der Kreuzung. Junius zeigte auf sein Söhnchen. »Er wollte nicht mitkommen. Er rannte davon und versteckte sich in den Hügeln. Gestern nacht haben Jakob und ich ihn gefunden. Verstehen Sie, zu lange hat er wie ein wildes Tier gelebt. Und dann, Miss Morgan, weiß er ja noch gar nicht, wie schön es in San Franzisko sein wird.«

Der Wagen stand still. Junius und Robbie stiegen ein und setzten sich auf den hintersten Sitz. Miss Morgan wollte sich eben zu ihnen setzen. Dann kehrte sie sich um und nahm den Sitz neben dem Chauffeur. »Aber natürlich«, sagte sie sich, »natürlich wollen sie lieber allein sein.«

VII

Der alte Guiermo Lopez starb, als seine Töchter schon ziemlich groß waren, und hinterließ ihnen vierzig Morgen eines steilen Hügelabhanges und kein Geld. Sie wohnten in einer weißgetünchten Schindelhütte mit einem Anbau, einem Brunnen und einem Wagenschuppen daneben. In dem ausgemergelten Boden wuchs nichts außer Unkraut und Salbei, und obwohl die Schwestern sich mächtig um einen kleinen Garten abmühten, vermochten sie nur sehr wenig Gemüse zu produzieren. Eine Zeitlang hungerten sie in grimmigem Martyrium, aber am Ende siegte das Fleisch. Sie waren zu dick und zu munter, um sich einer unreligiösen Sache wie der des Essens zu Märtyrerinnen zu machen.

Eines Tages hatte Rosa eine Idee. »Machen wir nicht die besten Tortillas im Tal?« fragte sie ihre Schwester. »Unsere Mutter hat uns diese Kunst gelehrt«, erwiderte Maria respektvoll.

»Dann sind wir gerettet. Wir werden Enchiladas, Tortillas und Tamales machen. Wir werden sie den Leuten vom ›Tal des Himmels‹ verkaufen.«

»Glaubst du, diese Leute werden kaufen?« fragte Maria skeptisch.

»Höre, was ich sage, Maria! In Monterey gibt es mehrere Orte, wo Tortillas verkauft werden, die nur einen Finger so gut sind wie unsere. Und die Leute, die sie verkaufen, sind sehr reich. Sie haben dreimal im Jahr ein neues Kleid. Und lassen sich ihre Tortillas mit den unsrigen vergleichen? Ich frage dich im Angedenken an unsere Mutter.«

Marias Augen füllten sich mit Tränen der Rührung. »Nein, das lassen sie sich nicht. Auf der ganzen Welt gibt es keine Tortillas, die sich mit den von der geheiligten Hand unserer Mutter geklopften vergleichen lassen.«

»Also denn, adelante!« sagte Rosa abschließend. »Wenn sie so gut sind, dann werden die Leute sie kaufen.«

Es folgte eine Woche aufregender Vorbereitungen, während welcher die schwitzenden Schwestern fegten und dekorierten. Als sie fertig waren, hatte ihr kleines Haus innen und außen einen neuen Anstrich von schneeweißer Tünche. Neben den Stufen vor der Haustür waren Geraniensteddinge gepflanzt, und die Abfälle und der Unrat von Jahren waren gesammelt und verbrannt worden. Der Vorderraum des Hauses war in ein Restaurant umgewandelt, in dem zwei mit gelbem Öltuch überzogene Tische standen. Eine Tafel von Tannenholz am Zaun bei der Straße verkündete: TORTILLAS, ENCHILADAS, TAMALES UND EINIGE ANDERE SPANISCHE GERICHTE; R. & M. LOPEZ.

Der Umsatz kam nicht sturmartig. Tatsächlich kam er überhaupt fast nicht. Die Schwestern saßen an ihren gelben Tischen und warteten. Sie waren kindlich und aufgeräumt und nicht sehr sauber. Auf ihren Stühlen sitzend, warteten sie auf das Glück. Kam aber einmal ein Kunde in den Laden, dann sprangen sie auf und standen ihm augenblicklich zu Diensten. Über alles, was der Kunde sagte, lachten sie entzückt; sie brüsteten sich mit ihrer Abstammung und prahlten über die wunderbare Zusammensetzung ihrer Tortillas. Sie rollten die Ärmel zurück und zeigten in leidenschaftlicher Verleugnung ihres indianischen Blutes die Weißheit ihrer Haut. Aber es kamen wenige Kunden. Allmählich entdeckten die Schwestern Schwierigkeiten in ihrem Geschäft. Sie durften ihre Produkte nicht in großen Quantitäten herstellen, denn wenn sie zu lange liegenblieben, würden sie schlecht werden. Tamales brauchen frisches Fleisch. So kam es, daß sie anfingen, Fallen für Kaninchen und Vögel auszulegen; Spatzen, Amseln und Lerchen wurden in Käfigen gehalten, bis sie für die Tamales benötigt wurden. Und immer noch war das

Geschäft flau. Eines Morgens trat Rosa vor ihre Schwester. »Du mußt den alten Lindo einspannen, Maria. Wir haben keine Kornhülsen mehr.« Sie legte ein Silberstück in Marias Hand. »Kauf nur wenige in Monterey«, sagte sie. »Wenn das Geschäft besser geht, werden wir sehr viel kaufen.« Maria küßte sie gehorsam und ging auf den Schuppen zu.

»Und, Maria — wenn noch etwas von dem Geld übrigbleibt, bring etwas zum Naschen für dich und für mich — etwas Gutes.«

Als Maria an jenem Nachmittag nach Hause zurückkam, fand sie eine seltsam stille Schwester. Das Gelächter, die kleinen Aufschreie, die gebieterischen Fragen nach jeder Einzelheit der Reise, die gewöhnlich dem Wiedersehen folgten, blieben aus. Rosa saß auf einem Stuhl an einem der Tische, und auf ihrem Gesicht war ein Ausdruck finsterer Konzentration.

Maria näherte sich zaghaft. »Ich habe die Hülsen sehr billig eingekauft«, sagte sie. »Und da, Rosa, der Zuckerstengel! Die beste Sorte, und nur vier Cents.«

Rosa nahm den Kandisbrocken und steckte das eine riesige Ende in den Mund. Immer noch runzelte sie nachdenklich die Stirn. Maria setzte sich neben sie, lächelte sanft, neckisch, fragend und bettelte stumm um einen Anteil an der Bürde ihrer Schwester. Rosa saß starr wie ein Fels und schleckte an ihrem Zucker. Dann glotzte sie Maria in die Augen. »Heute«, sagte sie feierlich, »heute habe ich mich einem Kunden hingegeben.«

Maria schluchzte vor Aufregung und Teilnahme.

»Versteh mich nicht falsch!« fuhr Rosa fort. »Ich habe kein Geld angenommen. Der Mann hat drei Enchiladas gegessen — drei!«

Maria brach in ein dünnes, kindisches Gejammer aus. Sie war ganz nervös.

»Sei still!« sagte Rosa. »Was meinst du, was soll ich tun? Es ist notwendig, daß wir unsere Kundschaft ermuntern, wenn wir es zu etwas bringen wollen. Und er hatte drei, Maria, drei Enchiladas! Und er bezahlte für sie. Und nun? Was meinst du?«

Maria schnupfte, und angesichts der Rechtfertigung ihrer Schwester klammerte sie sich an einen kleinen moralischen Mut. »Ich glaube, Rosa, ich glaube, unsere Mutter wäre froh, und ich glaube, deine eigene Seele wäre froh, wenn du die Mutter Jungfrau und die heilige Rosa um Verzeihung bitten würdest.«

Rosa lächelte großmütig und nahm Maria in die Arme. »Das

habe ich getan. Sobald er fort war. Er war kaum aus dem Haus, als ich es tat.«

Maria riß sich los und rannte tränenüberströmt in ihre Schlafkammer. Zehn Minuten lang kniete sie vor der kleinen Madonna an der Wand. Dann erhob sie sich und warf sich abermals in Rosas Arme. »Rosa, meine Schwester«, rief sie glücklich, »ich glaube — ich glaube, auch ich werde Kunden ermuntern!«

Die Lopez-Schwestern drückten sich in einer innigen Umarmung aneinander und vermengten Tränen der Freude.

Jener Tag bezeichnete den Wendepunkt in den Angelegenheiten der Lopez-Schwestern. Es ist wahr, das Geschäft blühte nicht, aber von da an verkauften sie genug von ihren »spanischen Gerichten«, um ihre Küche mit Eßwaren und ihre breiten, runden Körper mit grellgemusterten Kleidern auszustatten. Sie blieben standhaft religiös. Wenn eine von ihnen gesündigt hatte, ging sie unverzüglich zur kleinen Porzellanjungfrau, die nun bequemlichkeitshalber im Hausgang stand, so daß sie von beiden Schlafkammern erreichbar war, und betete um Vergebung. Sünden durften sich nicht anhäufen. Sie beichteten jede Sünde einzeln, sobald sie begangen war. Am Boden unter der Jungfrau war ein blankgescheuerter Fleck, wo sie in ihren Nachthemden gekniet hatten.

Das Leben wurde sehr angenehm für die Lopez-Schwestern. Selbst von Nebenbuhlerei gab es nicht das kleinste Flecklein, denn obwohl Rosa älter und kecker war, glichen sie sich fast aufs Haar. Maria war etwas fetter, dafür war Rosa ein wenig größer, und das war alles. Oft war das Haus von lautem Gelächter und kreischender Begeisterung erfüllt. Die Schwestern sangen über den flachen Steinen, auf denen sie mit ihren fetten, starken Händen die Tortillas klopften. Sagte ein Kunde etwas Lustiges, sagte Tom Breman, derweil er die dritte Tamale aß: »Rosa, du lebst zu üppig. Von diesem reichen Leben wird dir der Bauch noch platzen, wenn du es nicht aufgibst«, dann schüttelten sie sich eine halbe Stunde lang in unbändigem Gelächter. Und einen ganzen Tag später, wenn sie auf dem Stein die Tortillas klopften, kam ihnen wieder in den Sinn, was er Lustiges gesagt hatte, und sie lachten nochmals von Herzen. Denn diese beiden Schwestern verstanden es, die Fröhlichkeit zu bewahren, zu hätscheln und zu tätscheln, bis ihre Gemüter auch die letzten Restchen ihrer Möglichkeiten ausgekostet hatten. Don Tom sei ein feiner Mann, sagten sie. Ein lustiger Mann und — ein reicher Mann. Einmal aß er fünf Teller voll Chiles-con-carne. Aber noch etwas; etwas, dem man nicht oft bei einem reichen Mann begegnet: er war ein hombre fuerte, oh, sehr stark! Über die Tortillasteine gebeugt, nickten sie weise in der angenehmen Erinnerung an diese Entdeckung wie zwei Kenner, die sich an einen guten Wein erinnern.

Man darf nicht glauben, die Schwestern hätten ihre Ermunterungen verschwenderisch vergeben. Außer für ihre Gerichte nahmen sie kein Geld an. Wenn jedoch ein Mann drei oder mehr Portionen von ihren Speisen aß, erfüllten sich ihre Herzen mit Dankbarkeit, und dieser Mann wurde dann ein Kandidat für Ermunterungen.

An einem unseligen Abend kam ein Mann, dessen Appetit drei Enchiladas nicht gewachsen war, und bot Rosa das Schandgeld an. Mehrere andere Kunden waren auch gerade im Hause. Das Angebot wurde mitten in eine eifrige Konversation geschleudert. Augenblicklich verstummte der Lärm und hinterließ eine jähe Stille. Maria schlug die Hände vor das Gesicht. Rosa wurde erst weiß, dann blutrot vor Zorn. Sie keuchte vor Entrüstung, und ihre Augen blitzten Funken. Ihre fetten, kräftigen Hände flogen auf wie Adler und landeten auf ihren Hüften. Aber als sie sprach, war es mit einer sonderbaren Zurückhaltung der Gefühle. »Das ist eine Beleidigung«, sagte sie heiser. »Vielleicht wißt Ihr nicht, daß General Vallejo fast unser Vorfahre ist, so nahe sind wir mit ihm verwandt. In unseren Adern ist reines Blut. Was würde wohl General Vallejo sagen, wenn er Euch hörte? Glaubt Ihr nicht, seine Hand müßte zum Schwert greifen, wenn er hörte, daß Ihr zwei Damen beleidigt, die beinahe von seiner Familie sind? Sagt, was meint Ihr? Ihr sagt zu uns: ›Ihr seid schamlose Weiber!‹ Wir? Die wir die feinsten, die dünnsten Tortillas in ganz Kalifornien machen?« Sie mußte sich sehr beherrschen und war von der Anstrengung ganz außer Atem.

»So habe ich es gar nicht gemeint«, wimmerte der Beleidiger. »Auf Ehr und heilig, Rosa; ich hab's nicht so gemeint.«

Ihr Zorn verließ sie dann. Eine ihrer Hände flog von der Hüfte auf, diesmal wie eine Lerche, und zeigte fast etwas traurig auf die Tür. »Geht!« sagte sie sanft. »Ich glaube nicht, daß Ihr es böse gemeint habt; aber die Beleidigung bleibt.« Und als der

Schuldige zur Tür hinausschlich, sagte sie: »Nun, wünscht sonst noch jemand eine kleine Portion Chiles-con-frijoles? Wer von euch? Chiles-con-frijoles wie keine auf der Welt.«

Gewöhnlich waren sie glücklich, diese Schwestern. Maria, die sehr zartfühlender und sanfter Natur war, pflanzte noch mehr Geranien um das Haus und stattete den Zaun mit Malven aus. Auf einer Reise nach Salinas kauften und schenkten sich Rosa und Maria Schlafhauben wie umgestülpte Vogelnester mit blauen und rosaroten Bändern. Es war das Höchste! Seite an Seite betrachteten sie sich in einem Spiegel, dann schauten sie einander an und lächelten sich ein wenig traurig zu und dachten: »Das ist der große Tag. Das ist die Zeit, die wir immer als die glückliche Zeit in Erinnerung haben werden. Wie schade, sie kann nicht ewig dauern!«

Aus Furcht, sie könnte zu Ende gehen, stellte Maria große Vasen mit Blumen vor die Jungfrau.

Aber diese Ahnungen kamen selten über sie. Maria kaufte einen kleinen Phonograph mit Platten — Tangos und Walzer. Wenn die Schwestern über den Steinen arbeiteten, ließen sie den Apparat laufen und klopften die Tortillas im Takt der Musik.

Es war unvermeidlich, daß im »Tal des Himmels« das Gerücht umging, die Lopez-Schwestern seien lose Frauen. Die verheirateten Frauen des Tales grüßten sie kühl, wenn sie vorbeigingen. Es ist unmöglich zu sagen, wie es diese Frauen erfahren hatten. Ihre Ehemänner wenigstens hatten es ihnen sicherlich nicht gesagt; und doch wußten sie es. Sie wissen es immer.

An einem Samstagmorgen vor Tagesanbruch schleppte Maria das alte, mit Schnüren geflickte Pferdegeschirr hervor und hängte es wie eine Girlande über Lindos Knochen. »Mut, mein Freund!« sagte sie zu dem Pferd, als sie den Schwanzriemen einschnallte; und: »Das Maul, bitte, mein Lindo«, als sie das Gebiß einführte. Dann schob sie ihn rückwärts zwischen die Deichseln eines alten Einspänners. Absichtlich stolperte Lindo über die Stangen, genau wie er es dreißig Jahre lang getan hatte. Als Maria die Zugstränge einhakte, drehte er den Kopf nach hinten und schaute sie an, und in seinem Blick war eine tiefe, philosophische Traurigkeit. Lindo interessierte sich nicht mehr für Reiseziele. Er war sogar zu alt, um sich, wenn er einmal unterwegs war, auf den Heimweg zu freuen. Nun schob er die Lippen von seinen langen gelben Zähnen und grinste hoffnungslos. »Wir gehen nicht weit«, tröstete Maria. »Wir werden langsam gehen. Du mußt dich nicht vor der Reise fürchten, Lindo.« Aber Lindo fürchtete die Reise sehr. Er haßte den Weg nach Monterey und zurück.

Als Maria auf den Sitz kletterte, sackte der Einspänner bedenklich zusammen. Behutsam nahm sie die Zügel in die Hände. »Los, mein Freund!« sagte sie und schlug ihm leicht die Zügel über den Rücken. Lindo schauderte und blickte nach hinten. »Hörst du? Wir müssen gehen. Es gibt Sachen einzukaufen in Monterey.« Lindo schüttelte den Kopf und hob ein Vorderbein in einer Art Knicks. »Höre, was ich sage, Lindo!« rief Maria nun gebieterisch. »Ich sage, wir müssen gehen. Ich bin entschlossen! Ich bin sogar ärgerlich.« Sie schlug ihm heftig die Zügel um die Schultern. Lindo hängte den Kopf weit nach vorn, bis fast auf den Boden, wie ein schnuppernder Hund, und trabte langsam aus dem Hof. Neun Meilen hatte er zu gehen bis Monterey und neun Meilen zurück! Lindo wußte es genau und verzweifelte an seinem Wissen. Aber nun, da ihr Ärger vorbei war, lehnte sich Maria in den Sitz zurück und summte den Refrain des »Waltz Moon«-Tangos.

Die Hügel glitzerten vom Tau. Maria atmete die frische, feuchte Luft ein und sang lauter, und sogar Lindo schnaubte. Eine Feldlerche flog von Stange zu Stange vor ihnen her und sang überlaut. Weit vorn sah Maria einen Mann die Straße entlangmarschieren. Bevor sie ihn eingeholt hatte, erkannte sie an dem schlenkernden, affenartigen Gang, daß es Allen Hueneker, der häßlichste und schüchternste Mann des Tales war.

Allen Hueneker ging nicht nur wie ein Affe, sondern sah auch wie einer aus. Wenn kleine Buben ihre Freunde beleidigen wollten, zeigten sie auf Allen und sagten: »Dort ist dein Bruder.« Der Vergleich wirkte unfehlbar. Allen war so scheu und derart über sein Aussehen unglücklich, daß er sich einen Bart wachsen lassen wollte, um sein Gesicht zu verhüllen, aber die borstigen Stoppeln wuchsen nur spärlich und am falschen Ort und erhöhten bloß noch seine affenähnliche Erscheinung. Seine Frau hatte ihn geheiratet, weil sie siebenunddreißig und weil Allen unter ihren Bekannten der einzige Mann war, der sich nicht schützen konnte. Später stellte sich dann doch heraus, daß sie eine Frau war, deren System ohne ein Quantum Eifersucht nicht funktionierte. Da sie in Allens Leben nichts fand, worüber sie hätte eifersüchtig sein können, erfand sie alles mögliche. Ihren Nachbarinnen erzählte sie Geschichten über seine Heldentaten mit Frauen, über seine Unzuverlässigkeit und seine obskuren Missetaten. Sie erzählte diese Geschichten so lange, bis sie sie selber glaubte; aber wenn sie von Allens Sünden schwatzte, lachten die Nachbarinnen hinter ihrem Rücken, denn jeder im »Tal des Himmels« wußte, wie scheu der kleine Mann war.

Der alte Lindo stolperte seines Weges und holte Allen Hueneker ein. Maria zog die Zügel an, als ob sie eine rasend dahingaloppierende Stute zum Stehen bringen müßte. »Ruhig, Lindo! Beruhige dich!« rief sie. Beim leisesten Ruck am Zügel stand Lindo bockstill und sank mit losen Gliedern und hängendem Hals in totale Entspannung.

»Guten Morgen«, sagte Maria höflich.

Allen trat schüchtern beiseite an den Straßenrand. »Morgen«, brummte er und wandte sich ab und starrte scheinbar interessiert einen seitlichen Hügel hinauf.

»Ich fahre nach Monterey«, fuhr Maria weiter. »Willst du mitfahren?«

Allen schreckte zusammen und suchte den Himmel nach Wolken oder Habichten ab. Dann sagte er verdrossen: »Gehe bloß bis zur Bushaltestelle.«

»Und wenn auch? Du kannst doch mitfahren, nicht?«

Der Mann kratzte sich im Bart und überlegte. Und dann, mehr um der Diskussion ein Ende zu setzen als um des Mitfahrens willen, kletterte er auf den Wagen. Maria drückte sich etwas beiseite, um ihm Platz zu machen, und ließ sich dann wieder zurückfallen. »Marsch, Lindo!« rief sie. »Lindo! Hörst du? Los, bevor ich wieder ungehalten werde!« Die Zügel flatterten um Lindos Hals. Seine Nase sank gegen den Boden, und er zog davon.

Eine kleine Weile fuhren sie schweigend, bald aber erinnerte sich Maria, daß es höflich sei, Allen zum Reden zu ermuntern. »Du verreist, ja?« fragte sie.

Allen glotzte eine Eiche hinauf und sagte nichts.

Etwas später gestand Maria: »Ich bin noch nie in der Eisenbahn gefahren, aber meine Schwester, Rosa, sie ist schon gefahren. Einmal fuhr sie nach San Franzisko, und einmal fuhr sie zurück. Ich habe sehr reiche Männer sagen hören, Reisen sei sehr schön. Meine eigene Schwester, Rosa, sagt es selber auch.«

»Ich gehe bloß nach Salinas«, sagte Allen.

»Ah, dort bin ich auch schon gewesen, schon manchmal. Rosa und ich haben Freunde in Salinas. Unsere Mutter kam von dort. Und unser Vater ging oft mit Holz hin.«

Allen kämpfte mit seiner Verlegenheit. »Habe den alten Ford nicht in Fahrt kriegen können, sonst wäre ich mit ihm gefahren.«

»So, hast du einen Ford?« Maria war beeindruckt.

»Bloß ein alter Ford.«

»Wir haben zueinander gesagt, Rosa und ich, daß eines Tages auch wir vielleicht einen Ford haben. Dann werden wir viele Orte bereisen. Ich habe sehr reiche Männer sagen hören, Reisen ist sehr schön.«

Wie um das Gesagte zu unterstreichen, erschien auf einer Anhöhe ein alter Ford und kam auf sie zu gelärmt. Maria faßte das Leitseil fester: »Ruhig, Lindo!« Lindo schenkte weder Maria noch dem Ford die leiseste Beachtung.

Im Ford waren Mr. und Mrs. Munroe. Bert drehte den Kopf, als sie vorbeifuhren. »Gott! Hast du das gesehen?« fragte er lachend. »Hast du diesen Frauenjäger mit Maria Lopez gesehen?«

Mrs. Munroe lächelte.

»Du«, rief Bert, »das wäre ein Spaß, wenn wir der Hueneker erzählten, wir hätten ihren Alten mit Maria Lopez gesehen!«

»Daß du dich unterstehst!« drohte seine Frau.

»Aber ein guter Spaß wär's. Du weißt doch, wie sie über ihn redet.«

»Nein, Bert, tu's nicht!«

Unterdessen fuhr Maria weiter und plauderte arglos mit ihrem widerstrebenden Gefährten. »Du kommst nie in unser Haus, um Enchiladas zu essen. Es gibt keine Enchiladas wie unsere. Denn schau: wir haben es von unserer Mutter gelernt. Als unsere Mutter noch am Leben war, sagte man allenthalben, bis nach San Juan, sogar bis Gilroy, daß niemand solch flache, solch dünne Tortillas machen kann. Du mußt wissen, es ist das Klopfen, immer nur das Klopfen, das die Güte und Dünne der Tortillas ausmacht. Niemand hat je ihre Tortillas so lange geklopft wie unsere Mutter, nicht einmal Rosa. Nun gehe ich nach Monterey, um Mehl zu holen, weil dort das Mehl billiger ist.«

Allen Hueneker versank in seine Hälfte des Sitzes und sehnte sich nach der Bus-Station.

Es war spät am Nachmittag, als Maria in die Nähe ihres Hauses kam. »Bald sind wir dort«, rief sie Lindo fröhlich zu. »Mut, mein Freund; der Weg ist nicht mehr weit!« Maria sprudelte über vor Erwartung und Vorfreude. In einem Anfall sorgloser Extravaganz hatte sie gleich vier Kandisstengel gekauft, aber das war noch nicht alles. Für Rosa hatte sie ein Geschenk, ein Paar seidene, mit riesigen knallroten Mohnblumen verzierte Strumpfbänder. In ihrer Phantasie konnte sie sehen, wie Rosa sie anzog und dann den Rock hob, aber natürlich nur ein wenig. Dann würden sie einen Spiegel auf den Boden stellen und darin die Strumpfbänder betrachten. Rosa würde etwas mit der Zehe wackeln, und dann würden die Schwestern vor Glück und Freude weinen.

Im Hof angelangt, spannte sie Lindo gemächlich aus. Sie wußte, es war gut, die Freude hinauszuschieben, denn dadurch wurde sie nur um so größer. Das Haus war sehr still. Keine Fahrzeuge vor dem Hause deuteten auf die Anwesenheit von Kunden hin. Maria hängte das alte Geschirr an den Haken und schickte Lindo auf die Weide. Dann nahm sie die Zuckerstengel und die Strumpfbänder unter den Arm und schritt langsam auf das Haus zu. Rosa saß an einem der kleinen Tische; es war eine stumme, verschlossene Rosa, eine finstere, leidende Rosa. Ihre Augen waren glasig und kalt. Ihre fetten, festen Hände lagen zusammengepreßt vor ihr auf dem Tisch. Als Maria hereinkam, blieb Rosa unbeweglich. Sie drehte sich nicht um, und sie gab keinerlei Zeichen des Erkennens. Maria blieb stehen und starrte sie an.

»Rosa«, sagte sie zaghaft. »Ich bin wieder da, Rosa.«

Langsam wandte sich ihre Schwester und nickte: »Ja.«

»Bist du krank, Rosa?«

Rosa hatte sich wieder dem Tische zugekehrt. »Nein.«

»Ich habe ein Geschenk, Rosa. Schau, für dich, Rosa!« bettelte Maria und hielt die prachtvollen Strumpfbänder empor.

Langsam, sehr langsam kroch Rosas Blick auf die roten Mohnblumen und dann weiter auf Marias Gesicht. Maria war bereit, in quiekende Begeisterung auszubrechen. Aber Rosas Augen wandten sich ab, und zwei dicke Tränen rollten über die Falten neben ihrer Nase.

»Rosa, siehst du mein Geschenk? Gefällt es dir denn nicht? Willst du es nicht anziehen?«

»Du bist mein kleines Schwesterlein.«

»Aber Rosa, so sag doch, was dir fehlt. Bist du krank? Du mußt es deiner Maria sagen. Ist jemand gekommen?«

»Ja«, sagte Rosa, »der Sheriff.«

Da wurde Maria ganz aufgeregt und plapperte los: »Der Sheriff, er ist gekommen? Du, jetzt kann uns nichts mehr fehlen. Jetzt werden wir reich sein! Wie viele Enchiladas, Rosa? Sag, schnell, wie viele für den Sheriff?«

Rosa schüttelte ihre Antipathie von sich; sie ging zu Maria und legte mütterliche Arme um sie. »Mein armes kleines Schwesterlein«, sagte sie. »Nie mehr dürfen wir Enchiladas verkaufen! Jetzt ist alles aus. Jetzt müssen wir wieder wie früher leben, ohne neue Kleider.«

»Rosa! Aber du bist wohl nicht gescheit! Warum sprichst du so zu mir?«

»Es ist wahr. Es war der Sheriff. ›Ich habe eine Klage‹, sagte er; ›Ich habe eine Klage, daß Ihr ein wüstes Haus führt.‹ — ›Aber das ist ja eine Lüge‹, sagte ich; ›eine Lüge und eine Beleidigung unserer Mutter und des Generals Vallejo.‹ — ›Ich habe eine Klage‹, beharrte er, ›und Ihr müßt Euer Haus schließen, sonst muß ich Euch verhaften.‹ — ›Aber das ist eine Lüge!‹ Ich versuchte ihm die Sache zu erklären. Aber nein. ›Heute nachmittag habe ich eine Klage erhalten‹, sagte er. ›Und wenn ich eine Klage erhalte, kann ich nichts machen, denn schau, Rosa‹, sagte er als Freund zu mir, ›ich bin ja nur der Diener der Leute, die Klagen einreichen.‹ Und nun siehst du, Maria, meine Schwester, jetzt müssen wir eben zu unserem alten Leben zurück.« Dann wandte sie sich von der vollständig geschlagenen Maria ab und setzte sich wieder an ihren Tisch. Einen Augenblick versuchte Maria, zu verstehen, dann schluchzte sie hysterisch. »Sei still, Maria! Ich habe nun nachgedacht. Du weißt, es ist wahr, daß wir verhungern müssen, wenn wir keine Enchiladas verkaufen dürfen. So tadle mich nicht allzu arg, wenn ich dir nun sage: Maria, ich habe mich entschieden. Höre, Maria! Ich werde nach San Franzisko gehen und ein schlechtes Mädchen werden.« Dann ließ sie den Kopf auf die Hände fallen. Marias Geschluchze hatte aufgehört. Dann schmiegte sie sich eng an ihre Schwester und flüsterte entsetzt: »Für Geld?«

»Ja«, rief Rosa erbittert, »für Geld. Für einen großen Haufen Geld. Und möge unsere gute Mutter mir vergeben!«

Maria ließ sie allein und trippelte in den Gang und blieb vor der Porzellan-Jungfrau stehen. »Ich habe Kerzen hingestellt«, weinte sie. »Jeden Tag habe ich frische Blumen gebracht. Heilige Mutter, was ist denn nur los mit uns? Warum läßt du so etwas geschehen?« Dann warf sie sich auf die Knie und betete, betete fünfzig »Gegrüßet seist du, Maria«. Dann machte sie das Kreuz und erhob sich. Ihr Gesicht war tränenüberströmt, aber entschlossen.

Im anderen Zimmer saß Rosa noch immer über den Tisch gebeugt.

»Rosa«, kreischte sie, »Rosa, ich bin deine Schwester. Ich bin, was du bist.« Sie unterdrückte einen tiefen Seufzer. »Rosa, ich werde mit dir nach San Franzisko gehen. Auch ich werde ein schlechtes Mädchen werden ...« Und dann zerbrach Rosas Selbstbeherrschung. Sie stand auf und öffnete ihre dicken Arme. Und lange standen so die Lopez-Schwestern und hielten sich in den Armen und weinten bitterlich.

VIII

Molly Morgan stieg in Salinas aus dem Zug und wartete drei Viertelstunden auf den Autobus. Außer dem Chauffeur und Molly war niemand in dem großen Gefährt.

»Wissen Sie, ich bin noch nie im ›Tal des Himmels‹ gewesen«, sagte Molly. »Ist es weit von der Hauptstraße?«

»Etwa drei Meilen«, sagte der Chauffeur.

»Gibt es irgendeine Möglichkeit, ins Tal zu fahren?«

»Nein. Außer man holt Sie ab.«

»Aber wie gelangt man denn sonst hin?«

Der Chauffeur überfuhr den flachgedrückten Balg eines Kaninchens und machte sich scheinbar nichts daraus. »Ich überfahre sie nur, wenn sie tot sind«, entschuldigte er sich. »Im Dunkeln, wenn sie von den Scheinwerfern geblendet werden, versuche ich, ihnen auszuweichen.«

»Natürlich; aber wie komme ich denn ins ›Tal des Himmels‹?«

»Weiß nicht. Zu Fuß, denke ich. Die meisten gehen zu Fuß, wenn man sie nicht abholt.«

An der Straßengabelung stieg Molly aus, hob ihren schweren Koffer auf und marschierte, da ihr nichts anderes übrigblieb, grimmig davon in Richtung der Hügel. Mit kreischenden Bremsen hielt ein alter Ford-Lastwagen neben ihr.

»Wollen Sie ins Tal, Ma'am?«

»Oh! Ja, ich ... ja.«

»Dann steigen Sie ein! Brauchen sich nicht zu fürchten. Ich bin Pat Humbert. Ich wohne auch im Tal.«

Molly musterte den Mann, der sehr schmutzig war, und folgte seiner Einladung. »Ich bin die neue Lehrerin. Das heißt, ich nehme an, ich bin es. Wissen Sie, wo Mr. Whiteside wohnt?«

»Natürlich. Ich fahre dort vorbei. Er ist der Aktuar der Schulpflege. Wir waren neugierig, wie sie aussehen würden.« Dann brachte ihn das, was er gesagt hatte, in Verlegenheit, und unter seiner Maske von Schmutz bekam er einen roten Kopf. »Ich meine natürlich, was für eine Person Sie sind. Mit Ihrer Vorgängerin haben wir sehr viel Unannehmlichkeiten gehabt. Sie war ja schon recht, aber krank, das heißt, nicht gesund, wissen Sie, und nervös. Sie hat dann am Ende auch gekündigt, weil sie krank war.«

Molly zupfte an den Fingern ihrer Handschuhe. »In meinem Brief steht, ich soll mich bei Mr. Whiteside vorstellen. Ist er ... was für ein Mann ist er?«

»Oh, mit dem werden Sie schon auskommen. Er ist ein feiner Mann, nicht mehr der jüngste. Wurde in dem Haus, in dem er wohnt, geboren. Ist auf die Hochschule gegangen. Seit mehr als zwanzig Jahren ist er Aktuar der Schulpflege.«

Als er Molly vor dem großen Haus absetzte, in dem John Whiteside wohnte, fürchtete sie sich. »Jetzt ist es soweit«, dachte sie. »Aber ich brauche doch keine Angst zu haben. Was sollte er mir schon antun!« Molly war erst neunzehn. Sie wußte, daß viel von der bevorstehenden Unterredung abhing. Es ging um ihre erste Stelle, um einen entscheidenden Schritt in ihrem ganzen Dasein.

Der Weg vom Gartentor zum Haus konnte sie nicht beruhigen, denn er führte durch winzige, von kurzgeschnittenen Buchshecken eingefaßte Blumenbeete. Und die Blumen standen in tadelloser Ordnung genau da, wo sie hingehörten, als ob die Person, die sie betreute, zu ihnen gesagt hätte: »Wachst und vermehrt euch, aber wachst nicht zu hoch und vermehrt euch nicht zu stark, und vor allem, laßt euch nicht nach diesem Weg gelüsten!« Das breite weiße Haus wirkte sehr würdevoll. Jalousien aus gelbem Holz wehrten die Mittagssonne ab. Und dann sah Molly den Eingang, eine Veranda, breit und warm und einladend wie eine Umarmung. Molly sagte sich: »Sicherlich sieht man schon am Eingang eines Hauses, wie gastfreundlich es ist. Angenommen, es hätte nur eine kleine Tür und keine Veranda!« Aber trotz der breiten Stufen und des weiten Türbogens blieb Molly von ihrer Schüchternheit befangen, als sie die Glocke zog. Die große Tür ging auf, und eine stattliche, freundliche Frau lächelte ihr entgegen.

»Hoffentlich wollen Sie nichts verkaufen«, sagte Mrs. Whiteside. »Ich will nie etwas kaufen, und dann kaufe ich jedesmal doch, und dann ärgere ich mich.«

Molly lachte. Sie fühlte sich plötzlich glücklich. Bis zu diesem Augenblick hatte sie gar nicht gewußt, wie sehr sie sich eigentlich gefürchtet hatte. »Ich bin die neue Lehrerin. In meinem Brief steht, ich soll mich bei Mr. Whiteside vorstellen. Kann ich ihn sprechen?«

»Es ist Mittag, und er ist beim Essen. Haben Sie schon etwas gegessen?«

»Oh, natürlich. Das heißt, nein.«

Mrs. Whiteside kicherte und ließ Molly eintreten. »Ich bin froh, daß Sie hier sind.« Sie führte Molly in ein geräumiges Eßzimmer mit Mahagoniwänden, dessen Geschirrschränke mit blitzenden Glastüren ausgestattet waren. Auf dem viereckigen Tisch auf Tellern und Platten lagen die Überreste der Mahlzeit. »Sieh da! Offenbar ist John schon fertig und hinausgegangen. Aber setzen Sie sich! Ich bringe Ihnen gleich das Fleisch.«

»Nein, wirklich, danke schön; bemühen Sie sich bitte nicht! Ich werde mit Mr. Whiteside sprechen und dann weitergehen.«

»Sie müssen aber essen, wenn Sie vor John bestehen wollen.«

»Ist ... ist er denn sehr streng? Mit neuen Lehrerinnen?«

»Das kommt drauf an«, sagte Mrs. Whiteside. »Wenn Sie noch nichts gegessen haben, ist er der reinste Bär. Dann brüllt er Sie an. Aber wenn Sie eben vom Tisch aufgestanden sind, ist er bloß grimmig.«

Molly lachte glücklich. »Sie haben Kinder«, sagte sie. »Gewiß haben Sie viele Kinder erzogen und haben sie lieb, nicht wahr?«

Mrs. Whiteside legte die Stirn in Falten. »Ein Kind hat mich erzogen. Ganz gehörig. Es war zu viel für mich. Jetzt versucht er es draußen mit Kühen, der arme Teufel. Ich glaube nicht, daß ich es mit ihm sehr weit gebracht habe.«

Als Molly gegessen hatte, öffnete Mrs. Whiteside eine Seitentür und rief: »John, es will dich jemand sprechen!« Sie schob Molly durch die Tür in ein Zimmer, das eine Art Bibliothek war, denn hohe Büchergestelle waren mit behäbigen, goldverzierten Bänden überladen. Es war aber auch eine Art Salon; es hatte einen Kamin aus Backstein mit einem Kaminsims aus kleinen roten Ziegelsteinen, und darauf standen die merkwürdigsten Vasen. An einem Nagel über dem Kamin hing eine riesige Meerschaumpfeife. Vor dem Kamin standen große Lederstühle mit ledernen Quasten, sogenannte Patent-Schaukelstühle, deren Federn quietschten, wenn man schaukelte. Und schließlich war das Zimmer auch eine Art Büro, denn in einer Ecke stand ein altmodisches Schreibpult mit einem Rolldeckel, und am Pult saß John Whiteside. Als er aufschaute, sah Molly, daß er gleichzeitig die gütigsten und strengsten Augen hatte, die sie je gesehen, und auch das weißeste Haar. Er hatte einen dichten Schopf von richtig blauweißem, seidenem Haar.

»Mein Name ist Molly Morgan«, begann sie formell.

»Ach ja, Miss Morgan. Ich habe Sie erwartet. Wollen Sie sich nicht setzen?«

Sie setzte sich in einen der großen Schaukelstühle, und die Federn quietschten in süßem Schmerz. »Ich liebe diese Stühle«, sagte Molly. »Wir hatten einen, als ich ein kleines Mädchen war.« Dann kam sie sich sehr dumm vor und sagte: »Ich komme mich vorstellen, der Lehrstelle wegen. In Ihrem Brief steht, Sie wünschten mich zu sehen.«

»Seien Sie doch nicht so formell, Miss Morgan! Seit Jahren habe ich alle neuen Lehrerinnen empfangen und ausgefragt, und«, sagte er lächelnd, »ich weiß heute noch nicht recht, wie man das eigentlich macht.«

»Oh, ... das ist eine große Erleichterung für mich, Mr. Whiteside. Sie wissen, das ist das erstemal, daß ich mich vorstellen muß. Und ich habe mich sehr gefürchtet.«

»Soviel ich weiß, Miss Molly Morgan, besteht der Zweck dieser Unterredung darin, daß ich ein wenig über Ihre Vergangenheit erfahre und mir ein Bild machen kann, was für ein Mensch Sie sind. Wenn Sie fertig erzählt haben, müßte ich einiges über

Sie wissen. Und jetzt, nicht wahr, da Sie eine Ahnung haben, was ich von Ihnen erwarte, wird Ihnen wohl daran gelegen sein, einen guten Eindruck zu machen. Erzählen Sie mir also irgend etwas, ja? Ein paar Worte über Sie selbst, was für ein Mädchen Sie sind und wo Sie herkommen. Bitte.«

Molly nickte bereitwillig. »Gern, Mr. Whiteside. Ich will es versuchen.« Und dann ließ sie ihre Gedanken in die Vergangenheit zurückschweifen.

Da war einmal das alte, armselige, ungestrichene Haus mit dem großen Anbau hinten hinaus und den runden Waschzubern, die gegen das Geländer gelehnt wurden. Hoch oben in dem großen Weidenbaum kletterten ihre Brüder herum, Tom und Joe, und schrien: »Jetzt bin ich ein Adler!« »Und ich bin ein Papagei!« »Und jetzt ein altes Huhn. Schau her!«

Die Gittertür ging auf, und ihre Mutter lehnte sich müde an den Türpfosten. Ihr Haar war kraus und wollte sich nicht zähmen lassen, ganz gleich, wie sehr sie es kämmte und bürstete. Dicke Strähnen hingen an ihrem Gesicht herunter. Ihre Augen waren immer rot unterlaufen, ihre Hände waren immer voll von schmerzenden Sprüngen und Rissen. »Tom! Joe!« rief sie. »Ihr werdet euch weh tun dort oben! Seid doch nicht so unartig! Habt ihr denn eure Mutter gar nicht lieb?« Die Stimmen im Baum verstummten. Das Geschrei des Adlers und des alten Huhnes wurden in Selbstvorwürfen erstickt. Molly saß im Staub, wickelte einen Fetzen Stoff um einen Stecken und bemühte sich um die Vorstellung, es sei eine große Dame in einem hübschen Kleid. »Molly, komm herein und bleib bei deiner Mutter! Ich bin heute so müde.«

Molly steckte ihr Spielzeug tief in den Staub und flüsterte böse: »Wart, Miss! Wenn ich zurückkomme, kriegst du den nackten Hintern voll!«

Ihre Mutter saß auf einem Hocker in der Küche. »Komm näher, Molly! Setz dich zu mir! Hab mich lieb, Molly! Sei doch etwas lieb zu deiner Mutter: du bist Mutters kleines Mädchen, nicht wahr, Molly?« Das Kind wand sich auf seinem Stuhl. »Hast du denn deine Mutter gar kein bißchen lieb, Molly?«

Das kleine Mädchen fühlte sich sehr elend. Es wußte, daß seine Mutter im nächsten Moment weinen würde, und dann war es gezwungen, ihr das strähnige Haar zu streicheln. Molly und ihre Brüder wußten, daß sie ihre Mutter lieben mußten. Die

Mutter tat alles für sie, alles, alles. Sie schämten sich, weil es ihnen in ihrer Nähe nicht wohl war, aber sie konnten nichts dafür. Wenn die Mutter sie rief und sie nicht in Sicht waren, taten sie, als hörten sie nichts, und krochen weiter weg.

»Nun, um das gleich zu sagen, wir waren sehr arm«, sagte Molly, ohne John Whiteside anzuschauen. »Ich glaube, wir waren vollständig verarmt. Ich hatte zwei Brüder, etwas älter als ich, und mein Vater war Handelsreisender. Aber meine Mutter mußte trotzdem auch arbeiten. Sie arbeitete sehr hart für uns Kinder.«

Etwa einmal alle sechs Monate gab es ein großes Ereignis. Am Morgen trat die Mutter auf den Zehenspitzen aus dem Schlafzimmer. Ihr Haar war beinahe glattgebürstet, ihre Augen strahlten, und sie sah glücklich, nahezu hübsch aus. »Still, Kinder«, flüsterte sie, »Vater ist zu Haus.«

Molly und ihre Brüder schlichen sich aus dem Hause, aber selbst draußen im Hinterhof wagten sie nur zu flüstern. Die Nachricht verbreitete sich rasch in der Nachbarschaft. Bald war der Hof voll von aufgeregt tuschelnden Kindern. »Sie sagen, ihr Vater ist da.« »Ist wirklich euer Vater heimgekommen?« »Wo ist er denn diesmal gewesen?« Am Mittag war ein Dutzend Kinder im Hof. Sie standen in kleinen, erwartungsvollen Grüpplein herum und ermahnten sich gegenseitig, still zu sein.

Dann sprang die Gittertür auf und schlug gegen die Wand. Mit einem Satz sprang der Vater in den Hof hinaus. »He!« rief er. »Hallo, Kinder!« Und Molly und ihre Brüder warfen sich ihm um den Hals und klammerten sich an seine Beine, und er hob sie auf und schleuderte sie in die Luft wie junge Katzen. Mrs. Morgan trippelte umher und rief aufgeregt: »Kinder, Kinder! Macht Vaters Anzug nicht schmutzig!«

Und die Nachbarskinder rauften und machten den Handstand und schrien vor Begeisterung. Es war schöner als irgendein Feiertag.

»Wartet, bis ihr seht!« rief der Vater. »Wartet nur, bis ihr seht, was ich euch mitgebracht habe! Es ist ein Geheimnis.« Und wenn dann die Aufregung etwas verebbt war, schleppte er den großen Koffer auf die Hintertreppe und schlug den Deckel auf. Es gab Geschenke, wie sie vorher niemand gesehen hatte: mechanische Spielzeuge, die wie kleine Wunder waren — Käfer aus Blech, die kriechen konnten; hölzerne Neger, die tanzten, und

richtige kleine Baggermaschinen, die Sand schaufelten. Es gab Glaskugeln mit Bären und Hunden innendrin. Es gab für jedes Kind etwas – nein, mehrere Sachen für jedes Kind. Es war, als seien alle Feiertage des Jahres in einem einzigen, unermeßlich schönen und reichen Festtag vereint.

Gewöhnlich dauerte es bis gegen die Mitte des Nachmittags, bis sich die Kinder so weit beruhigt hatten, daß sie nicht mehr von Zeit zu Zeit vor Freude aufschreien mußten. Und dann endlich setzte sich George Morgan auf die Hintertreppe, und die Kinder drängten sich um ihn herum, und er erzählte von seinen Erlebnissen. Diesmal war er in Mexiko gewesen, als dort eine Revolution wütete; ein andermal war er nach Honolulu gereist, hatte den Vulkan gesehen und war selber auf einem Wellenreiter geritten. Immer wußte er von Städten und Leuten, von Abenteuern und amüsanten Zwischenfällen zu erzählen, die viel lustiger waren als alles, was sie je gehört hatten. Es konnte nicht alles auf einmal erzählt werden. Nach der Schule mußten sie sich abermals hinsetzen, um mehr und immer mehr zu vernehmen. George Morgan reiste durch die ganze Welt und sammelte glorreiche Abenteuer.

»Was unser Familienleben betrifft«, sagte Miss Morgan, »so hatten wir eigentlich kaum einen Vater. Er konnte nur sehr selten von seinen Geschäftsreisen nach Hause kommen.«

John Whiteside nickte ernst.

Mollys Hände strichen unruhig über ihr Kleid, und ihre Augen waren matt.

Einmal brachte er in einer Kiste ein richtiges, unförmiges, wolliges junges Hündlein an, das unverzüglich den Boden näßte.

»Was für ein Hund ist das?« fragte Tom großartig.

Ihr Vater lachte laut. Er war so jung! Er sah zwanzig Jahre jünger als die Mutter aus. »Das ist ein Anderthalb-Dollar-Hund«, erklärte er. »Für anderthalb Dollar kriegt man einen ganzen Haufen verschiedener Hunde. Es ist so ... Angenommen, du gehst in einen Laden und sagst: ›Geben Sie mir für einen Nickel Pfefferminz und Süßholz und Caramels und Himbeerbonbons gemischt.‹ Siehst du? Genauso bin ich in den Laden gegangen und sagte: ›Geben Sie mir für anderthalb Dollar gemischten Hund.‹ Ein solcher Hund ist das. Er gehört Molly, und sie soll ihn taufen.«

»Dann heißt er George«, sagte Molly.

Ihr Vater machte eine eigenartige Verbeugung und sagte ernst: »Danke, Molly.« Und sie sahen alle, daß er sie nicht auslachte. Am nächsten Morgen stand Molly sehr früh auf und führte George im Hinterhof spazieren und zeigte ihm alle Geheimnisse. Sie zeigte ihm, wo sie ihre Schätze — zwei Pennies und einen goldenen Knopf von einer Polizistenuniform — verborgen hielt. Sie hakte seine kleinen Vorderpfoten über den Zaun hinter dem Haus, so daß er auf die Straße und zum Schulhaus hinuntersehen konnte. Schließlich kletterte sie auf den Weidenbaum und schleppte George unter dem Arm mit hinauf. Tom trat aus dem Haus und schlenderte unter den Baum und rief: »Paß auf, laß ihn nicht fallen!« Und in diesem Moment befreite sich das Tierlein aus ihrem Arm und fiel und schlug mit einem entsetzlichen kleinen Plumps auf den harten Boden. Ein Beinchen war gebrochen und ragte in einem schiefen Winkel in die Luft, und der kleine Hund schrie und winselte jämmerlich. Erschrocken kletterte Molly vom Baum. Tom stand über das Tier gebeugt, und sein Gesicht war weiß und von Schmerz verzerrt. Und George, der Hund, schrie immer weiter.

»So dürfen wir ihn nicht liegenlassen«, rief Tom. »Wir dürfen ihn nicht leiden lassen!« Er rannte in den Holzschuppen und kam mit einem Beil zurück. Molly war zu bestürzt, um wegzuschauen, aber Tom machte die Augen zu und schlug. Plötzlich verstummten die Schreie. Tom schleuderte das Beil von sich und sprang über den Zaun. Molly sah ihn davonrennen, als habe ihn jemand gejagt.

In diesem Moment kamen Joe und ihr Vater in den Hof. Molly erinnerte sich, wie hager und grau und eingefallen das Gesicht ihres Vaters war, als er den toten Hund sah. Etwas im Gesicht ihres Vaters veranlaßte sie, zu schreien: »Ich ließ ihn vom Baum fallen, und er hat sich weh getan, und Tom hat ihn erschlagen, und dann ist Tom davongerannt.« Sie sagte es mit bebender Stimme, und ihr Vater drückte ihren Kopf gegen seine Hüfte.

»Armer Tom«, sagte er. »Molly, du darfst nie mehr etwas davon sagen und nie Tom so anschauen, als ob du dich daran erinnern würdest.« Er warf einen alten Sack über die Leiche. »Und jetzt müssen wir ihn begraben.« Und dann sagte er: »Habe ich euch auch schon von dem chinesischen Begräbnis erzählt, das ich gesehen habe, und von dem farbigen Papier, das sie dabei in die

Luft werfen, und den fetten kleinen gebratenen Schweinchen auf dem Grab?« Joe trat näher, und sogar in Mollys Augen regte sich ein neugieriges Leuchten. »Also denn, das war so . . .«

Molly schaute auf und sah, daß John Whiteside scheinbar angestrengt ein Stück Papier auf seinem Pult studierte. »Als ich zwölfjährig war, kam mein Vater bei einem Unfall ums Leben«, sagte sie.

Gewöhnlich dauerten die Besuche zwei Wochen. Dann kam ein Nachmittag, an dem George Morgan in die Stadt ging und erst spät nachts wieder nach Hause kam. An jenem Nachmittag schickte dann die Mutter die Kinder früh zu Bett, aber sie konnten nicht schlafen und hörten, wie er heimkam und Mühe hatte, an den Möbeln vorbeizukommen, und durch die Wand hörten sie seine Stimme. Seine Stimme klang traurig und entmutigt, aber das waren Ausnahmen, und die Kinder in ihren Betten hielten den Atem an und lauschten, denn sie wußten, was es bedeutete. Am Morgen war er dann fort.

Sie wußten nicht, was er tat, wenn er fort war, aber seine Reisen boten immer wieder Stoff für endlose Diskussionen. Ihr Vater war ein froher Argonaut, ein fahrender Ritter. Er trug ein Wams von Tugend, Mut und Schönheit. Und die Buben sagten: »Später, wenn wir groß sind, gehen wir mit ihm und sehen auch alles.«

»Auch ich will mitgehen«, beharrte Molly.

»Bah! Du bist bloß ein Mädchen. Das ist nichts für dich.«

»Aber er wird mich doch mitnehmen. Einmal wird er mich mitnehmen, das werdet ihr schon sehen.«

Wenn er fort war, wurden die Augen ihrer Mutter wieder rot. Kläglich verlangte sie nach der Liebe ihrer Kinder, als sei diese Liebe ein Paket, das sie ihr hätten in die Hand legen können.

Einmal ging ihr Vater fort und kam nie mehr zurück. Geld hatte er nie geschickt, auch nie einen Brief, aber damals verschwand er einfach für immer. Zwei Jahre lang warteten sie, und dann sagte ihre Mutter, er müsse tot sein. Bei dem Gedanken schauderten die Kinder, aber sie weigerten sich, daran zu glauben, denn es war unmöglich, daß jemand, der so schön und so fein war wie ihr Vater, tot sein konnte. Irgendwo in der Welt draußen ging er sicherlich seinen Abenteuern nach. Es mußte einen Grund geben, weshalb er nicht zu ihnen heimkommen konnte. Aber eines Tages, wenn der Grund weg war, würde er kommen. Eines Morgens würde er wieder dastehen, mit schöneren Geschenken und spannenderen Geschichten als je zuvor. Aber ihre Mutter sagte, es müsse ihm etwas zugestoßen sein, ein Unglück, und er müsse tot sein. Ihre Mutter war außer sich. Sie studierte die Zeitung und suchte jene Inserate, die ihr die Möglichkeit boten, zu Hause Geld zu verdienen. Die Kinder machten Papierblumen und versuchten verschämt, sie zu verkaufen. Die Buben bemühten sich, als Zeitungsjungen eine Anstellung zu finden, und die ganze Familie war nahe am Verhungern. Schließlich, als sie es nicht mehr länger aushielten, liefen die Buben davon und meldeten sich zur Marine. Dann sah sie Molly so selten, wie sie ihren Vater gesehen hatte, und sie waren so verändert, so streng und laut, daß es ihr bald gleich war, ob sie sie sah oder nicht. Ihre Brüder waren ihr fremd geworden.

»Ich absolvierte die Mittelschule, und dann ging ich nach San José und trat in das Seminar ein. Ich arbeitete für meinen Unterhalt im Heim von Mrs. Allen Morit. Bevor ich aus dem Seminar kam, starb meine Mutter, und so bin ich jetzt eigentlich eine Waise.«

»Das tut mir leid«, sagte John Whiteside sanft.

Molly errötete. »So war es nicht gemeint, Mr. Whiteside, Aber Sie sagten, ich soll Ihnen alles erzählen. Jedermann muß früher oder später einmal seine Eltern verlieren.«

»Ja«, sagte er. »Auch ich bin eine Waise.«

Molly arbeitete für ihren Unterhalt. Sie verrichtete die Arbeit eines Dienstmädchens, nur wurde sie dafür nicht bezahlt. Das Geld für die Kleider mußte sie sich in den Sommerferien als Verkäuferin in einem Laden verdienen. Mrs. Morit bildete ihre Mädchen aus. »Ich kann ein ganz grünes Ding anstellen, das keinen Cent wert ist«, sagte sie oft, »und wenn es sechs Monate für mich gearbeitet hat, kann es im Monat fünfzig Dollars verdienen. Viele Frauen wissen das, und sie streiten sich um meine Mädchen. Diese ist die erste Mittelschülerin, mit der ich's versuche, aber sogar sie hat schon einiges gelernt. Sie liest mir zwar zuviel; ich sage immer, ein Dienstmädchen soll um zehn Uhr schlafen, sonst taugt es bei der Arbeit nichts.«

Mrs. Morits Methode beruhte auf beharrlichem Kritisieren und Tadeln, in einem bestimmten, gerechten Ton. »Molly, ich will nicht ungerecht sein, aber wenn du das Silber nicht besser trockenreibst, sieht man Striche.« — »So legt man das Buttermesser hin, Molly; dann kannst du das Glas hierherstellen.«

»Ich gebe immer für alles einen Grund an«, sagte sie zu ihren Freundinnen.

Am Abend, wenn das Geschirr abgewaschen war, saß Molly auf dem Bett und studierte in ihren Büchern, und wenn das Licht gelöscht war, lag sie auf dem Bett und sann ihrem Vater nach. Es war lächerlich, überhaupt an ihn zu denken. Sie wußte es. Es war Zeitverschwendung. Ihr Vater trat zur Tür herein, prächtig gekleidet in Cutaway, gestreiften Hosen und Zylinder. In der Hand hielt er einen riesigen Strauß von roten Rosen. »Ich konnte nicht früher kommen, Molly. Zieh schnell den Mantel an. Zuerst gehen wir zu Prussia hinunter und kaufen jenes Abendkleid in seinem Schaufenster, aber wir müssen uns beeilen. Ich habe die Fahrkarten nach New York, für heute abend. Schnell, Molly! Rühr dich; sperr nicht bloß den Mund auf!« Es war Unsinn. Ihr Vater war tot. Nein — eigentlich konnte sie doch nicht wirklich glauben, daß er tot war. Irgendwo in der Welt draußen lebte er, schön und elegant und froh, und eines Tages würde er zurückkommen.

Einer Freundin in der Schule erzählte Molly: »Ich kann es einfach nicht glauben, siehst du; nur, gar nicht glauben kann ich es auch nicht. Wenn ich je wirklich, ganz sicher wüßte, daß er tot ist — das wäre entsetzlich! Ich weiß nicht, was ich dann tun würde. Wenn er tot wäre, wollte ich es nicht wissen; ich will nicht einmal daran denken, daß ich es wissen könnte.«

Als ihre Mutter starb, empfand sie wenig, außer Scham. Ihre Mutter hatte so sehr geliebt sein wollen, und sie hatte nicht gewußt, wie sie Liebe gewinnen konnte. Ihre Zudringlichkeit hatte die Kinder abgestoßen und vertrieben.

»Und das ist ungefähr alles«, schloß Molly. »Ich erhielt mein Diplom, und dann wurde ich hierhergeschickt.«

»Danke, Miss Morgan. Ich habe nie eine angenehmere Unterredung erlebt«, sagte John Whiteside.

»Dann glauben Sie also, ich bekomme die Stelle?«

Der alte Mann warf einen flüchtigen, zwinkernden Blick auf die große Meerschaumpfeife über dem Kamin.

»Das ist sein Freund«, dachte Molly. »Er teilt Geheimnisse mit dieser Pfeife.«

»Ja, ich glaube, Sie bekommen die Stelle. Ich glaube sogar,

Sie haben sie schon. Und nun, Miss Morgan, wo werden Sie wohnen? Sie müssen sich irgendwo Unterkunft suchen.«

Bevor sie wußte, daß sie es sagen würde, hatte sie erklärt: »Ich möchte bei Ihnen wohnen.«

John Whiteside sperrte erstaunt die Augen auf. »Aber hier haben wir noch nie Pensionäre gehabt, Miss Morgan.«

»Oh, verzeihen Sie! Es tut mir leid, daß ich das gesagt habe. Es ist nur . . . es hat mir hier gleich so gut gefallen.«

John rief: »Willa!«, und als seine Frau unter der halboffenen Tür stand, sagte er: »Diese junge Dame möchte bei uns wohnen. Sie ist die neue Lehrerin.«

Mrs. Whiteside legte die Stirn in tiefe Falten. »Daran denke ich gar nicht. Wir nehmen keine Pensionäre. Sie ist viel zu hübsch, um mit diesem Narren Bill unter einem Dach zu wohnen. Was würde schon mit seinen Kühen geschehen! Und dann gäbe es zu viel Umstände.« Und dann schaute sie Molly an und sagte: »Meinetwegen können Sie oben in der dritten Kammer schlafen. Die hat ohnehin nicht viel Sonne.«

Das Leben hatte ein anderes Gesicht. Plötzlich fand Molly, daß sie eine Königin geworden war. Vom ersten Tage an in der Schule vergötterten sie die Kinder, denn sie verstand die Kinder, und — was noch viel wichtiger war — sie ließ die Kinder sie verstehen. Es dauerte einige Zeit, bis sie einsah, daß sie eine wichtige Person war. Wenn zwei Männer im Laden über irgend eine Frage aus der Geschichte, aus der Literatur oder Mathematik in Streit gerieten und die Auseinandersetzung an einem toten Punkt steckenblieb, gab es nur noch eine Lösung: »Fragt doch die Lehrerin! Wenn sie es nicht selber weiß, wird sie es in Erfahrung bringen.« Molly war sehr stolz, daß sie imstande war, solche Probleme zu lösen. Und an Parties mußte sie beim Dekorieren helfen und die Erfrischungen vorschlagen.

»Am besten stecken wir überall Tannenzweige auf. Die sind hübsch anzusehen und riechen so gut. Sie haben einen Party-Duft.« Man erwartete von ihr, daß sie alles wußte und überall helfen konnte, und darüber war sie sehr glücklich.

Im Heim der Whitesides rackerte sie sich in der Küche ab und ließ das Gebrumm von Willa über sich ergehen. Nach sechs Monaten sagte Mrs. Whiteside zu ihrem Mann: »Wenn Bill doch nur etwas Vernunft annehmen wollte. Andererseits«, fuhr sie fort, »wenn *sie* nicht auf den Kopf gefallen ist . . .«

Spät am Abend schrieb Molly ihren wenigen Freundinnen vom Seminar. Begeistert erzählte sie ihnen kleine Geschichten über die Nachbarn. An jeder Party mußte sie mitmachen, denn das gesellschaftliche Prestige ihrer Stellung verlangte es. An Samstagen wanderte sie in den Hügeln umher und brachte Gräser und wilde Blumen nach Hause, um sie im Garten um das Haus zu pflanzen. Bill Whiteside sah Molly einmal an, und dann eilte er wieder zu seinen Kühen. Erst nach langer Zeit fand er den Mut, Molly anzureden. Er war ein stämmiger, einfältiger Bursche, dem sowohl seines Vaters Ausgeglichenheit wie der Mutter Humor völlig fehlten. Schließlich aber begann er, Molly nachzulaufen und sie von weitem zu beobachten.

Eines Abends, aus einem Gefühl der Dankbarkeit für ihr glückliches Dasein, erzählte ihm Molly von ihrem Vater. Sie saßen auf der breiten Veranda und warteten auf den Mond. Sie erzählte Bill von den Besuchen ihres Vaters, und dann auch, wie er verschwand. »Siehst du jetzt, was ich habe, Bill? Irgendwo ist mein schöner Vater. Er gehört mir. Du glaubst auch, daß er lebt, nicht wahr, Bill?«

»Möglich«, sagte Bill. »Aber nach dem, was du mir da erzählt hast, ist er ein reichlich verantwortungsloser Kerl. Verzeihung, Molly. Doch wenn er wirklich lebt, ist es dann nicht komisch, daß er nie geschrieben hat?« Molly fühlte sich kalt. Gerade diese Art Überlegung hatte sie so lange erfolgreich vermieden. »Natürlich«, sagte sie steif. »Das weiß ich. Ich muß noch etwas besorgen, Bill.«

Hoch oben auf dem Hügel am Rande des »Tals des Himmels« stand eine alte Hütte, von welcher man das ganze Tal und alle Straßen der Umgebung überblicken konnte. Man sagte, der Bandit Vasquez habe die Hütte gebaut und ein Jahr lang darin gelebt, als die Landjäger die Gegend nach ihm absuchten. Die Hütte war ein Wahrzeichen. Alle Leute des Tales waren irgendwann einmal hingegangen, um sie sich näher anzuschauen. Fast alle fragten Molly, ob sie schon dort gewesen sei. »Nein«, sagte sie, »aber eines Tages werde ich gehen, an einem Samstag, und ich weiß, wo der Weg entlangführt.« Und dann, an einem Samstagmorgen, zog sie ihre neuen Wanderschuhe und den Manchesterrock an. Bill wollte sie begleiten. »Nein«, sagte sie. »Du mußt arbeiten. Ich darf dich nicht von deiner Arbeit weglocken.«

»Zum Henker mit der Arbeit!« sagte Bill.

»Ich möchte lieber allein gehen. Bitte, Bill, ich möchte dir nicht weh tun, aber ich will wirklich lieber allein gehen.« Sie bedauerte, daß sie ihn nicht mitnahm, aber seine Bemerkung über ihren Vater hatte sie erschreckt. »Ich will ein Abenteuer suchen«, dachte sie. »Wenn Bill mitkommt, wird es kein Abenteuer sein, nur ein gewöhnlicher Ausflug.« Sie brauchte fast zwei Stunden für den steilen Weg unter den Eichen. Die naßfaulen Blätter am Boden boten wenig Halt, und die Sonne brannte. Die Luft war von dem Duft von Farn und feuchtem Moos und Yerba Buena erfüllt. Als Molly endlich oben ankam, war sie außer Atem. Die Hütte stand in einer kleinen Lichtung im Gebüsch: ein kleiner viereckiger Bau aus Holz, ohne Fenster. Der türlose Eingang war ein schwarzer Schatten. Über allem lag jene summende Stille, welche Fliegen und Bienen und Grillen verursachen. Der ganze Hügelabhang sang leise in der Sonne. Molly trat auf den Zehenspitzen näher. Ihr Herz klopfte ungestüm.

»Jetzt kommt das Abenteuer«, flüsterte sie. »Und mittendrin stehe ich, mitten in meinem Abenteuer in Vasquez' Hütte.« Sie guckte durch den Eingang in die Hütte und sah eine Eidechse davonhuschen. Das Netz einer großen Spinne legte sich ihr über die Stirn, wie wenn es sie aufhalten wollte. Die Hütte war leer. Es war nichts darin außer dem Lehmboden und den faulenden Holzwänden und dem trockenen, verlassenen Geruch der Erde, die lange nicht mehr von der Sonne beschienen worden war. Molly zitterte vor Erregung. »Nachts hat er da gesessen, da drin, und manchmal, wenn er ein Geräusch gehört hatte, etwas, das tönte wie heranschleichende Männer, ist er hinausgegangen, wie der Geist eines Schattens, und ist im Dunkel untergetaucht.« Sie schaute hinunter in das »Tal des Himmels«. Die Obstgärten waren breite grüne Vierecke, das Korn war gelb und die Hügel dahinter ein zartes Braun mit lavendelblauen Schatten. Zwischen den Gehöften schlängelten sich die Straßen, vermieden ein Feld, zogen eine Schleife um einen riesigen Baum, folgten ein kleines Stück weit dem Fuß eines Hügels. Über dem Tal lag ein schimmernder, heißer Schleier ausgebreitet. »Unwirklich«, flüsterte Molly, »phantastisch! Das ist eine Geschichte, eine richtige Geschichte, und es ist mein Abenteuer.« Wie das Seufzen eines Schläfers erhob sich ein Lüftlein aus dem Tal, und wehte vorüber.

»Tagsüber hat dieser junge Vasquez ins Tal geschaut, genau wie ich jetzt hinunterschaue. Hier hat er gestanden und hat die Straßen dort unten beobachtet. Er hatte eine purpurne Weste an, mit goldenen Tressen, und die Hosen an seinen schlanken Beinen weiteten sich nach unten wie Trompeten. Die Räder seiner Sporen waren mit seidenen Bändern umwickelt, weil sie nicht klirren durften. Ab und zu sah er unten auf der Straße die Landjäger vorbeireiten. Ein Glück, daß sich die Männer über die Hälse der Pferde beugten und nicht an den Hügeln hinaufspähten. Vasquez lachte, aber er hatte auch Angst ... Und manchmal sang er leise. Seine Lieder waren traurig, denn er wußte, daß er nicht mehr lange leben würde.«

Molly setzte sich ins Gras und stützte das Kinn in die Hände. Vasquez, der junge, stand neben ihr, und Vasquez hatte das fröhliche Gesicht ihres Vaters, und seine Augen leuchteten wie die Augen ihres Vaters, wenn er in den Hinterhof sprang und »Hallo, Kinder!« rief. Diese Art von Abenteuer hatte ihr Vater erlebt. Molly schüttelte sich und stand auf. »Und jetzt will ich zurückgehen, bis zum Anfang, und nochmals alles, alles überdenken.«

Am späten Nachmittag schickte Mrs. Whiteside ihren Sohn aus, um Molly zu suchen. »Sie könnte sich den Knöchel verstaucht haben.« Aber gerade als Bill von der Straße abzweigte, trat ihm Molly unter den Eichen hervor entgegen.

»Wir wußten nicht, ob dir etwas geschehen sei«, sagte Bill. »Bist du zur Hütte hinaufgegangen?«

»Ja.«

»Merkwürdige alte Kiste, nicht wahr? Nichts als ein paar Bretter. Solche gibt's ein Dutzend hier unten. Aber du würdest staunen, wie viele Leute dort hinaufsteigen, weil sie die ›Vasquez-Hütte‹ sehen wollen. Und dabei weiß man natürlich nicht, ob der Kerl wirklich dort oben lebte.«

»Oh, ich bin sicher, daß er darin gewohnt hat.«

»Wirklich? Wieso bist du so sicher?«

»Das weiß ich nicht.«

Bill wurde ernst. »Jeder glaubt, Vasquez ist etwas wie ein Held gewesen, aber in Wirklichkeit war er bloß ein gewöhnlicher Dieb. Zuerst hat er Schafe und Pferde gestohlen und schließlich Postkutschen ausgeraubt. Und er mußte ein paar Leute umbringen, damit es gelang. Mir scheint, Molly, man sollte die Leute lehren, Diebe und Räuber zu verabscheuen, nicht sie zu verehren.«

»Aber natürlich, Bill«, sagte sie müde. »Du hast ganz recht. Aber, bitte, Bill, macht es dir etwas aus, jetzt nicht weiterzureden? Ich bin etwas müde und vielleicht aufgeregt . . .«

Das Rad des Jahres drehte sich weiter. Die Weidenbäume bekamen ihre Kätzchen, und wilde Blumen deckten die Hügel. Molly war beliebt und unentbehrlich im Tal. Sie nahm sogar an den Schulpflegesitzungen teil. Es hatte eine Zeit gegeben, als diese geheimen und ernsten Konferenzen hinter verschlossenen Türen abgehalten wurden, zum Schrecken und Verwundern der Leute. Als dann Molly zu den Sitzungen in John Whitesides Wohnzimmer gebeten wurde, bemerkte sie staunend, daß die Schulpfleger die Ernte besprachen, sich Geschichten erzählten und harmloses Geschwätz austauschten.

Bert Munroe war im frühen Herbst gewählt worden, und bereits im Frühjahr war er das aktivste Mitglied. Er war es, der Tanzabende im Schulhaus organisierte und darauf beharrte, daß Theateraufführungen und Schulausflüge veranstaltet wurden. Auch versprach er Preise für die besten Zeugnisse. Bald war es so, daß die Schulpfleger weitgehend auf Berts Initiative bauten.

Eines Abends kam Molly zu spät für die Sitzung nach Hause. Wie immer, wenn Sitzung war, saß Mrs. Whiteside im Eßzimmer. »Ich glaube, heute gehe ich nicht hinein«, sagte Molly, denn die Verhandlungen mußten bereits begonnen haben. »Warum sollen sie nicht auch wieder einmal unter sich sein dürfen? Manchmal habe ich das Gefühl, sie würden sich andere Geschichten erzählen, wenn ich nicht dabei wäre.«

»Unsinn, Molly! Geh du nur hinein! Die können doch keine Sitzung mehr ohne dich abhalten. Sie haben sich so daran gewöhnt, daß sie verloren wären. Und diese anderen Geschichten, die brauchen sie sich gar nicht zu erzählen.«

Gehorsam klopfte Molly an die Tür und ging hinein. Bert Munroe unterbrach die Geschichte, die er eben erzählte. »Ich habe ihnen gerade von meinem neuen Knecht erzählt, Miss Morgan. Ich fange nochmals von vorn an, denn es ist eine merkwürdige Geschichte. Also, wissen Sie, ich brauchte einen Mann zum Heuen, und dann habe ich eben diesen Kerl unter der Brücke in Salinas aufgelesen. Er war ordentlich betrunken, aber er suchte Arbeit. Und jetzt habe ich ihn, aber als Knecht taugt er gar nichts. Und los werde ich ihn auch nicht mehr. Der Kerl ist überall gewesen, auf der ganzen Welt. Und dann solltet ihr hören, wie der erzählen kann. Wenn er erzählt, sitzen meine Kleinen um ihn herum und sperren Mund und Augen auf und spitzen die Ohren, und auch wenn ich wollte, würden sie nicht zulassen, daß ich ihn fortjage. Aus der nichtigsten Sache, die er erlebt oder gesehen hat, macht er die schönste Geschichte. Etwa zweimal im Monat geht er nach Salinas und betrinkt sich. Er ist einer dieser periodischen Säufer. Gewöhnlich findet ihn dann die Polizei im Straßengraben und ruft mich an, und dann muß ich nach Salinas fahren und ihn holen. Und wißt ihr, wenn er dann nüchtern ist, hat er immer irgendein Geschenk in der Tasche für meinen Manny. Mit einem solchen Mann kann man gar nichts anfangen, man kann ihm nicht böse sein; er entwaffnet einen. Aber Arbeit kriege ich nicht für einen Dollar aus ihm heraus.«

Molly fühlte, wie sich eine entsetzliche Furcht ihrer bemächtigte. Die Männer lachten laut über Berts Geschichte. »Ihr seid zu weich, Bert. Ihr könnt es Euch doch nicht leisten, einen Spaßmacher auf dem Hof zu halten. Mit dem würde ich kurzen Prozeß machen.«

Molly erhob sich. Wenn nur um Gottes willen keiner nach dem Namen des Mannes fragte! »Ich fühle mich nicht wohl«, sagte sie. »Wenn Sie mich entschuldigen wollen, meine Herren; ich möche mich zurückziehen.« Die Männer erhoben sich artig, als sie das Zimmer verließ. Sie warf sich auf ihr Bett und wühlte das Gesicht in das Kissen. »Das ist Wahnsinn«, redete sie sich ein. »Es ist ja unmöglich. Ich will alles vergessen. Es ist ja vollständig ausgeschlossen, daß ...« Aber zu ihrer Bestürzung mußte sie weinen.

Die nächsten Wochen waren qualvoll. Nur widerwillig verließ Molly das Haus. Auf dem Weg in die Schule und auf dem Heimweg beobachtete sie die Straße vor sich. »Wenn ich einen Unbekannten sehe, reiße ich aus. Aber das ist ja Unsinn. Ich bin närrisch.« Einzig in ihrem Kämmerchen fühlte sie sich sicher. Der Schreck nahm den Glanz aus ihren Augen. Sie verlor ihre Farbe.

»Molly, du solltest zu Bett gehen«, beharrte Mrs. Whiteside. »Sei nicht töricht! Muß ich dich ohrfeigen wie Bill, damit du endlich gehst?« Aber Molly weigerte sich zu gehen. Zu viele Dinge gingen ihr durch den Kopf, wenn sie im Bett lag.

Bei der nächsten Schulpflegesitzung fehlte Bert Munroe. Molly war erleichtert und beinahe froh, daß er nicht dabei war.

»Fühlen Sie sich besser, Miss Morgan?«

»O ja, danke. Es war wirklich nichts, nur eine leichte Erkältung. Wenn ich mich ins Bett gelegt hätte, wäre ich vielleicht richtig krank geworden.«

Die Sitzung hatte schon eine Stunde gedauert, als Bert Munroe erschien. »Verzeihung«, entschuldigte er sich, »es war nicht mein Fehler, daß ich zu spät komme. Es ist die alte Geschichte. Mein sogenannter Heuer ist auf der Straße in Salinas eingeschlafen. Eine schöne Bescherung! Jetzt liegt er draußen im Wagen und schläft seinen Rausch aus. Und morgen muß ich den ganzen Wagen waschen.«

Mollys Kehle verkrampfte sich. Einen Augenblick glaubte sie, ohnmächtig zu werden. »Entschuldigen Sie. Ich muß gehen«, rief sie entsetzt und rannte aus dem Zimmer. Draußen im dunklen Gang hielt sie sich an der Wand aufrecht. Dann schritt sie langsam und wie im Traum zur Haustür hinaus und über die Treppe auf den Weg hinunter. Auf der Straße sah sie den dunklen Schatten von Bert Munroes Wagen. Erstaunt und willenlos ließ sie sich von ihren Füßen gegen die Straße führen. »Jetzt werde ich mich töten«, sagte sie. »Jetzt werfe ich alles von mir. Ich wundere mich, weshalb ich dorthin gehe.« Ihre Hand war am Gartentor und drückte auf die Klinke. Da erhob sich ein leichter Wind und trug ihr den sauren Gestank von erbrochenem Schnaps ins Gesicht. Sie vernahm ein gurgelndes, betrunkenes Schnarchen. Augenblicklich warf sie sich herum und rannte entsetzt ins Haus zurück. In ihrem Zimmer drehte sie den Schlüssel und setzte sich steif aufs Bett und keuchte vor Anstrengung. Es schien wie Stunden, bevor sie endlich hörte, daß die Männer einander gute Nacht sagten und das Haus verließen. Dann hörte sie den Motor von Berts Wagen, und der Lärm verlor sich die Straße hinunter. Und dann, als Molly bereit war, zu gehen, fühlte sie sich wie gelähmt.

John Whiteside schrieb an seinem Pult, als Molly eintrat. Er blickte sie prüfend an. »Sie sind krank, Miss Morgan. Sie brauchen einen Arzt.«

Molly stand wie ein Stück Holz neben dem Pult. »Könnten Sie ... könnten Sie eine Stellvertreterin finden für mich?« fragte sie.

»Selbstverständlich. Legen Sie sich getrost ins Bett, und ich rufe einen Arzt.«

»Es ist nicht das, Mr. Whiteside. Ich möchte noch heute nacht fort von hier.«

»Aber hören Sie, Miss Morgan! Was sagen Sie da? Sie sind krank.«

»Ich habe Ihnen gesagt, mein Vater ist tot. Ich weiß nicht, ob er wirklich tot ist. Ich weiß nicht ... ich möchte nicht länger hierbleiben.«

John Whiteside sah sie verständnislos an. »Wollen Sie mir nicht sagen, was Sie bedrückt?« sagte er sanft.

»Wenn ich diesen Betrunkenen sehen müßte, der bei Mr. Munroe ist ...« Sie verstummte, denn plötzlich wurde ihr bewußt, was sie beinahe gesagt hätte.

John Whiteside nickte langsam mit dem Kopf.

»Nein«, schrie Molly. »Nein, nein! Das meinte ich nicht, sicher nicht das!«

»Ich möchte Ihnen helfen, Molly.«

»Ich will ja nicht fort, ich bin doch so glücklich hier ... aber ich habe so furchtbare Angst. Es ist so wichtig für mich.«

John Whiteside stand auf und trat näher und legte den Arm um Mollys Schultern. »Ich glaube nicht, daß ich Sie ganz verstehe«, sagte er. »Vielleicht will ich Sie auch gar nicht verstehen. Das ist nicht nötig.« Er sprach leise, wie zu sich selbst. »Es wäre nicht ... nicht höflich, alles zu verstehen.«

»Wenn ich einmal fort bin, werde ich imstande sein, es nicht zu glauben«, schluchzte Molly.

Ganz kurz und herzlich drückte er ihre Schultern und sagte: »Gehen Sie, Molly, packen Sie Ihre Sachen! Ich hole den Wagen und fahre Sie sofort nach Salinas.«

IX

Von allen Farmen im »Tal des Himmels« wurde die von Raymond Banks am meisten bewundert. Raymond hielt fünftausend weiße Hühner und tausend weiße Enten. Seine Farm lag in der nördlichen Niederung des Tales, am schönsten Platz weit und breit. Raymond hatte sein Land in viereckige Felder eingeteilt, auf denen er Luzerne und Kohl pflanzte. Seine langen, niedrigen Hühnerhäuser wurden so häufig getüncht, daß sie immer weiß und wie neu waren. Von dem Schmutz, den man oft auf den Geflügelfarmen findet, war bei Raymond Banks nie etwas zu sehen.

Die Enten hatten einen großen runden Teich, dessen Wasser aus einer zwei Zoll dicken Röhre ständig erneuert wurde. Das überlaufende Wasser floß in die Luzernefelder oder bewässerte die Reihen üppiger, grüner Kohlköpfe. Es war herrlich, an einem Sonntagmorgen die sauberen weißen Hühner im dunkelgrünen Luzernefeld scharren und picken zu sehen, und es war noch herrlicher, den tausend weißen Enten zuzuschauen, die majestätisch auf dem großen Teiche umhersegelten. Die Enten schwammen gewichtig, als seien sie riesige Leviathane. Den ganzen Tag widerhallte die Farm von dem geschäftigen Gackern der Hühner.

Von einem Hügel in der Nähe konnte man auf die Luzernevierecke schauen, in denen die Tausende von winzigen weißen Fleckchen sich drehten und herumwirbelten wie Staub auf einem grünen See. Dann kreiste vielleicht ein roter Falke am Himmel und beobachtete Raymonds Haus. Und augenblicklich unterbrachen die weißen Fleckchen ihre ziellosen Bewegungen und eilten zu den schützenden Hähnen, und von den Feldern herauf tönten die verzweifelten Schreie von Tausenden verängstigter Hühner. Die Hintertür des Bauernhauses wurde aufgeschlagen, und Raymond trat gemächlich ins Freie, mit einem Schießgewehr unter dem Arm. Der Falke schwang sich hundert Fuß höher in die Luft und segelte davon. Die kleinen weißen Punkte verteilten sich wieder und wirbelten weiter.

Die grünen Felder waren mit Hecken und Drahtgeflecht eingefaßt und voneinander getrennt, so daß immer ein Feld ruhen und neue Kräfte schöpfen konnte, derweil die Hühner ein anderes bearbeiteten. Von dem Hügel aus konnte man auf Raymonds Haus sehen. Es war weiß und stand am Rande eines

Eichenhaines. Rundherum wuchsen viele Blumen, große afrikanische Ringelblumen und baumhohe Cosmos, und hinter dem Haus war der einzige Rosengarten im »Tal des Himmels«, der seinem Namen üppigste Ehre machte. Die einheimischen Leute hielten diesen Hof für die Musterfarm des Tales.

Raymond Banks war sehr stark und kräftig. Seine dicken, kurzen Arme, seine breiten Schultern und Hüften, die stämmigen Beine und sogar sein Bauch, der seine Overalls prall ausfüllte, verliehen ihm das Aussehen eines überaus starken Mannes, der alles ziehen und stoßen oder aufheben konnte. Jede ungeschützte Stelle seines Körpers war krebsrot von der Sonne; seine Arme bis an die Ellenbogen, sein Nacken und Hals bis zum Kragen, sein Gesicht und vor allem seine Ohren und Nase waren verbrannt und aufgesprungen. Dünnes blondes Haar vermochte seinen Schädel nicht vor den Sonnenstrahlen zu schützen. Und seine Augen waren bemerkenswert, denn obwohl seine Haare und Brauen von jener hellblonden Farbe waren, zu welcher gewöhnlich wasserblaue Augen gehörten, hatte er pechschwarze Augen. Sein Mund war voll und freundlich und paßte gar nicht zu seiner langen, bösen Hakennase. Raymonds Nase und Ohren litten sehr unter der Sonne. Fast das ganze Jahr hindurch schälten sie sich.

Raymond Banks war fünfundvierzig Jahre alt. Er war ein fröhlicher Mensch. Er sprach nie mit normaler Stimme, sondern immer in einem lauten, gewichtigen Ton voll gespielter Strenge. Er sagte alles, als ob es komisch sei. Sobald er den Mund auftat, lachten die Leute. Zu den Weihnachtsfeiern im Schulhaus wurde Raymond Banks unweigerlich jedesmal als Weihnachtsmann gewählt, weil er eine herzliche Stimme, ein rotes Gesicht und eine große Vorliebe für Kinder hatte. Er schimpfte mit den Kindern mit einer so lärmenden Grimmigkeit, daß sie die ganze Zeit lachen mußten. Ob er sein rotes Gewand anhatte oder nicht, die Kinder des Tales sahen in ihm stets eine Art Sankt Nikolaus. Er hatte eine so fröhliche und herzliche Art, sie in die Luft zu werfen, mit ihnen zu raufen und sie zu zerzausen. Nur ab und zu einmal wurde er ernst, und dann erzählte er Dinge, die wie die gelehrtesten Lektionen wirkten.

Manchmal am Samstagmorgen ging eine Schar Buben hinaus und sah Raymond bei der Arbeit zu. Er ließ sie durch die kleinen Glasfensterchen der Brutapparate gucken. Manchmal krochen die Küken gerade aus der Schale, schüttelten ihre nassen Flügel und wackelten auf ungelenken Beinchen umher. Die Buben durften die Deckel der Brutkästen abheben und ganze Arme voll von gelben, flaumigen Küken herausnehmen, die wie kleine ungeölte Maschinen piepsten. Dann liefen sie an den Teich und warfen den großartig navigierenden Enten Brotscheiben zu. Aber am meisten freuten sich die kleinen Buben auf das Töten. Und es war eigenartig; jedesmal dann wurde Raymond Banks ernst.

Er packte einen kleinen Hahn und hängte ihn an den Beinen in einen hölzernen Rahmen. Mit einer Drahtklammer fesselte er die wild schlagenden Flügel. Der Hahn krähte laut. Das Messer mit der speerförmigen Klinge lag auf der Kiste neben Raymond. Wie die Buben dieses Messer und seine gefährliche Form und seinen Glanz bewunderten! Die Spitze war nadelscharf.

»So, alter Hahn, jetzt ist es aus mit dir«, sagte Raymond. Die Buben drängten sich näher heran. Mit sicheren, gewandten Händen packte Raymond den Kopf des Hahnes und zwängte ihm den Schnabel auf. Blitzschnell fuhr das Messer am oberen Schnabelrand entlang in das Hirn und wieder heraus. Die Flügel zitterten und schlugen gegen die Klammer. Einen Augenblick lang streckte sich der Hals suchend nach beiden Seiten, und von der Schnabelspitze floß ein kleines Bächlein Blut.

»Jetzt aufpassen!« rief Raymond. Mit einem einzigen Griff riß er alle Federn aus der Brust. Ein zweiter Griff, und der Rücken war nackt. Die Flügel zuckten nur noch. Raymond riß alle Federn aus, bis auf die großen Flügelfedern. Dann zog er die Haut von den Beinen, mit einer einzigen Handbewegung für jedes Bein. »Habt ihr gesehen? Man muß es rasch tun«, erklärte er, während er weiterarbeitete. »Knapp zwei Minuten lang sind die Federn locker. Wenn man sie länger drin läßt, sitzen sie fest.« Er löste den Hahn aus dem Rahmen, nahm ein anderes Messer in die Hand, schnitt zweimal, zog, und die Eingeweide lagen in einem Becken. Dann wischte er sich die roten Hände an einem Tuch sauber.

»Schauen Sie!« schrien die Buben. »Was ist das?«

»Das Herz.«

»Aber schauen Sie! Es bewegt sich. Er lebt noch.«

»O nein, der lebt nicht mehr«, versicherte sie Raymond. »Dieser Hahn war tot, im Moment, als das Messer sein Hirn berührte. Das Herz schlägt nur noch ein Weilchen weiter.«

»Warum hauen Sie ihnen nicht den Kopf ab wie mein Vater, Mr. Banks?«

»Weil es mit dem Messer schneller geht und sauberer ist. Und die Metzger wollen sie mit den Köpfen. Sie wiegen die Köpfe mit, wenn sie sie verkaufen. Komm, alter Hahn, jetzt kommst du an die Reihe!« Er streckte die Hand in den Kasten und holte den nächsten flatternden Krähhals heraus. Wenn das Töten vorüber war, suchte Raymond alle Kröpfe aus dem Becken und verteilte sie unter die Buben. Er zeigte ihnen, wie man die Kröpfe reinigt und zu Ballons aufbläst. Raymond war immer sehr ernst, wenn er etwas auf seiner Farm erklärte. Beim Töten ließ er die Buben wohl zuschauen, aber nicht helfen, obschon sie ihn oft darum baten.

»Ihr könntet aufgeregt sein und das Hirn verfehlen«, sagte er. »Das würde dem Hahn weh tun.«

Mrs. Banks lachte fast immer. Sie hatte ein helles, freundliches Lachen, das manchmal mäßige Belustigung, manchmal sogar Unaufmerksamkeit verriet. Über alles, was irgend jemand sagte, konnte sie artig und anerkennend lachen, und um ihren Beifall zu verdienen, bemühten sich die Leute, lustige Dinge zu sagen, wenn sie in der Nähe war. Sobald die Hausgeschäfte erledigt waren, arbeitete sie im Blumengarten. Sie war ein Stadtmädchen gewesen, und das, sagten die Nachbarn, sei der Grund, weshalb sie die Blumen so gern hatte. Wenn Gäste vorfuhren, begrüßte sie Cleo Banks mit ihrem hohen, hellen Lachen, und die Gäste lächelten einander zu, wenn sie es hörten. Sie war so fröhlich. Sie heiterte die Leute auf. Niemand konnte sich je an etwas erinnern, das sie gesagt hatte, aber noch Monate später konnten sie sich ihr Lachen vorstellen.

Raymond hingegen lachte selten. Statt dessen aber übertrieb er sein gespielt mürrisches Wesen so auffallend, daß es als Humor aufgefaßt wurde. Diese beiden, Cleo und Raymond Banks, waren die beliebtesten Gastgeber des Tales. Von Zeit zu Zeit luden sie jedermann im »Tal des Himmels« zu einem Festschmaus im Eichenhain neben dem Hause ein. Über offenen Kohlenfeuern brieten sie Hühnchen, und dazu stellten sie Hunderte von Flaschen eigengebrauten Bieres bereit. Auf diese Einladungen freute man sich, und an sie erinnerte man sich allenthalben im »Tal des Himmels« mit großem Vergnügen.

An der Mittelschule hatte Raymond Banks einen Freund gehabt, der später Vorsteher des St.-Quentin-Gefängnisses wurde. Die Freundschaft hatte weitergedauert. Zu Weihnachten tauschten sie jeweils kleine Geschenke aus. Sie schrieben sich, wenn sich etwas Wichtiges ereignete. Raymond war stolz auf seine Freundschaft mit dem Vorsteher. Zwei- bis dreimal im Jahre erhielt er eine Einladung, um als Zeuge einer Hinrichtung beizuwohnen, und er nahm sie jedesmal gern an. Seine Abstecher ins Gefängnis waren die einzigen Ferien, die er sich gönnte.

Am liebsten richtete er es so ein, daß er am Abend vor der Hinrichtung im Hause des Gefängnisvorstehers eintraf. Dann saßen er und sein Freund beisammen und plauderten über ihre Schulzeit. Sie riefen sich Dinge in Erinnerung, die sie beide keineswegs etwa vergessen hatten. Es waren immer die gleichen Episoden, die sie hervorkramten und ausgiebig besprachen. Und dann, am anderen Morgen in der Amtsstube des Vorstehers, inmitten der Aufregung und schlecht verhehlten Nervosität der übrigen Zeugen, erwachten Raymonds Sinne. Der schleppende Gang des Verurteilten erregte ihn und reizte zu einer prickelnden Stimmung. Das Hängen selbst war nicht die Hauptsache; was ihn am tiefsten beeindruckte, war die gespannte Atmosphäre des ganzen Verfahrens. Es war eine Art von Weihespiel, feierlich und zeremoniell und düster. Das Ganze verlieh ihm ein Gefühl vertiefter Wahrnehmung und Erkenntnis, eine Art heiliger Rührung, die alles übertraf, was ihm sein Leben zu bieten hatte. An den Verurteilten dachte er so wenig wie an den Hahn, wenn er ihm die Klinge ins Hirn stieß. Was ihn zum Galgen trieb, war nicht ein Bedürfnis nach Grausamkeit oder Freude am Leiden anderer. Mit den Jahren hatte er einen Hunger nach intensiver Gemütsbewegung bekommen, den seine spärliche Phantasie nicht zu stillen vermochte. Im Gefängnis konnte er die gespannte Nervosität der anderen Männer teilen. Das war das Entscheidende. Wäre er allein in der Todeszelle gewesen, nur mit dem Gefangenen und dem Henker, so hätte ihn alles recht unberührt gelassen.

Nach dem Verlesen des Todesurteils folgte die zweite Sitzung in der Amtsstube des Vorstehers. Auch auf diese freute sich Raymond. Die Nerven der Männer waren erschüttert, und sie bemühten sich, mit Heiterkeit ihre entsetzte Erregung zu besänftigen. Sie waren ausgelassen, scheinbar glücklicher als sonst. Wenn einer der Zeugen — was ab und zu vorkam, besonders bei jungen Reportern — ohnmächtig wurde oder weinend aus der Todeszelle lief, verhöhnten sie ihn. Raymond war von allem tief befriedigt. Er lebte auf; er schien viel schärfer und intensiver als sonst zu leben.

Wenn alles vorüber war, tischte ihm sein Freund ein gutes Mittagessen auf, und dann machte sich Raymond wieder auf den Heimweg. In gewisser Hinsicht empfand er eine ähnliche Befriedigung, wenn ihm die Buben beim Töten der Hähne zuschauten. Ein kleiner Funke von der Aufregung der Buben sprang dann auch auf ihn über.

Bert Munroe und seine Familie waren noch nicht lange im »Tal des Himmels«, als sie von Raymond Banks' Musterfarm und von seinen Besuchen im Gefängnis erzählen hörten. Die Tatsache, daß einer ins Gefängnis ging, um zuzuschauen, wie Menschen gehängt wurden, interessierte, faszinierte und entsetzte die Leute des Tales nicht wenig. Bevor er Raymond je gesehen hatte, stellte sich Bert ihn als den herkömmlichen Henkertyp vor: als schlanken, schwarzen, kalten Mann mit trübem, ernstem Auge und ohne Nerven. Der bloße Gedanke an Raymond erfüllte Bert mit aufgeregter Vorahnung.

Als er dann schließlich diesem Manne in Person begegnete und seine lustigen Augen und sein gesundes, sonnverbranntes Gesicht sah, war Bert enttäuscht und gleichzeitig etwas peinlich berührt. Die strotzende Gesundheit und Herzlichkeit Raymonds schienen ihm unpassend und irgendwie obszön. Die Gutmütigkeit und Kinderliebe eines solchen Mannes waren paradox und unziemlich.

Am 1. Mai gaben die Banks eines ihrer Feste unter den Eichen. Es war die lieblichste Jahreszeit; Lupinen und Primeln und wilde Veilchen leuchteten üppig in dem frischen, kurzen Gras an den Hügeln. Die jungen Blätter der Eichen waren so glänzend und sauber wie frischgewaschene Stechpalmen. Die Sonne war bereits warm genug, um die Luft mit süßem Salbeiduft zu durchtränken, und die Vögel sangen und jubilierten überlaut. Von den Hühnerhöfen kam das zufriedene Gackern der Hennen und vom Teich das zynisch wohlgefällige Schnattern der Enten.

Wenigstens fünfzig Leute standen um die langen Tische unter den Eichen. Hunderte von Flaschen Bier warteten in großen Waschzubern; die Mischung von Salz und Eis in den Zubern war so kalt, daß das Bier in den Flaschenhälsen gefror. Mrs. Banks stand unter ihren Gästen und lächelte ihnen zu, grüßend oder Grüße erwidernd. Sie sprach kaum ein Wort. Über den offenen Feuern briet Raymond mit gewandten Händen junge Hähnchen, und eine Schar Männer sah ihm bewundernd zu und überschüttete ihn mit scherzhaften Ratschlägen.

»Wenn es einer von euch besser kann, so soll er kommen!« rief Raymond. »Ich denke, ich muß noch ein paar Steaks braten, falls jemand verdreht genug ist, kein Hühnchen zu essen.«

Bert Munroe stand in der Nähe und beobachtete Raymonds rote Hände. Er trank Bier. Er war von den mächtigen roten Händen beeindruckt, die ununterbrochen die Bratspieße drehten.

Als die großen Platten mit den gebratenen Hähnchen auf die Tische gestellt wurden, begann Raymond unverzüglich eine neue »Auflage« zu braten für jene, die ein zweites oder gar ein drittes seiner feinen Kochprodukte zu essen wünschten. Seine Zuschauer hatten sich um die Tische versammelt, und so war er nun allein. Bert Munroe aß ein Steak und sah, als er aufblickte, daß Raymond allein am Feuer stand. Er legte die Gabel neben den Teller und schlenderte hinüber.

»Wo fehlt's, Mr. Munroe?« fragte Raymond höflich besorgt. »Hat Ihnen das Huhn nicht geschmeckt?«

»Oh, doch; das heißt, ich hatte ein Steak, und es war ausgezeichnet. Ich esse eben sehr rasch. Und Hühnchen esse ich nie.«

»Wirklich? Ich habe nie begriffen, daß man Hühnchen nicht mag, aber ich weiß, viele Leute lieben sie nicht. Darf ich Ihnen noch ein kleines Stück Fleisch braten?«

»Danke, ich glaube, ich habe genug. Ich finde immer, man ißt zu viel. Man sollte aufhören, solange man noch etwas hungrig ist. Dann bleibt man gesund wie die Tiere.«

»Das ist wahr«, sagte Raymond. »Ich habe auch schon festgestellt, daß ich mich wohler fühle, wenn ich nicht zu viel esse.«

»Gewiß. Auch mir geht es so. Alle Leute würden zu dieser Einsicht kommen, wenn sie nicht so viel äßen.«

Die beiden Männer lächelten sich zufrieden zu, denn sie hatten sich, obwohl keiner wirklich überzeugt war, scheinbar in einem Punkte geeinigt.

»Ein schönes Stück Land haben Sie«, bemerkte Raymond, um die eben erwachte Freundschaft mit einem weiteren Zugeständnis zu festigen.

»Ich weiß nicht. Man sagt, es wüchsen Giftbohnen darauf, doch gesehen habe ich bis jetzt noch keine.«

Raymond lachte. »Man hat auch gesagt, in Ihrem Hause spukt es, bevor Sie herkamen und es so schön zurechtmachten. Und Gespenster haben Sie ja auch noch keine gesehen?«

»Keine Spur. Aber Giftbohnen fürchte ich doch mehr als Gespenster. Die hasse ich wie der Teufel.«

»Versteht sich. Natürlich, mich mit meinen Hühnern stören sie nicht stark, aber für euch Leute mit Vieh sind sie äußerst gefährlich.«

Bert hob einen Stecken vom Boden auf und stocherte sachte in den glimmenden Kohlen. »Wie ich höre, kennen Sie den Vorsteher in Sankt Quentin drüben.«

»Gut sogar! Ed und ich sind zusammen in die Schule gegangen. Kennen Sie ihn?«

»O nein ... nein. Aber man liest oft in der Zeitung von ihm. Ein Mann in seiner Position kommt ja nicht selten in die Zeitung.«

Raymonds Stimme war ernst und stolz. »Und ob! Der ist allerdings weitherum bekannt. Aber er ist ein netter Kerl, Mr. Munroe, wirklich; einen netteren wüßte ich nicht. Und trotzdem er sich mit all diesen Sträflingen abgeben muß, ist er immer freundlich und guter Dinge. Wenn man nur so mit ihm redet, würde man gar nicht vermuten, daß er eine solche Verantwortung trägt.«

»Wirklich? Kaum zu glauben! Ich meine, man würde doch annehmen, er hätte so allerhand Sorgen auf dem Buckel mit all diesen Sträflingen. Sehen Sie ihn oft?«

»Ziemlich. Ich habe Ihnen ja gesagt, daß ich mit ihm in die Schule ging. Er und ich sind dicke Freunde gewesen, verstehen Sie, und er hat das nie vergessen, und jetzt läßt er mich hier und da als Zeugen kommen, wenn einer gehängt wird.«

Bert schauderte, obwohl er dieses Gesprächsthema gesucht hatte. »Wirklich?«

»Ja. Und das ist eigentlich eine große Ehre, denn außer den Zeitungsleuten und offiziellen Zeugen, Sheriffs und Polizisten, wird selten jemand zugelassen. Natürlich gehe ich dann jeweils auch zu Ed auf Besuch.«

Da geschah etwas Eigenartiges: Bert schien getrennt von seinem Körper dazustehen. Seine Stimme sprach ohne sein Wollen. Erstaunt hörte er sich sagen: »Ich denke, der Vorsteher hätte keine Freude, wenn Sie jemanden mitbringen würden?« Bert war verblüfft. So viel hatte er denn doch nicht zu sagen beabsichtigt.

Raymond stocherte kräftig in den Kohlen. Er war verlegen. »Oh, das weiß ich nicht, Mr. Munroe. Daran habe ich noch gar nie gedacht. Würden Sie etwa mitkommen wollen?«

Wiederum handelte Berts Stimme eigenmächtig. »Ja«, sagte sie.

»Dann ... also, wissen Sie, was ich in diesem Fall tue? Ich werde Ed einen Brief schreiben. Ich schreibe ihm ohnehin ziemlich häufig, wissen Sie, und so wird ihm nichts auffallen. Ich erwähne so nebenbei, daß Sie gern mitkommen möchten. Dann schickt er vielleicht das nächste Mal zwei Einladungen. Natürlich, versprechen kann ich nichts. Nehmen Sie jetzt nicht noch ein Steak?«

Bert ekelte sich. »Nein. Ich habe genug«, sagte er mühsam. »Ich fühle mich nicht wohl. Ich will mich ein Weilchen unter einen Baum legen.«

»Haben Sie Ihr Bier etwa geschüttelt und Hefe erwischt? Man muß es sorgfältig ausschenken.«

Bert saß auf den dürren, knisternden Blättern am Fuße einer Eiche. Zu seiner Rechten standen die von lärmenden Gästen umsäumten Tische. Das heisere Gelächter der Männer und die schrillen Stimmen der schwatzenden Frauen drangen nur gedämpft durch eine Wand von Gedanken zu ihm. Zwischen den Baumstämmen konnte er Raymond Banks sehen. Raymond war immer noch über den Kohlefeuern beschäftigt und briet Hähnchen für jene paar Leute mit unglaublichem Appetit, die immer noch nicht satt waren. Das Ekelgefühl, das Bert weggetrieben hatte, verwandelte sich unmerklich; die würgende Übelkeit wich einem eigenartig drängenden Verlangen. Dieses Verlangen verwirrte und beunruhigte Bert. Er wollte nicht wirklich nach Sankt Quentin gehen. Es würde ihn unglücklich machen, wenn er einen Menschen hängen sehen müßte. Aber er war froh, daß er gefragt hatte. Und dann war er bestürzt, daß er darüber so froh war. Bert sah, wie Raymond sich anschickte, die Roste zu reinigen, und die Ärmel weit über seine dicken roten Arme hinaufkrempelte. Bert sprang auf. Er schritt auf Raymond zu. Plötzlich würgte ihn wieder der Ekel. Er schwankte, kehrte um und eilte an den Tisch, wo seine Frau saß und an den Überresten eines

Hühnchens knabberte und fröhliche Späße über den Tisch hinwegrief.

»Mein Mann ißt kein Huhn«, rief sie.

»Ich gehe heim«, unterbrach Bert. »Ich fühle mich nicht wohl.«

Mrs. Munroe wischte Mund und Finger mit der Papierserviette. »Was fehlt dir denn, Bert?«

»Weiß nicht. Mir ist einfach übel.«

»Soll ich mitkommen? Dann können wir im Wagen fahren.«

»Nein, bleib! Jimmie kann dich heimfahren.«

»Dann solltest du dich aber von Mr. und Mrs. Banks verabschieden«, sagte Mrs. Munroe.

Bert sagte mürrisch: »Das kannst du für mich besorgen. Ich fühle mich zu elend.« Und dann schritt er hastig davon.

Eine Woche später fuhr Bert hinüber und ließ den Ford vor Raymonds Gartentor stehen. Raymond trat hinter einem Busch hervor, wo er versucht hatte, einen Habicht zu schießen. Er schlenderte Bert entgegen und schüttelte ihm die Hand.

»Ich habe so viel über Ihre Farm erzählen gehört, daß ich dachte, ich möchte sie einmal anschauen«, sagte Bert. Raymond war höchst erfreut. »Lassen Sie mich nur schnell das Gewehr versorgen; dann zeige ich Ihnen alles.« Eine ganze Stunde lang schritten die beiden Männer umher; Raymond zeigte Bert alles, was er zu sehen wünschte, und gab die nötigen Erklärungen; Bert bewunderte die Sauberkeit und die Ordnung und die raffinierten Einrichtungen. »Kommen Sie herein und trinken Sie ein Glas Bier mit mir!« schlug Raymond vor, als sie alles gesehen hatten. »An einem solchen Tag gibt's nichts Besseres als ein Glas Bier.«

Als sie sich gesetzt hatten, begann Bert zögernd: »... Haben Sie jenen Brief geschrieben, Mr. Banks?«

»Ja ... ich habe ihn geschrieben. Die Antwort dürfte bald eintreffen.«

»Sie wundern sich wohl, weshalb ich Sie bat. Nun, wissen Sie, man sollte doch eigentlich alles einmal gesehen haben. Wegen der Erfahrung, nicht wahr? Je mehr Erfahrung, desto besser.«

»Sie haben ganz recht«, stimmte Raymond bei.

Bert leerte sein Glas und wischte sich den Mund. »In der Zeitung habe ich natürlich auch schon von Hinrichtungen gelesen, aber das ist ja nicht das gleiche. Man sollte es wirklich mit eigenen Augen sehen. Wie es heißt, führen dreizehn Stufen zum Galgen; eine Unglückszahl. Stimmt das?«

Raymond dachte angestrengt nach. »Ach! Das weiß ich gar nicht, Mr. Munroe. Ich habe sie noch nie gezählt.«

»Wie ... hm ... zappeln sie sehr, am Anfang, und sträuben sie sich?«

»Ich denke schon. Aber, sehen Sie, man bindet sie ja und stülpt ihnen ein schwarzes Tuch über den Kopf. Und so sieht man eigentlich nicht viel. Es ist mehr eine Art erregtes Zittern, als daß sie sich sträuben.«

Berts Gesicht war rot und gespannt. Seine Augen glitzerten vor Neugier. »In der Zeitung steht, daß es fünfzehn Minuten bis eine halbe Stunde dauert, bis sie tot sind. Stimmt das?«

»Das mag schon richtig sein. Aber natürlich tot, was man so ›tot‹ nennt, sind sie sofort. Es ist, wie wenn man einem Huhn den Kopf abschlägt; es flattert noch lange herum, aber eigentlich ist es schon längst tot.«

»Ja ... ich weiß, es ist so. Reflex, nicht wahr? Reflexbewegung nennt man es. Ich stelle mir vor, es ist ziemlich schlimm, wenn man es zum erstenmal sieht.«

Raymond lächelte. »Gewiß. Fast jedesmal wird einer ohnmächtig. Und dann diese jungen Reporter! Manchmal weinen sie wie die Kinder, und andern wird es sterbenselend ... müssen auf der Stelle erbrechen. Meistens sind es solche, die es zum erstenmal sehen. Trinken wir noch eine Flasche, Mr. Munroe. Das Bier ist schön kalt, nicht wahr?«

»Ja, das Bier ist schön kalt«, sagte Bert in Gedanken versunken. »Es ist ausgezeichnet. Sie müssen mir das Rezept geben. Man sollte für die heißen Tage immer Bier auf Vorrat haben. Doch jetzt muß ich gehen, Mr. Banks. Vielen Dank für die Führung durch die Farm. Sie könnten diesen Leuten in Petaluma allerhand über Hühner erzählen.«

Raymond errötete vor Vergnügen. »Ich bemühe mich, immer auf dem laufenden zu bleiben; das muß man ja. Und wenn ich also von Ed Bericht habe, gebe ich Ihnen Nachricht, Mr. Munroe.«

Während der nächsten zwei Wochen war Bert Munroe gereizt und zerstreut. Das war so ungewöhnlich, daß seine Frau protestierte. »Du bist krank, Bert«, sagte sie. »Du solltest zum Arzt gehen und dich untersuchen lassen.«

»Oh! Mir fehlt nichts«, war alles, was er sagte. Die meiste Zeit verbrachte er arbeitend auf dem Hof, aber jedesmal, wenn ein Auto auf der Überlandstraße vorbeifuhr, schaute er auf. Es war an einem Samstag, als Raymond Banks in seinem leichten Lastwagen vorfuhr und an Berts Tor anhielt. Bert ließ die Schaufel aus der Hand fallen und ging ihm entgegen. Wenn ein Bauer zu einem andern auf Besuch kommt, gehen sie selten ins Haus hinein. Statt dessen schreiten sie gemächlich über die Felder, zupfen Grashalme aus dem Boden oder Blätter von den Bäumen und prüfen sie mit den Fingern, derweil sie miteinander plaudern. Der Sommer war im Kommen. Noch hatten die Blätter ihr zartes, helles Grün nicht ganz verloren, aber die Blüten waren vorüber, und die Früchte hatten bereits angesetzt. Schon zeigten die Kirschen ein wenig Farbe. Bert und Raymond schritten langsam durch den Obstgarten.

»Es hat viele Vögel heuer«, bemerkte Bert. »Sie werden den Hauptanteil der Kirschen erwischen.« Er wußte genau, weshalb Raymond gekommen war.

»Ed hat geschrieben, Mr. Munroe«, sagte Raymond. »Er schreibt, es ist ihm recht, wenn Sie kommen. Er schreibt, sie wollten deshalb nicht viele zulassen, weil sie versuchten, die krankhaft Neugierigen fernzuhalten, aber jeder Freund von mir ist ihm recht. Wir gehen nächsten Donnerstag. Am Freitag ist dann die Hinrichtung.« Bert ging schweigend weiter und sah auf den Boden. »Ed ist ein netter Kerl. Sie werden ihn gern haben«, fuhr Raymond fort. »Am Donnerstag werden wir bei ihm übernachten.«

Bert las einen Zweig vom Boden auf und spannte ihn mit den Fingern zu einem Bogen. »Ich habe mir die Sache nochmals überlegt«, sagte er dann. »Würde es Ihnen etwas ausmachen, wenn ich doch nicht mitkäme?«

Raymond starrte ihn ungläubig an. »Aber Mr. Munroe! Ich dachte, Sie wollten gehen? Was ist denn auf einmal los?«

»Sie denken vielleicht, ich bin weich, wenn ich es Ihnen sage: es ist eben so . . . ich habe darüber nachgedacht und . . . nun, ich habe Angst. Ich fürchte, ich könnte es nicht mehr aus dem Kopf kriegen.«

»Es wird doch nicht so schlimm sein, wie Sie glauben«, beschwichtigte Raymond.

»Vielleicht. Das weiß ich nicht. Aber ich habe Angst, es könnte mir etwas antun. Nicht jedermann sieht solche Dinge mit den gleichen Augen.«

»Ja, das ist wahr.«

»Ich will versuchen, Ihnen zu erklären, wie mir zumute ist, Mr. Banks. Sie wissen, ich esse keine Hühner. Ich sage nie, warum ich sie nicht esse. Ich sage einfach, ich mag sie nicht. Ich habe Ihnen viel Mühe bereitet, und Ihnen sage ich es nun ... weil ich Ihnen irgendwie begreiflich machen möchte ...« Der Zweig in seiner Hand zerbrach, und er warf die beiden Enden weg und steckte die beiden Hände in die Taschen.

»Als ich ein kleiner Knirps war, etwa zwölfjährig, mußte ich vor der Schule Spezereien austragen. Draußen bei der Brauerei wohnte ein alter Krüppel. Eines seiner Beine war am Schenkel weggeschnitten, und statt eines Holzbeines hatte er eine dieser altmodischen Krücken ... Sie wissen doch, so eine Art Halbmond am Ende eines runden Stabes. Er konnte damit ganz gut gehen, aber selbstverständlich nur langsam. Eines Morgens, als ich mit einem Korb voll Spezereien vorbeiging, war dieser alte Mann vor dem Haus und tötete einen Hahn. Es war der riesigste Rhode Island Red, den ich je gesehen habe. Oder vielleicht war der Hahn so groß, weil ich damals so klein war. Der Mann hatte seine Krücke in die Achselhöhle geklemmt und hielt den Hahn an den Beinen.« Bert bückte sich und hob abermals einen Zweig auf und bog ihn mit den Fingern. Sein Gesicht wurde bleich, als er weiterfuhr: »Dieser alte Mann also hatte ein Beil in der anderen Hand. Er holte aus, um dem Hahn den Kopf abzuhauen, aber da rutschte seine Krücke ein wenig, und der Hahn wand sich in seiner Hand, und das Beil traf nur den Flügel. Das machte den Mann völlig verrückt. Er schlug mit dem Beil auf das Tier ein, in die Brust und in die Eingeweide, aber den Hals traf er nicht. Dann verschob sich die Krücke noch mehr und warf ihn aus dem Gleichgewicht, und der letzte Hieb traf das Bein des Hahnes und den Finger des Alten.« Bert wischte sich mit dem Ärmel die Stirn. Raymond scharrte mit dem Schuh etwas Erde zusammen.

»Darauf ließ der alte Mann den Hahn und das Beil fallen und humpelte ins Haus und hielt sich den blutenden Finger. Und dieser Hahn lag am Boden, und alle Eingeweide hingen ihm aus dem Leib, und dann kroch er davon und schleppte seine Därme im Dreck nach und krächzte jämmerlich.« Der Zweig zerbrach, und diesmal schleuderte Bert die Stücke heftig von sich. »Und seither, Mr. Banks, seither habe ich nie ein Huhn getötet und auch nie mehr eins gegessen. Ich habe versucht, mich dazu zu zwingen, aber jedesmal sehe ich jenen Rhode Island Red davonkriechen.« Zum erstenmal sah er Raymond offen ins Gesicht. »Können Sie sich das vorstellen, Mr. Banks?«

Raymond wich seinen Augen aus: »Ja, gewiß, das muß entsetzlich gewesen sein.«

Bert fuhr weiter: »Und jetzt habe ich eben auch über das Hängen nachgedacht. Es könnte etwas Ähnliches geschehen wie mit dem Hahn. Als Kind habe ich immer wieder von diesem Hahn geträumt. Immer wenn mein Magen nicht in Ordnung war und ich träumte, war es von diesem Rhode Island Red. Und jetzt, angenommen ich ginge mit Ihnen und sähe zu, wie sie einen hängen. Vielleicht würde ich dann auch davon träumen. Es ist noch nicht lange her, als sie in Arizona eine Frau hängten und das Seil ihr den Kopf glatt vom Rumpf riß. Wenn so etwas passieren würde? Das wäre noch hundertmal schlimmer als der verstümmelte Hahn. Das könnte ich nie mehr vergessen.«

»Aber das kommt ja praktisch nie vor«, versuchte Raymond zu beruhigen. »Sie bilden sich da etwas ein, das es gar nicht gibt. Die Sache ist nicht halb so schlimm, Mr. Munroe.«

Bert schien ihn nicht zu hören. In seinem Gesicht zuckte das Entsetzen. »Und Sie haben selber gesagt, manchen Leuten wird es schlecht, und manche werden ohnmächtig. Ich weiß, warum. Weil diese Leute sich vorstellen, sie würden selber mit dem Seil um den Hals am Galgen hängen. Sie empfinden genau das, was der Mann am Galgen empfindet. Ich habe es selber auch schon getan. Ich habe mir eingebildet, ich würde in vierundzwanzig Stunden gehängt. Das ist wie der ärgste Alpdruck der Welt. Und ich habe gedacht, was hat es für einen Sinn, daß ich hingehe und mich mutwillig in Entsetzen jage? Mir würde auch übel. Ich weiß, daß ich es nicht aushalten könnte. Ich würde alles und jedes, was der arme Teufel durchmacht, selber auch durchmachen. Nur schon, als ich gestern abend daran dachte, spürte ich das Seil am Hals. Dann schlief ich ein, und das Leintuch rutschte mir über das Gesicht, und ich träumte, es sei jene verdammte schwarze Kappe.«

»Aber solch Zeug darf man gar nicht denken!« rief Raymond wütend. »Wenn Sie an solch Zeug denken und solchen Unsinn schwatzen, haben Sie gar kein Recht, mitzukommen. Ich sage Ihnen, es ist gar nicht so schlimm, wenn Sie es sehen. Es ist überhaupt nichts. Sie wollten es sehen; das sagten Sie, nicht wahr, und jetzt habe ich veranlaßt, daß Sie zugelassen werden. Und wozu jetzt solchen Unsinn schwatzen? Es besteht gar kein Grund dazu. Wenn Sie nicht gehen wollen, warum zum Teufel sagen Sie's nicht einfach und halten dann den Mund?«

Der Ausdruck des Entsetzens wich aus Berts Gesicht. Bert wurde zornig, und dabei löste sich seine innere Spannung. »Sie brauchen nicht wütend zu werden, Mr. Banks! Ich wollte Ihnen nur erklären, weshalb ich nun doch nicht gehen will. Wenn Sie etwas Phantasie hätten, müßte ich es Ihnen nicht erklären. Wenn Sie Phantasie hätten, würden Sie es selber einsehen und müßten nicht nach Sankt Quentin gehen und zuschauen, wie irgendein armer Teufel aufgeknüpft wird.«

Raymond kehrte ihm verächtlich den Rücken. »Ihr seid bloß zu feig dazu!« rief er und ging mit langen Schritten zu seinem Wagen. Er fuhr wie besessen auf seine Ranch zurück, aber als er den Lastwagen verlassen hatte, schritt er doch sehr langsam gegen sein Haus hinauf. Seine Frau war damit beschäftigt, Rosen zu schneiden.

»Was ist denn los, Ray? Du siehst ja ganz krank aus«, rief sie.

Raymond sah sie finster an. »Kopfweh, das ist alles. Das geht vorüber. Du kennst doch Bert Munroe, der nächste Woche mit mir nach Sankt Quentin gehen wollte?«

»Ja.«

»Jetzt will er auf einmal nicht mehr.«

»Was fehlt ihm denn?«

»Er hat Angst. Er fürchtet sich.«

Seine Frau lachte nervös. »Weißt du, mich würde ja so etwas auch nicht gerade reizen.«

»Aber du bist eine Frau. Er ist ein Mann oder sollte wenigstens einer sein.«

Am nächsten Morgen saß Raymond teilnahmslos am Frühstück und aß sehr wenig. Seine Frau blickte ihn besorgt an. »Immer noch Kopfweh, Ray? Warum tust du nichts dagegen?«

Raymond ignorierte die Frage. »Ich muß Ed schreiben, und ich weiß nicht, was ich ihm sagen soll.«

»Wieso weißt du es nicht?«

»Ich glaube, ich habe mich erkältet. Ich weiß nicht, ob ich am Donnerstag hinfahren kann. Es ist eine lange Reise, und die Überfahrt über die Bucht ist kalt. Und mit meiner Erkältung ... ich weiß nicht.«

Mrs. Banks überlegte schweigend. Dann sagte sie: »Willst du ihn nicht einladen, einmal zu uns zu kommen? Er hat uns ja noch nie besucht, und du gehst so oft zu ihm.«

Raymonds Gesicht hellte sich auf. »Du, das ist eine Idee! Seit Jahren besuche ich ihn. Jetzt soll er einmal zu uns kommen. Ich schreibe ihm eine kurze Einladung, das ist das beste.«

»Wir könnten ja für ihn eine kleine Gesellschaft geben.«

Raymonds Gesicht bewölkte sich. »Oh, ich glaube, das ist nicht nötig. Ein alter Freund wie Ed ist lieber allein mit uns. Aber Bier ... Du, der kann Bier trinken! Jetzt schreibe ich ihm gleich ein paar Zeilen.« Er holte Federhalter und Schreibpapier und Tinte. Er tauchte die Feder in die Tinte, und dann wurde sein Gesicht vollends wieder finster und mürrisch, und er brummte: »Diesen Munroe soll doch der Teufel holen! Jetzt habe ich seinetwegen all die Mühe gehabt. Und nun hat er mich nicht nur so feige im Stich gelassen, sondern mich auch noch mit seiner Angst angesteckt!«

X

Pat Humberts Eltern waren schon in mittleren Jahren gewesen, als Pat geboren wurde; sie waren alt und eigensinnig und verdrießlich, bevor er zwanzig zählte. Pat war ganz im Schatten das Alters aufgewachsen. In den ersten drei Jahrzehnten seines Lebens hatte er kaum etwas anderes gekannt als die Leiden und Schmerzen und Klagen selbstgenügsamen, selbstherrlichen Alters. Seine Eltern sahen seine Ansichten mit Verachtung an, weil er jung war. »Wenn du einmal so alt bist wie wir, wirst du die Dinge auch anders beurteilen«, sagten sie zu ihm. Und später war ihnen seine Jugend zuwider, weil sie keine Schmerzen kannte. Denn ihr Alter — gaben sie ihm auf tausend Arten zu verstehen — war ein erhabener Zustand, der an die Würde und Unfehlbarkeit einer Gottheit grenzte. Selbst Rheumatismus war begehrenswert als Preis für die große Weisheit des hohen Alters. Pat kam zur Überzeugung, daß alles Jugendliche wertlos und ohne Tugend sei. Die Jugend war nur ein unbeholfenes, täppisches Vorspiel zum vorzüglichen Alter. Die Jugend sollte an nichts anderes denken als an die Verehrung und Rücksichtnahme, die dem Alter gebührte. Andererseits schuldete das Alter der Jugend nichts, nicht einmal etwas Höflichkeit.

Als Pat sechzehn war, fiel die ganze Last der Bauernarbeit auf ihn. Sein Vater zog sich in seinen Schaukelstuhl neben dem Ofen in der Stube zurück, von wo aus er Befehle, Anordnungen und Vorwürfe erließ.

Die Familie Humbert wohnte in einem alten, planlos erbauten Bauernhaus mit fünf Zimmern; einem Salon, der kalt und öde und das ganze Jahr abgeschlossen war, einer heißen, dumpfigen Stube, die nach beißenden Salben und Medizinen roch, zwei Schlafkammern und einer geräumigen Küche. Die alten Leute saßen in gepolsterten Schaukelstühlen und beklagten sich bitterlich, wenn Pat nicht mehrmals am Tage seine Arbeit unterbrach und hereinkam, um das Feuer im Ofen zu erneuern. Gegen das Ende ihres Lebens haßten sie Pat, weil er jung war.

Sie lebten sehr lange. Pat war dreißig, als innerhalb eines Monats beide starben. Sie waren unglücklich, verbittert und unzufrieden, und doch klammerten sie sich mit erstaunlicher Verbissenheit an die letzten armseligen Reste ihres Lebens und starben erst nach langem Ringen mit dem Tod.

Das waren zwei Monate des Schreckens für Pat Humbert. Drei Wochen lang pflegte er seine Mutter, während sie steif auf dem Bett lag und sich mit rasselndem Atem verzweifelt gegen das Sterben wehrte. Mit steinharten, vorwurfsvollen Augen beobachtete sie ihren Sohn, der sich geduldig bemühte, ihr Leiden zu lindern. Als sie tot war, klagten ihn ihre Augen immer noch an.

Pat schloß den kalten Salon auf. Die Nachbarn kamen herein und saßen während der Totenfeier als eine Art Auditorium in Reihen vor dem Sarg. Aus der Schlafkammer kam das grämliche Weinen des alten Mr. Humbert.

Die zweite Schreckensperiode folgte unmittelbar auf das erste Begräbnis und dauerte abermals drei Wochen. Pat pflegte seinen Vater, und dann saßen die Nachbarn vor dem zweiten Sarg. Vor den Begräbnissen war der Salon, außer bei den monatlichen Reinigungen, nie betreten worden. Die Vorhänge waren alleweil heruntergezogen, um die grünen Teppiche vor Sonnenstrahlen zu schützen. In der Mitte des Zimmers stand ein Tisch mit vergoldeten Beinen und einer Marmorplatte, und auf dem Tisch, auf einer Gobelindecke, ruhte eine riesige Bibel mit einem üppig verzierten Deckel. Zu beiden Seiten der Bibel standen niedrige Vasen mit dichten Sträußen von Immortellen. Insgesamt waren vier Stühle mit geraden Lehnen da, an jeder Wand einer — zwei für den Sarg und zwei für die Totenwächter. An den Wänden hingen drei große Bilder in vergoldeten Rahmen; zwei davon waren vergrößerte und kolorierte Photographien der beiden alten Humberts. Sie schauten finster und tot von den Wänden herunter, doch so, daß ihre Augen einen Eindringling im Zimmer genau verfolgen konnten. Das dritte Bild zeigte die Leiche der Elaine in ihrem Boot auf dem schmalen, traurigen Fluß. Das Leichentuch hing über das Dollbord ins Wasser. Unter einer Glasglocke, auf einem Ecktischchen, saßen drei ausgestopfte Pirole auf einem Kirschbaumzweig. So kalt und grabesdüster war dieser Salon, daß er, solange sich Pat erinnern konnte, nur von Leichen und dem Trauergeleit benutzt worden war. Zu Pats Zeiten waren drei seiner Tanten und ein Onkel von diesem Salon aus beerdigt worden.

Pat stand stumm neben dem Grab, derweil seine Nachbarn ein Zelt aus Erde darüber aufrichteten. Das Grab der Mutter hatte sich bereits etwas gesenkt, und rund um den Grabhügel zog sich ein schartiger Riß. Die Männer formten und klopften den neuen Hügel; sie zogen einen schnurgeraden Kamm und preßten die seitlichen Flächen glatt. Sie verstanden mit der Erde umzugehen; ganz gleich, ob es sich um eine Furche oder um einen Grabhügel handelte, stets arbeiteten sie gewissenhaft und geschickt. Auch als das Grab fertig war, schritten sie immer noch herum und klopften da und dort einen Brocken Erde fest. Die Frauen waren zu den Wagen zurückgegangen und warteten auf sie. Der Reihe nach traten die Männer auf Pat zu, drückten ihm die Hand und murmelten ein paar feierliche, freundliche Worte. Dann fuhren die Ein- und Zweispänner langsam davon, und einer nach dem anderen verschwand in der Ferne. Immer noch stand Pat auf dem Friedhof und starrte die beiden Gräber an. Er wußte nicht, was anfangen, weil jetzt niemand mehr da war, der etwas von ihm verlangte.

Der Herbst lag in der Luft, mit scharfem Duft und den kleinen, raschen Windstößen, die aufseufzten und mittendrin erstarben. Wilde Tauben saßen in einer Reihe auf dem Friedhofzaun, alle in dieselbe Richtung schauend, alle bewegungslos. Eine alte, braungewordene Zeitung wurde vom Winde hergetrieben und legte sich um Pats Füße. Pat hob sie auf, sah sie an und warf sie weg. Von der Straße her hörte er das Knirschen von Wagenrädern. T. B. Allen band sein Pferd an den Zaun und schritt Pat entgegen. »Wir dachten, du würdest heute abend gern ausgehen«, sagte er verlegen. »Wir würden uns freuen, wenn du zu uns zum Nachtessen kämst, Pat, wenn dir daran liegt ... und du könntest auch übernachten.«

Pat erwachte aus der Betäubung, die ihn ergriffen hatte. »Ich muß fort von hier«, sagte er. Dann suchte er nach einem weiteren Gedanken. »Was soll ich hier noch?«

»Es ist besser, wenn du allem den Rücken kehrst«, sagte T. B.

»Ja. Aber es fällt mir schwer, Mr. Allen. Es ist etwas, woran man sich manchmal erinnern möchte, und dann andererseits möchte man es wohl lieber vergessen. Aber es fällt mir schwer, von hier fortzugehen, weil ich dann weiß, daß alles vorüber ist ... für immer.«

»Komm jedenfalls zu uns zum Nachtessen, Pat!«

»Ich habe im Leben noch nie anderswo als zu Hause gegessen«, gestand Pat. »Sie« — er nickte gegen die beiden Gräber — »sie ertrugen die Nachtluft nicht und gingen nicht gern aus, wenn es dunkel war.«

»Dann ist es ganz gut, wenn du heute zu uns zum Essen kommst. Du solltest nicht sofort in das leere Haus zurückkehren, Pat, wenigstens nicht heute abend. Man sollte sich etwas schonen.« Er nahm Pat beim Arm und drängte ihn gegen das Friedhofstor. »Fahr mir in deinem Wagen nach!« Und als sie durch das Tor hinausgingen, konnte er sich ein paar passende Worte nicht versagen. »Es ist schön, wenn man im Herbst stirbt«, sagte er. »Es ist nicht gut, im Frühjahr zu sterben, bevor man den Regen erlebt und gesehen hat, wie die Ernte ausfällt. Im Herbst aber ist alles vorüber; es ist besser, wenn man im Herbst stirbt.«

»Sie würden sich nichts daraus machen, Mr. Allen. Sie kümmerten sich nicht um die Ernte; und den Regen haßten sie, wegen ihres Rheumatismus. Sie wollten bloß leben. Ich weiß nicht, warum.«

Zum Nachtessen gab es kaltes Rindfleisch, gebratene Kartoffeln mit Zwiebeln und Brotpudding mit Rosinen. Mrs. Allen gab sich alle Mühe, Pat in seinem Kummer zu helfen, indem sie fast nur von seinen Eltern erzählte, von ihrer Gutherzigkeit und von der weitherum bekannten Kochkunst seiner Mutter und von der Redlichkeit seines Vaters. Pat wußte, daß sie log, um ihm wohlzutun, und das hatte er nicht nötig. Er empfand gar keinen Schmerz, nur die dumpfe Teilnahmslosigkeit, die sich auf ihn gelegt hatte und ihm das Sprechen und sogar das Zuhören erschwerte.

Er erinnerte sich an einen kleinen Zwischenfall vor der Beerdigung. Als die Träger den Sarg von den beiden Stühlen hoben, stieß einer der Männer gegen den Tisch mit der Marmorplatte. Dabei wurde eine der Vasen mit den Immortellen umgeworfen und die Bibel verschoben. Pat wußte, daß er anstandshalber die alte Ordnung wiederherstellen sollte. Die Stühle sollten an ihre Plätze gestellt und die Bibel in die Mitte des Tisches geschoben werden. Und wenn alles in Ordnung war, sollte er den Salon wieder abschließen. Das Andenken an die Mutter verlangte das.

T. B. und Mrs. Allen drängten ihn, über Nacht zu bleiben, aber nach einer Weile murmelte er ein kaum hörbares Gutenacht und schleppte sich hinaus, um sein Pferd einzuspannen. Der Himmel war schwarz und kalt zwischen stechenden Sternen, und die Hügel summten leise in der kälter werdenden Luft. Durch die Dichte seiner Teilnahmslosigkeit hörte Pat das Klappern der Hufe seines Pferdes, das Rufen der Nachtvögel und das Sausen des Windes durch die halbdürren Blätter. Aber viel wirklicher waren die Stimmen seiner Eltern, die in seinem Kopfe widerhallten. »Es sieht nach Frost aus«, sagte der Vater. »Ich hasse den Frost mehr als die Ratten.« Und die Mutter stimmte ein: »Übrigens Ratten ... es würde mich wundern, wenn nicht Ratten im Keller sind. Ob Pat wohl heuer die Fallen gestellt hat? Ich habe ihm gesagt, er soll's tun; aber er vergißt immer alles, was ich ihm sage.«

Pat antwortete den Stimmen. »Ich habe Gift in den Keller gestreut. Fallen sind nicht so gut wie Gift.«

»Am besten wäre halt eine Katze«, sagte die weinerliche Stimme der Mutter. »Ich weiß gar nicht, warum wir nicht ein paar Katzen haben. Pat will einfach keine Katzen.«

»Ich habe doch schon oft Katzen angeschafft, Mutter. Aber sie fressen Maulwürfe und werden wild und laufen davon. Sie bleiben nicht.«

Das Haus war finster und gespenstisch öde, als er ankam. Pat zündete die Lampe an und machte Feuer im Herd, um die Küche zu erwärmen. Als die Flammen prasselten, sank er auf einen Stuhl und fand erstaunt, daß er sich ganz wohl fühlte. Es wäre angenehm, das Bett in die Küche zu bringen, überlegte er, und neben dem Herd zu schlafen. Ordnung machen im Hause konnte er auch morgen oder überhaupt irgendwann einmal.

Als er die Stubentür aufwarf, hielt ihn eine Welle von kalter, abgestandener Luft zurück. Die Gerüche von Kränzen und Medizin und Moder stachen ihm in die Nase. Er eilte in seine Schlafkammer hinauf und schleppte sein Bett in die wohlig erhellte Küche.

Nach einer Weile blies er die Lampe aus und kroch ins Bett. Im Herd knisterte leise das Feuer. Eine Zeitlang war die Nacht still, und dann begann das Haus allmählich von boshaftem Leben widerzuhallen. Pat fror; sein Körper war gespannt und kalt. Pat lauschte. Hörte er die Geräusche aus der Stube? Das Quietschen der Schaukelstühle, das angestrengte Atmen alter Leute? Irgendwo im Haus krachte es. Pat fuhr zusammen, obgleich er Geräusche erwartet hatte. Sein Kopf und seine Beine wurden feucht von kaltem Schweiß. Geräuschlos und elend schlich er aus dem Bett und an die Stubentür und drehte den Schlüssel. Dann kroch er wieder ins Bett und lag zitternd unter den Decken. Die Nacht war totenstill geworden. Pat fühlte sich entsetzlich einsam.

Am anderen Morgen erwachte er mit dem kalten Gefühl, daß es gewisse Pflichten zu erfüllen gab. Er versuchte sich zu erinnern. Was war es denn? Natürlich. Es war die Bibel, die nicht richtig auf dem Tisch lag. Das sollte in Ordnung gebracht werden. Und die Vase mit den Immortellen, auch die sollte aufgestellt und hernach das ganze Haus gereinigt werden. Pat wußte, daß das alles getan werden müßte. Aber er sträubte sich, die verschlossene Tür zu öffnen. Er schauderte, wenn er daran dachte, was er sehen würde, sobald er sie aufschloß — die beiden Schaukelstühle, zu beiden Seiten des Ofens einen; die Kissen auf den Stühlen und darin die Eindrücke von den Körpern seiner toten Eltern. Pat kannte die Gerüche der Salben, des Staubs, der verwelkten Blumen, die ihn auf der anderen Seite der Tür erwarteten. Allein, die Sache war eine Pflicht. Sie mußte getan werden.

Er machte Feuer und bereitete das Frühstück. Plötzlich, als

er den Kaffee trank, fiel ihm eine Möglichkeit der Rechtfertigung ein, die er früher nicht gekannt hatte. Die ungewöhnlichen Gedanken, die ihn auf einmal bedrängten, erstaunten ihn, weil sie dreist und sehr einfach waren.

»Wozu soll ich denn eigentlich hineingehen?« fragte er sich. »Es ist ja gar niemand da, dem es etwas ausmachen könnte, ob ich hineingehe oder nicht. Niemand wird es wissen. Wenn ich nicht will, brauche ich gar nicht dort hineinzugehen.« Er kam sich vor wie ein Junge, der die Schule schwänzt, um in einem tiefen, kühlen Wald zu bummeln. Allerdings, sogleich drang die klägliche Stimme der Mutter an seine Ohren. Sie war mit seiner Freiheit nicht einverstanden. »Pat sollte endlich das Haus aufräumen. Pat kümmert sich um nichts.«

Pat wurde von der Freude der Auflehnung durchströmt. »Du bist ja tot!« sagte er zu der Stimme. »Du bist nur etwas, was ich mir einbilde. Niemand kann mehr erwarten, daß ich etwas tue, was ich nicht tun will. Niemand wird wissen, ob ich es tue oder nicht. Daß du's weißt: dort hinein gehe ich nicht; dort hinein gehe ich nie mehr!«

Und solange sein Widerspruchsgeist noch wach war, eilte er an die Tür, zog den Schlüssel aus dem Schloß und schleuderte ihn in das hohe Unkraut hinter dem Haus. Dann machte er an allen Fenstern mit Ausnahme der Küchenfenster die Läden zu und vernagelte sie mit langen Stiften.

Die Freude über seine neue Freiheit dauerte nicht lange. Tagsüber hielt ihn die Arbeit auf der Farm beschäftigt, aber bevor der Tag zu Ende war, sehnte er sich nach den vielen Pflichten und Aufgaben, die jeweils die Abendstunden verschlungen und die Zeit kurz gemacht hatten. Er fürchtete sich, ins Haus zu gehen, und er fürchtete sich vor den Schaukelstühlen mit den unordentlichen Kissen und der verschobenen Bibel auf dem Tisch. Er hatte zwei alte Gespenster eingeschlossen, aber ihre Macht, ihn zu belästigen, hatte er nicht ausgetilgt.

An einem Abend, nachdem er das Nachtessen gekocht hatte, saß er neben dem Herd. Wie ein wüster Nebel überfiel ihn eine entsetzliche Einsamkeit. Wieder horchte er auf die verstohlenen Geräusche in dem alten Haus, auf das Flüstern und auf das leise Klopfen und Knarren. Er horchte so angespannt, daß er nach einer Weile im anderen Zimmer die Schaukelstühle hörte, und einmal meinte er zu hören, wie jemand den Deckel von einem

Salbentopf schraubte. Pat hielt es nicht mehr länger aus. Er ging hinaus in die Scheune, spannte ein Pferd ein und fuhr in den Laden des »Tals des Himmels«. Drei Männer saßen um den dickbauchigen Ofen herum und studierten gedankenverloren seine eisernen Verzierungen. Sie machten Platz, so daß Pat einen Stuhl näher schieben konnte. Keiner der drei Männer sah ihn an, denn einen Mann in Trauer behandelt man mit der gleichen Schonung wie einen Krüppel. Pat rutschte auf seinem Stuhl zurecht und starrte den Ofen an. »Erinnert mich daran, daß ich noch Mehl kaufe, bevor ich gehe«, sagte er.

Die Männer wußten wohl, was er damit meinte. Sie wußten, daß er kein Mehl brauchte, aber jeder von ihnen hätte unter ähnlichen Umständen einen ähnlichen Vorwand bereit gehabt. T. B. Allen öffnete die Ofentür und spuckte in die Kohlen. »Anfänglich muß ein solches Haus recht einsam sein«, bemerkte er. Pat war für die Bemerkung dankbar, obwohl sie einen gesellschaftlichen Lapsus bedeutete.

»Ich wollte dann noch Tabak und ein paar Gewehrpatronen haben, Mr. Allen«, sagte er, gleichsam als Entschädigung für das erlösende Wort.

Von da an änderte Pat seine Lebensgewohnheiten. Entschlossen suchte er die Gesellschaft anderer Männer. Tagsüber arbeitete er auf dem Felde, aber abends konnte man ihn überall dort finden, wo zwei oder mehr Leute beisammen waren. Wenn ein Tanzabend oder eine Feier im Schulhaus veranstaltet wurde, kam Pat als einer der ersten und blieb, bis der letzte Mann nach Haus gegangen war. Er saß im Hause von John Whiteside, wenn sich die Nachbarn dort versammelten. An Wahltagen blieb er an der Urne, bis sie geschlossen wurde. Wo immer eine Gruppe von Leuten sich traf, war Pat mit dabei. Allmählich entwickelte er beinahe einen Instinkt, der ihm die Entdeckung von allem und jedem, was Leute anziehen mußte, ermöglichte.

Pat war ein einfacher Mann mit großer Nase und kräftigem Kinn und schlenkerndem Gang. Seine Gestalt paßte ebensowenig in Kleider hinein wie diejenige des jungen Lincoln, dem er auffallend glich. Seine Nasenlöcher und Ohren waren groß und haarig. Sie sahen aus, wie wenn sich kleine pelzige Tierchen darin versteckt hätten. Pat hatte nie etwas zu sagen; er wußte, daß er wenig zu den Versammlungen beitrug, die er besuchte, und er versuchte, diesem Mangel durch allerlei Gefälligkeiten und kleine

Arbeiten wettzumachen. Am liebsten half er bei der Organisation von gesellschaftlichen Anlässen. Er ließ sich gern in das Organisationskomitee für Tanzabende wählen, denn dann konnte er die anderen Komiteemitglieder aufsuchen und mit ihnen die Pläne besprechen; und er konnte ganze Abende lang beim Schmücken des Schulhauses helfen oder im Tal umherfahren und bei der einen Familie Stühle, bei der anderen Geschirr borgen. Wenn es gelegentlich einmal an einem Abend nirgends eine Zusammenkunft gab, die er hätte besuchen können, fuhr er in seinem Fordlastwagen nach Salinas und sah sich hintereinander zwei Filmvorführungen an. Nach jenen ersten zwei Nächten entsetzlicher Einsamkeit verbrachte er nie mehr einen einzigen Abend in seinem verriegelten Haus. Die Erinnerung an die Bibel, an die wartenden Stühle und die jahrealten Gerüche erschreckten ihn.

Zehn Jahre lang fuhr Pat Humbert im Tal umher auf der Suche nach Gesellschaft. Er ließ sich in die Schulpflege wählen; er schrieb sich bei den Freimaurern und bei den Old Fellows von Salinas ein, und niemand erinnerte sich, daß er je einmal an einer Zusammenkunft gefehlt hätte.

Trotzdem er sich nach Gesellschaft sehnte, wurde Pat nie ein Teil einer Gruppe, der er sich anschloß. Er war einfach dabei; er hängte sich an und sagte nichts, wenn er nicht gefragt wurde. Die Leute des Tales hielten seine Anwesenheit für unvermeidlich. Sie nützten ihn schamlos aus und wußten kaum, wieviel Freude sie ihm damit bereiteten.

Wenn die Zusammenkünfte vorüber waren, wenn Pat schließlich nichts anderes mehr übrigblieb, als nach Hause zu gehen, fuhr er in den Hof, stellte seinen Ford in die Scheune und ging dann rasch ins Bett. Er bemühte sich mit wenig Erfolg, die entsetzlichen Räume auf der anderen Seite der Tür zu vergessen. Oft streifte ihr Bild seine Gedanken. In allen Ecken und auf allen Möbeln mußten dicker Staub und häßliche Spinnweben liegen. Wenn das Bild ihn überfiel und seine Verteidigung durchbrach, bevor er eingeschlafen war, zitterte Pat in seinem Bett in der Küche und wandte sämtliche Kniffe und Mittel an, die er kannte, um sich einzuschläfern.

Weil Pat das Haus so sehr haßte, ließ er es verkommen. Das alte Gebäude lag vernachlässigt und vermodernd da. Eine weiße Banksiarose, die jahrelang nur ein kleiner, verkümmerter Busch gewesen war, erwachte plötzlich zu neuem Leben und kletterte über die Vorderfront des Hauses hinauf. Sie überwucherte die Veranda und hängte Girlanden über die verrammelten Fenster und lange Zweige von den Dachrinnen herunter. Im Laufe der zehn Jahre war das Haus zu einem riesigen Rosenhügel geworden. Leute, die auf der Überlandstraße vorbeifuhren, hielten an, um die Pracht dieser Banksia zu bestaunen. Pat wußte kaum, daß er eine solche Pflanze hatte. Sie wuchs an seinem Haus hinauf, und wenn er die nötige Energie aufbrachte, dachte er nicht an sein Haus.

Die Humbert-Farm war eine gute Farm. Pat trug um das Land Sorge; er hegte und pflegte es und löste Geld daraus, und weil seine Auslagen gering waren, konnte er nach und nach mehrere tausend Dollars auf die Bank tragen. Er liebte die Farm um ihretwillen, aber er liebte sie auch, weil sie ihn tagsüber vor seinen Ängsten bewahrte. Wenn er arbeitete, konnte ihm das Entsetzen vor der lähmenden Einsamkeit und Verlorenheit nichts antun. Sein Hauptinteresse galt den Beeren. Die langen Reihen aufgebundener Ranken standen die Landstraße entlang. Jahr für Jahr konnte Pat früher als irgend jemand im Tale seine Beeren auf den Markt bringen.

Pat war vierzig Jahre alt, als die Familie Munroe in das Tal zog. Er hieß sie als Nachbarn willkommen. Für ihn bedeutete der Einzug der neuen Nachbarn in die Battle-Farm ein Haus mehr, wo er einen Abend verbringen konnte. Und da Bert Munroe ein freundlicher und leutseliger Mann war, hatte er Freude, wenn Pat vorbeikam. Pat war ein guter Bauer. Bert fragte ihn oft um Rat. Pat sah — und vergaß auch sogleich wieder —, daß Mae Munroe ein hübsches Mädchen war; besondere Beachtung schenkte er ihr nicht. Er dachte überhaupt selten an Leute als Individuen; meist dachte er an sie als eine Art Gegengift gegen seine Einsamkeit, als Ausweg und Zuflucht vor den eingeschlossenen Gespenstern.

Eines Nachmittags, als der Sommer nahte, arbeitete Pat an seinen Beeten. Er kauerte zwischen den Stauden und lockerte mit einer Hacke die Erde um die Wurzeln herum. Die Beeren hatten kräftig angesetzt und wuchsen rasch, und die Blätter waren blaßgrün und zart. Pat arbeitete gemächlich und zufrieden. Die Arbeit machte ihm Freude, und vor dem Abend fürchtete er sich nicht, denn er war zu den Munroes zum Nachtessen eingeladen. Langsam drang er zwischen den Beerenreihen vor. Dann hörte er auf der Straße Stimmen, und er erkannte sie. Obwohl er hinter den Stauden versteckt war, wußte er, daß Mrs. Munroe und ihre Tochter Mae an seinem Hause vorbeispazierten. Plötzlich hörte er Mae entzückt ausrufen:

»Mama, schau!« Pat unterbrach die Arbeit, um besser hinzuhören. »Schau, diese Rose! Ist sie nicht wunderschön?«

»Ja, die ist hübsch«, sagte Mrs. Munroe.

»Weißt du, woran sie mich erinnert?« fuhr Mae weiter. »An die Postkarte mit dem allerliebsten Haus in Vermont. Onkel Keller hat sie geschickt, du weißt doch. Dies Haus hier mit den vielen Rosenblüten sieht genau wie das Haus auf der Karte aus. Oh, das möchte ich einmal inwendig sehen!«

»Da wirst du wohl lange warten müssen. Mrs. Allen hat gesagt, daß niemand im Tal das Haus betreten hat, seit Pats Vater und Mutter gestorben sind, und das ist jetzt zehn Jahre her. Sie hat nicht gesagt, wie das Innere aussieht.«

»Aber mit einer solchen Rose an der Außenseite *muß* das Haus auch innen sehr hübsch ein. Glaubst du, Mr. Humbert würde es mir einmal zeigen?« Dann waren die Frauen außer Hörweite.

Als sie gegangen waren, richtete sich Pat auf und sah seine Rose an. Er hatte noch gar nie bemerkt, wie schön sie war — wie ein riesiger Heuhaufen aus grünen Blättern mit tausend weißen Rosen. »Es ist hübsch«, sagte er leise. »Es ist wie ein hübsches Haus in Vermont. Es ist wie ein Vermonter Haus, und ... ja, hübsch ist es, das ist wahr.« Dann, als ob er durch die Rose und durch die Mauern hindurch gesehen hätte, tauchte das Bild des Salons vor ihm auf. Er machte sich wieder an die Arbeit zwischen den Beerenstauden, um so rasch als möglich die Gedanken an sein Haus zu vergessen. Aber Maes Worte hallten in seinem Kopf wider: »... *muß* das Haus auch innen hübsch sein ...« Pat versuchte sich vorzustellen, wie das Innere eines Vermonter Hauses aussah. Er kannte John Whitesides Haus, das solid und prächtig war; und wie alle anderen Leute des Tales hatte er die komfortable Inneneinrichtung von Bert Munroes Haus bewundert. Aber ein hübsches Haus, eins, das man wirklich hübsch nennen konnte, hatte er noch nie gesehen. Keines von all den Häusern, die er kannte, war so, wie Mae es sich vorgestellt haben mochte. Er erinnerte sich an eine Illustration in einer Zeitschrift; ein Zimmer, eine Art Halle oder so etwas, mit weißem Holzwerk, poliertem Boden und einer breiten Treppe; es könnte Mount Vernon gewesen sein. Jenes Bild hatte ihn stark beeindruckt. Vielleicht hatte Mae Munroe so etwas gemeint?

Er wollte, er könnte die Postkarte mit dem Vermonter Haus sehen; aber natürlich, wenn er fragte, ob er sie sehen dürfe, merkten sie ja, daß er zugehört hatte. Mehr und mehr überkam Pat ein heftiges Verlangen, ein hübsches Haus zu sehen, das dem seinen ähnlich sah. Er legte die Hacke nieder und stellte sich vor sein Haus. Wahrhaftig, die Banksiarose war prächtig. Sie hing wie ein Baldachin über die Veranda und ließ Wolken von weißen Sternen über die verrammelten Fenster herunterhängen. Auf einmal wunderte sich Pat, wie es möglich war, daß er sie vorher gar nicht gesehen hatte.

An jenem Abend tat er etwas, daran zu denken er vorher gar nicht imstande gewesen wäre. Er wollte zu Bert Munroe, und unter der Tür entschloß er sich, umzukehren und auf einen geselligen Abend zu verzichten. »Ich muß ein Geschäft in Salinas besorgen«, erklärte er. »Ich riskiere, Geld zu verlieren, wenn ich nicht unverzüglich hinfahre.«

In Salinas ging er schnurstracks in die Volksbibliothek. »Haben Sie ein Buch mit hübschen Vermonter Häusern?« fragte er die Bibliothekarin.

»Bücher nicht; aber wahrscheinlich finden Sie einige in den illustrierten Zeitschriften. Kommen Sie! Ich zeige Ihnen, wo Sie suchen müssen.«

Als es Zeit wurde, um die Bibliothek zu schließen, mußten sie ihn mahnen, so vertieft war Pat. Er hatte mancherlei Bilder von Interieurs gefunden, aber so hatte er sie sich im Leben nie vorgestellt. Die Zimmer waren nach bestimmten Plänen eingerichtet; jedes Ornament, jedes einzelne Möbelstück, sogar die Böden und Wände, alles paßte zusammen und war ein Teil eines Planes. Beim Anblick der Bilder hatte sich in Pat ein seltsam tiefer Sinn für Anordnungen, für Formen und Farben geregt. Er verstand diese Bilder; er hatte nur nicht gewußt, daß man Zimmer so einrichten konnte, so als einheitliches Ganzes. Die Zimmer, die er bis dahin gesehen hatte, waren Ergebnissse einer zufälligen, wahllosen Anhäufung von Gegenständen gewesen. Tante Sophie schickte eine Vase; Vater kaufte einen Stuhl. Man baute einen Ofen in den offenen Kamin, weil er das Zimmer besser heizte.

Die Sperry Flour Company gab einen großen Wandkalender heraus, und Mutter ließ ein Bild einrahmen. Irgendein Versandhaus schickte den Prospekt einer neuen Art Lampe. Man kaufte die Lampe. So wurden die Zimmer eingerichtet. Aber nach den Bildern, die Pat mit fiebrigen Augen betrachtete, hatte jemand eine Idee gehabt, und alles in diesen Zimmern war ein Teil dieser Idee. Kurz bevor die Bibliothek geschlossen wurde, stieß Pat auf zwei Bilder. Das eine zeigte ein Zimmer, wie er es kannte, und nebenan war dasselbe Zimmer, mit einer Idee darin. Das herkömmliche Durcheinander war ausgeräumt; es war statt dessen planmäßig eingerichtet, und es sah aus wie ein gänzlich neues Zimmer. Man erkannte es kaum wieder. Zum erstenmal in seinem Leben hatte es Pat eilig, nach Hause zu kommen. Er wollte im Bett liegen und überlegen, denn eine seltsame; ganz neue Idee begann sich langsam in sein Bewußtsein vorzudrängen.

Von Schlaf war in jener Nacht keine Spur. Pats Kopf war voll von Plänen. Einmal stand er auf und zündete die Lampe an, um einen Blick in sein Sparheft zu werfen. Kurz vor Tagesanbruch kleidete er sich an und bereitete sein Frühstück, und während er aß, wanderten seine Augen unablässig zu der verschlossenen Tür hinüber. In seinen Augen strahlte eine schelmische Freude.

»Es wird dunkel sein dort drin«, sagte er halblaut. »Ich muß die Läden aufbrechen, bevor ich hineingehe.«

Als endlich das Tageslicht kam, nahm er ein Stemmeisen und ging um das Haus herum und sprengte die vernagelten Läden auf. Die Salonfenster rührte er vorderhand nicht an, denn er wollte der Rose nicht weh tun. Schließlich ging er in die Küche zurück und blieb vor der verschlossenen Tür stehen. Sekundenlang erschien vor ihm das alte Bild und hielt ihn zurück. »Aber es wird nur ein paar Sekunden dauern«, redete er sich zu. »Ich werde hineingehen und sogleich alles herausreißen.« Das Stemmeisen krachte im Schloß. Die Tür sprang weit auf und kreischte jämmerlich in den rostigen Angeln, und der furchtbare Anblick lag vor ihm. Ein dichter Schleier von Spinngeweben lag wie ein Nebel über dem Zimmer; ein muffiger, grauer Gestank strömte heraus. Dort standen die Schaukelstühle neben dem rostigen Ofen. Selbst unter dem dicken Staubbelag waren die kleinen Vertiefungen in den Kissen noch sichtbar. Aber das war nicht das Schlimmste. Pat wußte, wo der Mittelpunkt seiner Ängste lag.

Rasch schritt er durch das Zimmer und wischte sich die Spinngewebe aus den Augen. Der Salon war dunkel, denn die Läden waren noch zu. Aber Pat mußte nicht nach dem Marmortisch tasten; er wußte genau, wo er stand. Hatte ihn nicht dieser Tisch zehn Jahre lang gepeinigt? Er hob Bibel und Tisch miteinander auf, rannte durch die Küche hinaus und warf beides in den Hof.

Das Schlimmste war vorüber. Jetzt konnte er gemächlicher vorgehen. Mit dem Tisch war die Angst aus dem Haus entfernt. Die Fenster waren festgeklemmt, und Pat mußte das Stemmeisen anwenden, um sie aufzuzwängen. Zuerst flogen die Schaukelstühle hinaus; sie hüpften und tanzten, als sie auf den Boden aufschlugen; dann folgten die Bilder, der Kaminschmuck, die Vorhänge, die Matten, die ausgestopften Vögel und die Vasen. Als alles kunterbunt vor den Fenstern auf einem häßlichen Haufen lag, riß Pat den Teppich vom Fußboden und zerrte ihn auch durchs Fenster. Schließlich schleppte er Eimer voll Wasser herein und spritzte Wände und Decken gründlich ab. Zuletzt warf er die Stühle hinaus. Übermütig schlug er ihnen die Beine aus. Die Arbeit erfüllte ihn mit einem Gefühl intensivster Freude. Während das Wasser in die alte, dunkle Tapete eindrang, warf er draußen im Hof sämtliche Möbel auf einen Haufen und zündete sie an. Altes, muffiges Stoffzeug und lackiertes Holz glimmten trotzig und verbreiteten einen faulen Gestank von Staub und Feuchtigkeit. Erst als Pat einen Kessel voll Petroleum darüberschüttete, loderten die Flammen auf. Der Tisch und die Stühle krachten, als ihre Geister in den Flammen erlöst wurden. Mit grimmiger Genugtuung schaute Pat zu.

»Ihr mußtet ja all die Jahre hindurch dort drin sitzen, nicht wahr?« rief er. »Ihr dachtet, ich werde nie den Schneid aufbringen, euch anzuzünden. Da seht ihr! Ich wollte nur, ihr könntet dasein und sehen, was ich jetzt tun werde, ihr faules, stinkendes Gerümpel!« Der grüne Teppich verbrannte und hinterließ eine rote, flockige Asche. Alte Vasen und Krüge barsten in der Hitze. Pat hörte das Zischen von Mentholöl und Medizinen, die sich aus den berstenden Töpfen und Flaschen in das Feuer ergossen. Er kam sich vor wie einer, der sich am Tode seines Erzfeindes weidet. Erst als der ganze Haufen zu Asche verbrannt war, ging er wieder ins Haus. Inzwischen war die Tapete genügend durchtränkt worden und ließ sich in langen, breiten Bändern abreißen.

Am Nachmittag fuhr Pat nach Salinas und kaufte sämtliche Zeitschriften über Innenarchitektur, die er auftreiben konnte. Am Abend, nach dem Essen, blätterte er sie alle durch. Endlich fand er *das* Zimmer. Einige andere Vorlagen wären unter Umständen auch in Frage gekommen; diese aber zeigte genau das, was er gesucht hatte. Und er konnte das Zimmer sehr leicht nachmachen. Wenn er die Trennungswand zwischen Salon und Stube herausbrach, bekam er einen dreißig Fuß langen und fünfzehn Fuß tiefen Raum. Die Fenster mußten verbreitert, der Kamin vergrößert, der Boden mit Glaspapier behandelt, gebeizt und poliert werden. Pat wußte, daß er diese Arbeiten alle selber ausführen konnte. »Morgen fange ich an«, sagte er, und seine Hände lechzten nach Arbeit. Dann kam ihm ein anderer Gedanke. »Sie findet, es sei hübsch, so wie es ist«, überlegte er. »Ich muß auf der Hut sein. Ich darf nicht riskieren, daß sie herausfindet, daß ich es erst jetzt ändere. Dann würde sie ja wissen, daß ich sie das wegen des Vermonter Hauses sagen hörte. Ich muß verhindern, daß die Leute etwas merken. Sie würden fragen, weshalb ich es tue.« Weshalb tat er es denn? Weshalb änderte er sein Haus? Er fragte es sich selber. »Aber das geht sie einen Pfifferling an«, dachte er weiter. »Ich brauche den Leuten gar nicht zu sagen, warum. Ich habe meine Gründe. Die behalte ich für mich. Bei Gott, ich arbeite nachts! Dann sieht mich niemand.« Pat lachte leise vor sich hin. Die Idee, heimlich sein Haus zu renovieren, entzückte ihn. Er konnte hier allein und ungestört arbeiten, und niemand würde ihn sehen. Niemand würde etwas davon merken. Und dann, wenn alles fertig eingerichtet war, konnte er ein paar Leute einladen und so tun, als sei es immer so gewesen. Niemand würde sich erinnern, wie es gewesen war.

Und fortan teilte er sein Leben so ein: tagsüber arbeitete er auf der Farm wie immer, und abends eilte er ins Haus mit einem Gefühl erwartungsvoller Freude. Das Bild des fertigen Zimmers war in der Küche aufgehängt. Zwanzigmal am Tage schaute Pat es an. Während er Fensterbänke einbaute, französisch-graue Tapeten aufklebte, das Holzwerk mit mattgelber Emailfarbe überstrich, konnte er mühelos das fertige Zimmer vor sich sehen. Wenn er etwas brauchte, fuhr er spät am Abend nach Salinas und brachte das Material mit Einbruch der Dunkelheit nach Hause. Er arbeitete bis Mitternacht, und dann ging er überglücklich zu Bett.

Die Leute des Tales vermißten ihn an ihren Zusammenkünften. Im Laden fragten sie ihn aus, aber er hatte eine Ausrede bereit: »Ich nehme einen dieser Fernkurse«, erklärte er, »und jetzt studiere ich abends.« Die Männer lächelten. Auf die Dauer war allzuviel Einsamkeit nicht gut für einen Mann, das wußten sie. Junggesellen auf Bauernhöfen wurden früher oder später immer etwas verschroben.

»Was studierst du denn, Pat?«

»Was? Oh! Ich nehme einen Kurs, einen ... Baukurs.«

»Du solltest heiraten, Pat. Du bist nicht mehr der jüngste.«

Pat wurde bis über die Ohren rot. »Unsinn!« sagte er.

Allmählich, während er an seinem neuen Wohnzimmer arbeitete, entwickelte er in Gedanken eine Art Theaterstück, und das verlief so: das Zimmer war fix und fertig. Alle Möbel standen dort, wo sie hingehörten. Das Feuer brannte fröhlich; die Lampen warfen verschwommene Lichter auf den polierten Boden und auf das helle Holz der Möbel. »Jetzt gehe ich zu ihr hinüber und sage so ganz beiläufig: ›Wie ich höre, lieben Sie Vermonter Häuser.‹ Nein! Das kann ich nicht sagen; ich sage ... ›Gefallen Ihnen die Vermonter Häuser? Nun, ich habe zu Hause ein Wohnzimmer, das einem Vermonter Zimmer ganz ähnlich sieht.‹« Die Einleitung befriedigte ihn nie ganz. Es fiel ihm schwer, den richtigen Wortlaut zu finden, der ihr Interesse für sein Zimmer wecken würde. Schließlich übersprang er dann jeweils diesen Teil und dachte, er würde später schon noch etwas Passendes finden.

Dann trat er in die Küche. An der Küche änderte er nichts; das andere Zimmer würde eine um so größere Überraschung sein. Sie stand in der Küche, vor der Tür. Pat trat neben sie und warf die Tür zu. Das Zimmer war eher dunkel, aber doch irgendwie voll von gedämpftem Licht. Das Feuer im Kamin strömte einen breiten, roten Schimmer aus, und die Lampen spiegelten sich auf dem Boden. Man konnte die Chintzvorhänge und den dicken Tiger auf dem Wandbehang am Kaminaufsatz erkennen. Das Zinngerät glühte mit verhaltener Pracht. Es war alles so warm und gemütlich. Pats Brust zog sich wohlig zusammen.

Und sie stand also unter der Tür ... was sagte sie wohl? Nun, wenn sie das gleiche empfand wie er, sagte sie vielleicht überhaupt nichts. Vielleicht war ihr auch fast zum Weinen. Das war eigenartig, dieses volle, gute Gefühl, als ob man im nächsten

Augenblick weinen müßte. Vielleicht stand sie einfach da, zwei, drei Minuten lang, und schaute sprachlos. Und dann würde Pat sagen: »Wollen Sie nicht eintreten und sich ein Weilchen setzen?« Und das würde natürlich den Bann brechen. Sie würde losplappern, über das Zimmer, in komischen, schmachtenden, kurzen Sätzen. Aber Pat wäre nüchtern und würde alles als etwas ganz Selbstverständliches hinnehmen. »Ja, es hat mir immer irgendwie ganz gut gefallen«, sagte er. Er sagte es laut, während er weiterarbeitete. »Es ist wahr, ich habe gedacht, das Zimmer ist eigentlich recht hübsch. Erst letzthin ist mir dann der Gedanke gekommen, daß Sie es vielleicht gern einmal sehen möchten.«

Das Spiel endete so: Mae saß im großen Lehnstuhl vor dem Feuer. Ihre runden, hübschen Hände lagen in ihrem Schoß. Sie saß schweigend da, und allmählich trat ein seltsam verträumter Blick in ihre Augen ... Pat ging immer nur so weit. Weiter wagte er nicht zu denken. Wenn er an diesem Punkt anlangte, wurde er befangen. Wenn er weitergegangen wäre, wäre er sich vorgekommen wie einer, der durch ein Fenster in ein Zimmer hineinspäht, wo zwei Leute allein sein wollen. Der entscheidende Augenblick, der das Herz höher schlagen machte, war das Aufwerfen der Tür, wenn sie auf der Schwelle stand und von der Pracht des Zimmers überwältigt war.

Nach drei Monaten war das Zimmer fertig. Pat steckte das Bild in die Brieftasche und fuhr nach San Franzisko. In einer Möbelhandlung breitete er das Bild auf einem Pult aus und sagte: »Solche Möbel will ich.«

»Natürlich keine Originale, nicht wahr?«

»Was heißt ›Originale‹?«

»Alte Stücke. Originalmöbel. Die würden Sie nicht unter dreißigtausend Dollar bekommen.«

Pat erschrak. Sein Zimmer schien in sich zusammenzustürzen. »Oh! Das hab' ich allerdings nicht gewußt!«

»Wir können Ihnen von allem hier Nachbildungen machen lassen«, schlug der Verkäufer vor.

»Ah! Das wäre besser. Natürlich. Ausgezeichnet. Was würden denn solche Nachbildungen kosten?«

Ein weiterer Verkäufer wurde hereingerufen, und zusammen machten sie eine Liste aller auf dem Bild angegebenen Artikel; Ziertischchen, Ausziehtisch, Stühle: ein Windsorstuhl, cin Rohrsessel mit Stabrückenlehne, ein Ohrenssel, eine Kaminbank;

Stoffläufer, Chintzvorhänge, Lampen mit Milchglasglocken und Kristallgehänge, ein Glasschrank mit bemaltem Porzellan, zinnerne Kerzenstöcke und Wandleuchter.

»Ich schätze, alles in allem würde Sie das um die dreitausend kosten, Mr. Humbert.«

Pat überlegte. Wozu sollte er schließlich sein Geld sparen? »Wie rasch können Sie die Sachen liefern?« fragte er.

Ungeduldig wartete Pat auf das Eintreffen der Möbel. In der Zwischenzeit scheuerte er den Boden des neuen Zimmers, bis er glänzte wie ein dunkler See. Er ging rückwärts aus dem Zimmer und wischte noch die letzten Spuren seiner Schuhe fort. Und dann endlich trafen die Kisten und Verschläge im Frachtdepot von Salinas ein. Viermal mußte Pat mit dem Fordlastwagen hin- und herfahren, bis er alles abgeholt und in seiner Scheune untergebracht hatte. Er machte die Transporte nachts, wenn ihn niemand sehen konnte, und freute sich über sein heimliches Tun.

In der Scheune packte er die Sachen aus. Dann trug er Stühle und Tische ins Haus und stellte sie, mit unzähligen Blicken auf die Vorlage, an die vorgeschriebenen Plätze. In jener Nacht, spät, loderte noch ein mächtiges Feuer im Kamin, und die Milchglaslampen warfen gedämpfte Lichter und Schatten. Der dicke Tiger auf dem Kaminaufsatz schien im Widerschein der tanzenden Flammen zu zittern.

Pat ging in die Küche und machte die Tür zu. Dann öffnete er sie langsam wieder und blickte hinein. Das Wohnzimmer strahlte eine wohlige Wärme aus. Das Zinngerät war noch prächtiger, als er es sich vorgestellt hatte. Die Porzellanteller im Glasschrank funkelten. Pat blieb eine Weile unter der Tür stehen und versuchte, den richtigen Ton in seine Stimme zu legen. »Es hat mir eigentlich immer recht gut gefallen«, sagte er so beiläufig und selbstverständlich wie möglich. »Jetzt ist mir, erst vor ein paar Tagen, eingefallen, daß Sie es vielleicht einmal sehen möchten.« Ein schrecklicher Gedanke schoß ihm durch den Kopf. »Allein darf sie aber doch nicht kommen! Kein anständiges Mädchen darf nachts das Haus eines Junggesellen betreten. Die Leute würden ja über sie reden, und überhaupt, sie würde bestimmt nicht kommen.« Pat war bitter enttäuscht. »Ihre Mutter wird mitkommen müssen. Vielleicht . . . vielleicht wird sie aber nicht im Weg sein. Sie könnte doch hier stehenbleiben, abseits, wo sie nicht stört.«

Jetzt, da alles bereit war, war Pat wie gelähmt. Der Zeitpunkt, um sie einzuladen, war gekommen. Aber Abend für Abend verstrich unverrichteterdinge; immer wieder schob er es hinaus. Statt dessen wiederholte er sein Spiel so oft, daß er am Ende bis ins kleinste Detail wußte, wie sie aussehen, wo sie stehen und was sie sagen würde. Er hatte verschiedene Möglichkeiten einstudiert; auf alles, was sie sagen konnte, hatte er seine Antwort bereit. Eine Woche verstrich, aber zu dem Besuch, der ihm die Möglichkeit bieten würde, sie zu sich einzuladen, hatte er sich noch nicht aufgerafft.

Endlich, eines Nachmittags, faßte er sich ein Herz. »Ich kann es nicht ewig hinausschieben«, sagte er entschlossen. »Heute abend gehe ich.« Nach dem Nachtessen zog er seinen besten Anzug an und machte sich auf den Weg. Berts Haus lag nur eine Viertelmeile entfernt. Er würde sie auf einen der nächsten Abende einladen, nicht auf heute, denn er wollte, daß das Feuer brannte und die Lichter angezündet waren, wenn sie zu ihm kam. Die Nacht war kühl und dunkel, und Pat stolperte in dem dicken Staub auf der Straße. Ärgerlich stellte er sich vor, wie seine so schön geputzten Schuhe aussehen mußten.

In Berts Haus brannten alle Lichter. Vor dem Gartentor standen zahlreiche Autos. »Eine Party«, dachte Pat. »Dann frage ich sie halt ein andermal. Vor so vielen Leute würde ich's nicht übers Herz bringen.« Einen Augenblick überlegte er, ob er nicht lieber umkehren sollte. »Aber nein, ich gehe trotzdem hinein. Ohnehin würde es sich komisch machen, wenn ich sie das erstemal, das ich sie seit Monaten sehe, gleich zu mir einladen würde. Am Ende würde sie noch Verdacht schöpfen.«

Als er ins Haus trat, kam ihm Bert Munroe entgegen und streckte ihm die Hand hin. »Pat Humbert!« rief er. »Pat, wo hast du denn die ganze Zeit gesteckt?«

»Ich habe an diesem Abendkurs herumstudiert.«

»Gut, daß du kommst. Ich wäre morgen bei dir vorbeigekommen. Die Neuigkeit wirst du auch vernommen haben.«

»Neuigkeit?«

»Mae und Bill Whiteside heiraten am Samstag. Ich wollte dich fragen, ob du nicht bei der Hochzeit helfen würdest. Wir machen keine große Sache, nur ein Büfett, zu Hause, weißt du. Im Schulhaus hast du jeweils auch geholfen, bevor dich diese Studierkrankheit gepackt hat.« Er nahm Pat am Arm und wollte ihn den Gang hinunterführen. Aus dem Zimmer am anderen Ende des Ganges tönten die Stimmen von zahlreichen Gästen.

Pat blieb stehen. Nicht umsonst hatte er wochenlang geübt, gleichgültig zu tun. Er bot alles auf, was er gelernt hatte, und sagte: »Das ist aber fein, Mr. Munroe. Ich will gern ein wenig helfen. Am Samstag, sagen Sie? Ja, das paßt mir. Nein, jetzt kann ich nicht bleiben. Ich muß sofort in den Laden fahren.« Er gab Bert nochmals die Hand und schritt langsam zur Tür hinaus.

In seinem Elend wollte er sich an einem dunklen Ort, wo ihn niemand sehen konnte, verkriechen. Seine Schritte führten ihn automatisch heimwärts. Das alte Haus war dunkel und öde, als er in den Hof trat. Er ging in die Scheune und kletterte die kurze Leiter hinauf und warf sich ins Heu. Er fühlte sich hohl und leer und entsetzlich enttäuscht. Vor allen Dingen wollte er nicht sein Haus betreten. Er fürchtete, er würde die Tür wieder abschließen. Und dann, in all den kommenden Jahren, würden zwei verwirrte Gespenster in seinem schönen Wohnzimmer wohnen, und Pat, in der Küche, müßte sich alleweil vorstellen, wie sie nachdenklich in das Gespenst eines Feuers starrten.

XI

Als Richard Whiteside, Anno 50, in den Westen kam, prüfte er die Möglichkeiten der Goldgräberei und verwarf dann den Gedanken, sich damit eine Existenz zu schaffen. »Die Erde gibt nur eine Goldernte«, sagte er. »Wenn diese eine Ernte unter tausend Pächtern aufgeteilt wird, ernährt sie keinen sehr lange. Das ist eine unkluge Art zu wirtschaften.«

Darauf fuhr Richard in den Feldern und Hügeln von Kalifornien umher und suchte einen ganz bestimmten Platz, der ihm vorschwebte, wo er für Kinder, die noch gar nicht geboren waren, und für deren Kinder und Kindeskinder ein Haus errichten wollte. In jenen Tagen fühlte sich selten jemand in Kalifornien für seine Nachkommen verantwortlich.

Am Abend eines strahlend schönen Tages fuhr er in seinem

Zweispänner auf die Anhöhe der kleinen Hügel, welche das »Tal des Himmels« umrahmen. Er brachte die beiden Füchse zum Stehen und sah in das grüne Tal hinunter. Und augenblicklich wußte Richard, daß er gefunden hatte, was er suchte. Auf seinen Fahrten durch das Land war er auf manchen schönen Flecken Erde gestoßen, aber hier zum erstenmal wußte er, ohne sich zu besinnen, daß er nicht mehr weitersuchen mußte. Er erinnerte sich an die Kolonisten aus Athen und aus Lakedämonien, die, sehr vagen Orakeln folgend, neue Länder gesucht hatten; und er dachte an die Azteken, die ihren Adlern nachhetzten und sich von ihnen zu neuen Gefilden führen ließen. Er sagte vor sich hin: »Also, wenn es jetzt irgendein Zeichen gäbe, wäre alles perfekt. Ich weiß, das ist der Ort, aber so ein kleines Himmelszeichen wäre hübsch. Man könnte sich immer daran erinnern. Man könnte den Kindern davon erzählen.« Er schaute zum Himmel hinauf. Der Himmel war wolkenlos, und nirgends war ein Vogel zu sehen. Da erhob sich leise das zarte Lüftchen, das abends von den Hügeln weht, und die Eichen machten verstohlene kleine Gebärden gegen das Tal, und irgendwo weiter unten am Abhang wurde eine Handvoll Blätter von einem kleinen Wirbelwind gepackt und talabwärts gewirbelt, und Richard lachte vor sich hin. »Antwort! Ein Wink der Götter! Ein kleines Winklein, zugegeben, aber so manche schöne Stadt ist eines solchen Zeichens wegen, das nicht deutlicher als dieses war, entstanden!«

Nach einer kurzen Weile stieg er vom Wagen und spannte die Pferde aus. Er fesselte ihnen die Füße und ließ sie mit kleinen vorsichtigen Schritten auf das Gras neben der Straße treten. Richard packte Brot und Speck aus und aß. Dann rollte er auf dem Gras am Hügelabhang die Decken aus, und als die Dämmerung zunahm, legte er sich auf sein Lager und starrte gedankenverloren in das »Tal des Himmels« hinunter. Dort lag sein Heim. Weit unten, in der Nähe eines Eichenhaines, dort war der Platz. Dahinter erhob sich ein kleiner Hügel mit einem winzigen, von dichtem Gestrüpp überwachsenen Tälchen, das vermutlich einen Bach beherbergte. Die Beleuchtung nahm rasch ab und wurde zauberhaft. Richard sah ein stattliches weißes Haus mit einem hübschen Garten und daneben den weißen Turm des Wasserhauses. In den Fenstern des Hauses leuchteten kleine gelbe Lichter, kleine gelbe Fünklein von freundlichen

Lichtern. Die breite Haustür ging auf, und ein kleines Rudel Kinder sprang auf die Veranda heraus ... wenigstens ein halbes Dutzend Kinder. Sie blickten suchend in die zunehmende Dunkelheit und an den Hügel hinauf, wo Richard auf den Decken lag. Sie guckten ein Weilchen, dann gingen sie ins Haus zurück und machten die Tür hinter sich zu. Als die Tür zuging, verschwanden das Haus und der Garten und der weiße Turm. Richard seufzte zufrieden und wickelte sich in die Decken. Am Himmel funkelten Millionen Sterne.

Eine ganze Woche lang fuhr Richard wie gehetzt im Tal herum. Er kaufte zweihundertfünfzig Morgen Land; er fuhr nach Monterey und ließ den Titel heraussuchen und den Kauf verbuchen, und als das Land wirklich ihm gehörte, ging er zu einem Architekten.

Es dauerte sechs Monate, bis sein Haus gebaut und wohnlich eingerichtet, ein Brunnen gebohrt und das hohe Wasserhaus darüber errichtet war. Während des ganzen ersten Jahres, nachdem er das Land gekauft hatte, waren Arbeiter auf Richards Hof beschäftigt. Der Boden blieb vorderhand unberührt.

Ein Nachbar, der über dieses Vorgehen beunruhigt war, fuhr herüber und stellte den neuen Besitzer zur Rede. »Wird Ihre Familie bald nachkommen, Mr. Whiteside?« fragte er.

»Ich habe keine Familie«, sagte Richard. »Meine Eltern sind tot, und eine Frau habe ich nicht.«

»Für was zum Teufel bauen Sie denn ein solch großes Haus?«

Richards Gesicht wurde ernst. »Weil ich hier wohnen werde. Ich bin hierhergekommen, um zu bleiben. Meine Kinder und ihre Kinder und Kindeskinder werden in diesem Haus wohnen. Ein ganzer Haufe junger Whitesides wird hier geboren werden, und manche werden hier sterben. Wenn man ihm gebührend Sorge trägt, steht dieses Haus fünfhundert Jahre.«

»Ich verstehe, was Sie meinen«, sagte der Nachbar. »Was Sie da sagen, tönt sehr schön, aber so gehen wir hier draußen nicht vor. Wir stellen eine kleine Hütte auf, und wenn dann der Boden etwas einträgt, vergrößern wir die Hütte. Es ist nicht gut, wenn man zuviel in ein Haus hineinsteckt. Es kommt vor, daß man einen anderen Ort suchen möchte.«

»Aber daran denke ich gar nicht!« rief Richard. »Ich will gar keinen anderen Ort suchen, und aus diesem Grund baue ich ja dieses Haus da, gleich von Anfang an. Es soll so stark und dauerhaft sein, daß weder ich noch meine Nachkommen ausziehen können. Wenn ich sterbe, lasse ich mich hier begraben, als Vorsichtsmaßregel, denn kein Mann zieht gern vom Grab seiner Väter fort. Dann wurde seine Stimme sanfter. »Ei, Mann, seht Ihr denn nicht, was ich tue? Ich begründe eine Dynastie. Ich lege das Fundament für eine Familie und für einen Familiensitz, der, wenn nicht ewig, so doch viele hundert Jahre bestehen soll. In den Räumen dieses Hauses werden meine Nachkommen wohnen; in diesen Räumen werden Kinder zur Welt kommen, deren Großväter noch gar nicht geboren sind. Daran denke ich jetzt, derweil das Haus entsteht. Ich will den Keim einer Tradition in mein Haus hineinbauen.« Richards Augen funkelten, als er so sprach. Das Hämmern der Zimmerleute unterstrich seine Rede.

Der Nachbar wußte nicht recht, ob er es mit einem Wahnsinnigen zu tun hatte, aber er empfand etwas wie Ehrfurcht vor seinem Wahnsinn. Er verspürte ein Bedürfnis, seine Ehrfurcht in irgendeiner Form zu bekunden. Wäre er nicht ein Amerikaner gewesen, so hätte er mit zwei Fingern den Rand seines Hutes berührt. Die beiden erwachsenen Söhne dieses Mannes waren ausgezogen und fällten Holz, irgendwo, dreihundert Meilen weit weg, und seine Tochter hatte geheiratet und lebte in Nevada. Seine Familie war auseinandergefallen, bevor sie überhaupt angefangen hatte, eine Familie zu sein.

Richard Whiteside baute sein Haus aus Rotholz, das sehr hart und unverwüstlich ist. Er ließ es im Stil der feinen Landhäuser von Neuengland konstruieren, aber als Tribut an das Klima im »Tal des Himmels« ließ er das ganze Gebäude rundherum mit einer breiten Veranda versehen. Das Dach wurde provisorisch mit Schindeln gedeckt, aber sobald seine Bestellung in Boston eingetroffen und ein Schiff mit dem Material zurückgekommen war, wurden die Schindeln heruntergerissen und durch Schieferplatten ersetzt. Dieses Dach war für Richard besonders wichtig und von symbolischer Bedeutung. Für die Leute des Tales wurde das Schieferdach die Sehenswürdigkeit des Landes. Mehr als alles andere war das Schieferdach der Grund, weshalb Richard Whiteside der erste Bürger des Tales wurde. Dieser Mann war seßhaft; er wußte, was er wollte, und sein Heim war und blieb hier. Er hatte nicht die Absicht, wegzulaufen und dem ersten besten neuen Goldfeld nachzujagen. Denn sein Dach war ja aus Schiefer. Und überdies war er ein gebildeter Mann. Er war in Harvard gewesen. Er hatte Geld, und er hatte das Vertrauen, ein großes, stattliches Haus im Tal zu bauen. Er würde über sein Land herrschen. Er war der Gründer und Vater einer großen Familie, und er hatte ein Schieferdach auf seinem Haus. Um dieses Schieferdaches willen wurde das »Tal des Himmels« von den ansässigen Leuten um so mehr geschätzt und verehrt. Wäre Richard ein Politiker gewesen, mit einem Bedürfnis nach Amt und Würde, er hätte keinen schlaueren Schachzug tun können, als dieses Schieferdach zu errichten. Im Regen schimmerte es schwärzlich, und in der Sonne war es ein stählerner Spiegel.

Und erst als das Haus fix und fertig war, wurden zwei Knechte angestellt, um die Obstgärten anzulegen und die Felder für die erste Saat vorzubereiten. Eine kleine Herde Schafe knabberte das Gras an der Halde hinter dem Haus. Richard wußte, daß seine Vorbereitungen abgeschlossen waren. Er war bereit für eine Frau. Als von einem entfernten Verwandten ein Brief kam mit der Nachricht, er und seine Frau und seine erwachsene Tochter seien in San Franzisko eingetroffen, da wußte Richard auch, daß er sich nicht weiter nach einer Frau umschauen mußte. Bevor er nach San Franzisko fuhr, war er entschlossen, diese Tochter zu heiraten. Es war das, was er suchte. Es bestand keine Gefahr für die Nachkommen, wenn er dieses Mädchen heiratete.

Obschon sich Richard in der herkömmlichsten Form um Alicia bewarb, war die Sache von Anfang an abgemacht. Alicia war froh, der Herrschaft ihrer Mutter zu entrinnen und ein eigenes Haushaltsreich anzutreten. Das große Haus im »Tal des Himmels« war für sie geschaffen. Sie war noch keine vierundzwanzig Stunden darin, als sie schon sämtliche Gestelle in der Speisekammer mit perforiertem Papier ausgekleidet hatte, Papier von der Art, wie es Richard aus der Speisekammer seiner Mutter in Erinnerung hatte. Alicia leitete den Haushalt in dem alten, vertrauten, starren Rhythmus — Wäsche am Montag, Bügeln am Dienstag, und so weiter; Teppiche zweimal jährlich herausnehmen und klopfen; Konfitüren und Tomaten und Pickles einmachen, jedes zu seiner Zeit, und schön geordnet im Keller versorgen . . . Die Farm gedieh, Schafe und Vieh vermehrten sich; Nelken aller Art und Stockrosen verbreiteten sich im Garten, um einmal im Jahr zu blühen. Und Alicia erwartete ein Kind.

Richard hatte vorausgesehen, daß es so kommen würde. Das

Haus Whiteside begann zu leben. Die Dynastie war begründet. Die Kamine auf dem Dach waren um die Krone schön schwarz geworden. Der Kamin im Wohnzimmer rauchte gerade genug, um das ganze Haus mit dem köstlichen Duft von Holzrauch zu erfüllen. Die große Meerschaumpfeife, die ihm sein Schwiegervater geschenkt hatte, verfärbte sich von dem neuen, kreideartigen Weiß zu einem kräftigen, sahnefarbenen Gelb.

Als die Schwangerschaft dem Ende entgegenging, behandelte Richard seine Frau beinahe wie eine Leidende. Abends, wenn sie vor dem Feuer saßen, hüllte er ihr die Beine in eine wollene Decke. Er war ängstlich besorgt, daß nicht vor der Geburt etwas passieren würde. Sie besprachen das Bildnis, das Alicia sich vor Augen halten sollte, um das Aussehen des Erstgeborenen zu beeinflussen; und um Alicia zu überraschen, ließ Richard aus San Franzisko einen kleinen Abguß in Bronze von Michelangelos David kommen. Alicia errötete über seine Nacktheit, aber bald liebte sie ihren David leidenschaftlich. Wenn sie sich zu Bett legte, stand die Figur auf dem Nachttisch. Tagsüber trug sie ihn von Zimmer zu Zimmer; wo immer sie arbeitete, war der David dabei, und abends stand er auf dem Kaminsims im Wohnzimmer. Oft, wenn sie seine zarten, feinen Glieder betrachtete, kroch ein winziges Lächeln, ein Fragen und Verstehen über ihr Gesicht. Sie war durchaus davon überzeugt, daß ihr Kind wie der David aussehen würde.

Richard saß neben ihr und streichelte ihr die Hand. Alicia ließ das kräftige und doch sanfte Streicheln gern geschehen. Richard sprach ruhig und leise zu ihr. »Der Fluch ist beseitigt«, sagte er. »Weißt du, Alicia, deine und meine Leute lebten einst hundertdreißig Jahre lang zusammen in einem Haus. Von jenem Herd aus wurde unser Blut mit dem guten, ehrlichen Blut von Neuengland vermengt. Mein Vater hat mir einmal erzählt, daß dreiundsiebzig Kinder in jenem Haus geboren wurden. Unsere Familie vermehrte sich bis zur Zeit meines Großvaters. Mein Großvater hatte nur ein Kind, meinen Vater, und dann war auch ich ein einziges Kind. Das war die größte Enttäuschung in meines Vaters Leben. Er starb, als er erst sechzig Jahre alt war, Alicia, und ich war sein einziges Kind. Als ich fünfundzwanzig Jahre zählte und noch kaum richtig zu leben begonnen hatte, brannte das alte Haus nieder. Ich weiß nicht, wie das Feuer entstand.« Sacht legte er Alicias Hand auf die Armlehne des Stuhles, so sacht und behutsam, als sei sie ein schwaches, kleines Tierlein. Eine glühende Kohle war aus dem Feuer auf den Boden gerollt. Richard warf sie auf das Feuer zurück und ergriff abermals Alicias Hand. Auf dem Kaminsims stand der David. Alicia lächelte ihm leise zu.

»In alten Zeiten gab es einen Brauch«, fuhr Richard weiter. Seine Stimme wurde sanft und leise und kam von weit weg, als spräche er aus jenen alten Zeiten. Später, als sie älter war, konnte Alicia an der Stellung seines Kopfes, am Ton seiner Stimme und an seinem Gesichtsausdruck voraussehen, wenn er sich anschickte, von den alten Zeiten zu erzählen. Denn die alten Zeiten von Herodot, von Xenophon und von Thukydides, jene längst vergangenen Tage waren für ihn etwas Persönliches. In dem unkundigen Westen waren die Geschichten des Herodot so neu, wie wenn sie Richard selber erfunden hätte. Jedes Jahr las Richard den Persischen Krieg, die Peloponnesischen Kriege und die Anabasis.

»In den alten Zeiten«, sagte er und streichelte Alicias Hand etwas kräftiger, »wenn die Bewohner einer Stadt Unglück erlitten und glaubten, sie hätten sich einen Fluch oder gar die Ungunst einer Gottheit zugezogen, luden sie ihre sämtliche bewegliche Habe auf Schiffe und segelten fort, um eine neue Stadt aufzubauen. Die alte Stadt ließen sie leer und offen für jedermann, der sich darin niederlassen wollte.«

»Reichst du mir bitte mein Figürchen, Richard?« bat Alicia. »Manchmal halte ich es gern in der Hand.« Er sprang auf und legte ihr den David in den Schoß.

»Hör zu, Alicia: es waren nur zwei Kinder in den beiden letzten Generationen vor der Zerstörung des alten Hauses. Ich war der einzige meiner Generation. Und so packte ich meine Sachen und lud sie auf ein Schiff und segelte gen Westen, um ein neues Heim zu gründen. Du mußt verstehen, daß es hundertdreißig Jahre gedauert hatte, bis das Heim, das ich verlor, soweit aufgebaut war. Und ich konnte es nicht ersetzen. Ein neues Haus auf dem alten Land wäre nur ein behelfsmäßiger und für mich schmerzlicher Ersatz gewesen. Als ich dieses Tal fand, wußte ich, daß hier der Platz für den neuen Familiensitz ist. Und jetzt beginnen die Generationen zu wachsen. Ich bin sehr glücklich, Alicia.«

Sie drückte seine Hand, dankbar, daß sie ihn glücklich machen durfte. »Und weißt du«, sagte er plötzlich, »als ich zum erstenmal in das Tal kam, sah ich sogar ein Omen. Ich fragte die Götter, ob das der Ort ist, und sie antworteten bejahend. Ist das gut, Alicia? Soll ich dir von den Himmelszeichen und von meiner ersten Nacht auf dem Hügel am Rande des Tales erzählen?«

»Erzähl es mir morgen abend«, sagte sie. »Ich bin müde. Es ist besser, wenn ich mich jetzt zur Ruhe lege.« Er stand auf und nahm die Decke von ihren Knien, und Alicia stützte sich schwer auf seinen Arm, als er sie die Treppe hinaufführte. »Es ist etwas Geheimnisvolles, Wunderbares in diesem Haus, Alicia. Es ist die Seele; der Erstgeborene der neuen Rasse.«

»Er wird wie meine Statue aussehen«, sagte Alicia.

Als Richard seine Frau sorgsam zugedeckt hatte, so daß sie sich nicht erkälten konnte, ging er zurück in das Wohnzimmer. Er hörte Kinder im Hause. Mit trippelnden Füßen rannten sie die Treppen auf und ab; draußen auf der Veranda tuschelten sie. Bevor er zu Bett ging, legte Richard die drei dicken Bücher auf das oberste Büchergestell.

Die Geburt war sehr schwer. Als es vorüber war und Alicia blaß und erschöpft in ihren Kissen lag, brachte ihr Richard den kleinen Sohn und legte ihn neben sie. »Ja«, sagte sie zufrieden, »er sieht wie meine Statue aus. Ich hab's ja gewußt. Und natürlich heißt er David.«

Der Arzt aus Monterey kam ins Wohnzimmer herunter und setzte sich zu Richard ans Feuer. Er zog die Augenbrauen zusammen und drehte einen Ring an seinem dritten Finger um und um. Richard machte eine Flasche Brandy auf und schenkte zwei kleine Gläser ein. »Diesen Toast trink' ich auf meinen Sohn.«

Der Arzt hielt sein Glas unter die Nase und schnüffelte wie ein Pferd. »Verdammt feiner Schnaps. Den trinken Sie besser auf Ihre Frau.«

»Natürlich.« Sie tranken. »Aber jetzt auf meinen Sohn.« Der Arzt tauchte beinahe die Nase in das Glas. »Trinken Sie den nur auch noch auf Ihre Frau.«

»Warum?« fragte Richard überrascht.

»Als eine Art Dankopfer«, sagte der Arzt grimmig. »Um ein Haar wären Sie jetzt ein Witwer.«

Richard stürzte das starke Getränk hinunter. »Das ist mir neu. Ich dachte ... das hab' ich gar nicht gewußt. Ich dachte, die erste Geburt sei immer schwerer?«

»Füllen Sie nochmals nach!« sagte der Arzt. »Sie werden keine Kinder mehr kriegen.«

Richard schenkte nicht fertig ein. »Was meinen Sie damit? Selbstverständlich werde ich noch mehr Kinder haben.«

»Nicht von dieser Frau, nein. Sie ist fertig. Noch ein Kind — und Sie haben keine Frau mehr!«

Richard saß völlig regungslos auf seinem Stuhl. Das leise Kindergeplapper, das er in den vergangenen Monaten überall in seinem Hause gehört hatte, war plötzlich verstummt. Fast schien ihm, als hörte er ihre kleinen Füße verstohlen zur Haustür hinaus und die Treppe hinunterhuschen.

»So betrinken Sie sich doch, wenn Ihnen so zumute ist«, lachte der Arzt bitter.

»Wie meinen Sie? Oh! Nein, nein, das könnte ich nicht!«

»Dann geben Sie wenigstens mir noch einen Schluck, bevor ich gehe. Die Heimfahrt wird kalt sein.«

Richard wartete ein halbes Jahr, bevor er seiner Frau sagte, sie könne keine Kinder mehr haben. Er wollte ihr Zeit lassen, um neue Kräfte zu schöpfen. Er wollte ihr den Schock der bitteren Wahrheit so lange wie möglich ersparen. Als er endlich zu ihr sprach, drückte ihn die Schuld des Geheimnisses. Alicia hatte ihr Kind auf dem Schoß und neigte sich ab und zu zu ihm hinunter, um eines der ausgestreckten Fingerchen in den Mund zu nehmen. Das Kind lächelte zu seiner Mutter herauf. Die Sonne strahlte zum Fenster herein. In der Ferne hörte man einen der Knechte schimpfen. Alicia blickte auf und sagte langsam: »Es ist Zeit, daß wir ihn taufen, findest du nicht auch, Richard?«

»Ja. Ich werde in Monterey das Nötige veranlassen.«

Sie sah ihn nachdenklich an und sagte zögernd: »Wäre es zu spät, um ihm einen andern Namen zu geben?«

»Nein, natürlich nicht. Aber warum willst du ihn denn umtaufen? Weißt du einen besseren Namen?«

»Ja. Ich möchte ihn John taufen. John ist ein Name aus dem Neuen Testament ...« Sie blickte ihm forschend ins Gesicht. »... Und dann ist es auch der Name meines Vaters. Mein Vater wird sich freuen, wenn sein Enkel seinen Namen trägt. Und weißt du, der Name einer Statue hat mich eigentlich nie ganz befriedigt, obwohl es die Statue des Knaben David ist. Wenn die Statue Kleider an hätte ...«

Richard gab sich keine Mühe, ihrer Logik zu folgen. Statt

dessen stürzte er sich mitten in sein Geständnis. In ein paar Sekunden war alles vorüber. Er hatte nicht erwartet, daß es so rasch gehen würde. Alicia lächelte. Es war ein sanftes, seltsames Lächeln, das ihn verwirrte. Ganz gleich, wie gut er Alicia in den folgenden Jahren noch kennenlernte: dieses Lächeln, das ein wenig fragend und ein wenig traurig und auch ein wenig geheimnisvoll klug war, verstand er nie. Sie zog sich hinter dieses Lächeln zurück. Es sagte: »Wie dumm du bist! Wie dumm ihr Männer seid! Ich weiß doch Dinge, die, wenn ich sie dir verraten würde, dein ganzes Wissen lächerlich erscheinen ließen.« Das Kind streckte ihr seine steifen Fingerchen ins Gesicht. »Wart ein Weilchen, Richard«, sagte sie. »Die Ärzte wissen nicht alles. Wart nur ein wenig, ein paar Jahre vielleicht, und wir werden bestimmt noch mehr Kinder haben.« Sie hob das Kind von ihrem Schoß und drückte es innig an sich. Richard ging hinaus und setzte sich auf die Stufen vor der Haustür. Das Haus hinter ihm erwachte wieder, und seine Kinder kamen zurück und trippelten fröhlich umher. Und es gab viele Arbeiten zu verrichten. Seit sechs Monaten war die Buchshecke um den Garten nicht mehr geschnitten worden. Schon lange hatte er im Seitenhof einen viereckigen Platz freigelegt für einen Rasen, den er noch nicht angesät hatte. Und Alicia mußte ein freies Plätzlein zum Trocknen der Windeln haben. Richard streckte die Hand aus und streichelte das Treppengeländer neben sich, als sei es der gebogene Hals eines Pferdes.

In wenigen Monaten waren Richard und Alicia Whiteside die angesehenste Familie des Tales geworden. Sie waren gebildet, sie hatten eine prächtige Farm, und wenn auch nicht reich, so waren sie doch an Geld nicht knapp. Das wichtigste war: sie lebten behäbig in einem schönen Haus. Das Haus war das Symbol der Bewohner. Es war geräumig, für jene Zeit recht reich ausgestattet, warm, gastfreundlich und hell. Seine Größe zeugte von einem gewissen Wohlstand, aber es war die weiße Farbe, der oft erneuerte und immer saubere weiße Anstrich, der das Haus über die andern Heimstätten des Tales erhob wie ein Rheinschloß über sein Dorf. Es war das weiße Haus, das die anderen Familien im Tal bewunderten, und seitdem es stand, fühlten sie sich sicherer. Es verkörperte Autorität und Kultur und ein gesundes Urteil und Manierlichkeit. Die Nachbarn sahen dem Hause an, daß Richard Whiteside ein Gentleman war, der nichts

Gemeines noch Grausames noch Törichtes tun konnte. Sie waren stolz auf das Haus, so wie die Landpächter einer Grafschaft auf ihr Herrschaftshaus stolz sind. Zugegeben, einige Nachbarn waren reicher als Richard Whiteside, aber die wußten, daß sie nie imstande wären, ein solches Haus zu bauen, selbst wenn sie es in allen Einzelheiten nachgeahmt hätten. Das Haus war vor allem anderen der Grund, weshalb Richard Whiteside eine Art außerordentlicher Schiedsrichter des Tales wurde, zunächst in Fragen des Geschmacks und des gesellschaftlichen Benehmens, später auch in eigentlichen Auseinandersetzungen und kleineren Rechtsangelegenheiten. Mehr und mehr wurden die Nachbarn von seinem gesunden Urteil abhängig. Umgekehrt erfüllte ihn das Vertrauen der Nachbarn mit väterlichen Gefühlen für das Tal. Als er älter wurde, betrachtete er nach und nach alles, was seine Nachbarn und überhaupt das ganze Tal betraf, als seine persönlichen Angelegenheiten, und die Leute waren stolz, daß es so war.

Fünf Jahre verstrichen, bis Alicia aus einem untrüglichen Gefühl wußte, daß sie bereit war, um wieder ein Kind zu haben. »Ich hole den Arzt«, schlug Richard vor, als sie es ihm sagte. »Der wird entscheiden, ob es nicht zu gefährlich ist.«

»Nein, Richard, tu es nicht! Die Ärzte wissen das nicht. Wir Frauen kennen uns selbst viel besser als die Ärzte.« Richard gehorchte, weil er sich vor dem, was der Arzt sagen würde, fürchtete. Und er dachte: »Gott und die Natur haben dieses unfehlbare Wissen in die Frau hineingelegt, auf daß die Menschheit sich vermehren möge.«

In den ersten sechs Monaten ging alles gut, dann aber wurde Alicia schwer krank. Als schließlich der Arzt geholt wurde, war er so zornig, daß er mit Richard kein Wort redete. Die Entbindung war entsetzlich; Richard saß im Wohnzimmer, klammerte sich an die Armlehnen seines Stuhles und horchte auf das schwache Schreien in der Schlafkammer über sich. Sein Gesicht war grau. Nach vielen Stunden verstummte das Schreien. Richard war so von der Erwartung gelähmt, daß er gar nicht aufblickte, als der Arzt zu ihm ins Zimmer trat.

»Geben Sie mir die Flasche!« sagte der Arzt müde und sehr böse. »Trinken wir auf einen gottverlassenen Toren!«

Richard blieb schweigend sitzen. Nach einer Weile sagte der Arzt: »Die Frau lebt.« Seine Stimme war weniger streng. »Der

Himmel weiß warum, aber sie lebt. Was sie durchgemacht hat, hätte einen ganzen Zug Soldaten umgebracht. Diese schwachen Frauen! ›Schwach‹ sagt man! Dabei haben sie eine übermenschliche Kraft und Tapferkeit. Das Kind ist tot.« Und dann wollte er etwas sagen, was Richard für die Mißachtung seiner früheren Anordnungen strafte. »Was von dem Kind übriggeblieben ist, lohnt sich nicht zu begraben!« Er kehrte sich um und lief aus dem Haus. Es ärgerte ihn, daß er Richard Whiteside so tief bemitleidete.

Alicia war leidend. Soweit John Whiteside sich später erinnern konnte, hatte sein Vater immer die Mutter auf den Armen von einem Zimmer ins andere getragen. Alicia sprach nur selten, aber in ihren Augen war fast immer das seltsame, kluge Lächeln. Und trotz ihres geschwächten Zustandes regierte sie ihr Haus erstaunlich gut. Vor jeder Mahlzeit holten die derben Landmädchen, die sich in ihrem Haushalt auf ihre eigene Ehe vorbereiteten, bei ihr die erforderlichen Ratschläge und Befehle. Von ihrem Bett oder von ihrem Schaukelstuhl aus ordnete und plante Alicia alles.

Jeden Abend trug Richard sie hinauf zu Bett. Wenn sie in den weißen Kissen lag, zog er einen Stuhl heran und saß ein Weilchen bei ihr und streichelte ihr die Hand, bis sie schläfrig war. Jeden Abend fragte Alicia: »Bist du zufrieden, Richard?«

Und er antwortete: »Ich bin zufrieden.« Und dann erzählte er ihr von der täglichen Arbeit auf der Farm und von den Leuten im Tal. Es war etwas wie ein täglicher Rapport über alles, was sich so ereignete. Während er erzählte, trat das Lächeln in ihre Augen und verweilte, bis die Augen zufielen und er das Licht ausblies.

An Johns zehntem Geburtstag wurde zu seinen Ehren eine Kindergesellschaft veranstaltet. Von überall her aus dem Tal kamen Kinder und trippelten auf den Zehenspitzen durch das große Haus und starrten die Herrlichkeiten an, von denen sie erzählen gehört hatten. Alicia saß auf der Veranda. »Warum seid ihr denn so leise, Kinder?« fragte sie. »Das ist doch nicht nötig. Springt umher und amüsiert euch!« Aber das konnten die Kinder nicht; in dem Whitesideschen Hause konnten sie nicht springen und lärmen. Dann hätten sie ebensogut in der Kirche lärmen können. Als sie aber durch sämtliche Zimmer gewandert waren, konnten sie die Spannung nicht mehr länger aushalten.

Plötzlich verzog sich die ganze Schar in die Scheune, und von dort drang ihr übermütiges Geschrei zurück auf die Veranda, wo Alicia saß und still vor sich hinlächelte.

An jenem Abend, als sie im Bett lag, fragte sie: »Bist du zufrieden, Richard?«

Sein Gesicht strahlte noch von der Freude an den vielen Kindern, und er antwortete: »Ja, Alicia, ich bin zufrieden.«

»Du mußt dich nicht sorgen, Richard, wegen der Kinder«, sagte sie dann weiter. »Hab noch ein Weilchen Geduld, und alles wird gut sein.« Dies war das große, allumfassende Wissen Alicias: »Wart ein Weilchen; kein Schmerz kann der Linderung durch ein bißchen Zeit widerstehen.« Richard wußte, daß dieses Wissen ihm überlegen war.

»Es dauert nicht mehr so lange«, fuhr Alicia weiter.

»Was denn?«

»Denk doch ... John. Er ist jetzt zehn. In zehn Jahren ist er verheiratet, und dann ... siehst du? Lehre ihn, was du weißt! Deine Familie ist gesichert, Richard.«

»Ja, ich weiß; dem Haus kann nichts passieren. Ich fange jetzt an, John aus Herodot vorzulesen. Er ist alt genug.«

John Whiteside vergaß nie, wie sein Vater ihm aus den drei großen Büchern vorgelesen hatte — Herodot, Thukidides und Xenophon. Die Meerschaumpfeife war schön gleichmäßig rötlich-braun geworden. »Die ganze Geschichte der Menschen ist hier drin«, sagte Richard zu seinem Sohne. »Alles, was die Menschheit zu tun fähig ist, steht in diesen drei Bänden aufgezeichnet. Die Liebe und der Haß, die dumme Falschheit und Kurzsichtigkeit, Heldenmut und Größe und Traurigkeit der menschlichen Rasse — alles findest du hier drin. Du kannst die Zukunft nach diesen Büchern beurteilen, John, denn nichts kann sich ereignen, das sich nicht schon einmal ereignet hat und in diesen Büchern aufgezeichnet worden ist. Im Vergleich zu diesen ist die Bibel nur ein sehr unvollständiger Bericht über ein kaum bekanntes Volk.«

Und John erinnerte sich, wie unendlich viel seinem Vater das Haus bedeutet hatte — das Haus als Symbol einer Familie, als eine Art Tempel über dem Herd.

John Whiteside verbrachte sein letztes Jahr in Harvard, als sein Vater unerwartet an einer Lungenentzündung starb. Die Mutter schrieb ihm und bat, er solle erst nach Hause kommen, wenn er sein Studium beendet hatte. »Du könntest hier nichts tun, was nicht schon getan worden ist«, schrieb sie. »Und es war deines Vaters Wunsch, daß du fertig studierst.«

Als er schließlich heimkam, fand er eine stark gealterte Mutter. Sie war für immer ans Bett gefesselt. John saß neben dem Bett und ließ sich von der Mutter aus den letzten Tagen seines Vaters erzählen.

»Er dachte oft an dich, John«, sagte Alicia. »Und einmal sagte er: ›Sag meinem Sohn, daß es seine Pflicht ist, uns fortbestehen zu lassen. Ich will in den kommenden Generationen weiterleben.‹ Und kurz darauf begann er irre zu reden.« John blickte zum Fenster hinaus auf den runden Hügel hinter dem Haus. »Zwei Tage lang phantasierte dein Vater. Und die ganze Zeit sprach er von Kindern ... nichts als von Kindern. Er hörte sie auf den Treppen, er spürte, wie sie an seinen Bettüchern zupften. Er wollte sie auf die Arme nehmen und an sich drücken, John. Und dann, kurz bevor er tot war, ließen ihn die Träume in Ruhe. Er war glücklich. ›Ich habe die Zukunft gesehen‹, sagte er. ›Ich habe viele, viele Kinder gesehen. Ich bin zufrieden, Alicia.‹«

John blieb regungslos sitzen und starrte ins Leere. Und dann stützte sich Alicia plötzlich auf die Ellbogen und sah ihren Sohn herausfordernd an. Nie vorher hatte sie sich irgendeiner Sache widersetzt; immer hatte sie die Lösung aller Probleme der Zeit anheimgestellt, jetzt aber war sie ungeduldig und sagte in einem seltsam strengen Ton: »Heirate! Ich will es noch erleben. Heirate, John, eine kräftige, gesunde Frau, die dir Kinder gebären kann. Ich konnte nach dir keine mehr haben. Ich hätte mein Leben geopfert, wenn ich noch ein einziges Kind hätte haben dürfen. Hol dir eine Frau, bald! Ich will sie noch sehen.« Dann sank sie in die Kissen zurück, aber ihre Augen waren unglücklich, und das Lächeln in ihrem Gesicht war erloschen.

Noch sechs Jahre lang blieb John unverheiratet. In dieser Zeit schrumpfte seine Mutter zu einem winzigen Skelett zusammen, das ihre bläuliche, beinahe durchsichtige Haut kaum verhüllte. Aber sie klammerte sich verbissen an ihr Leben. Vorwurfsvoll folgten ihre Augen den Bewegungen ihres Sohnes. John schämte sich, wenn ihn die Mutter anschaute. Endlich kam einer seiner Studienkameraden in den Westen, um sich ein wenig umzusehen, und brachte seine Schwester mit. Sie besuchten John und wohnten einen Monat in seinem Hause. Am Ende des Monats nahm Willa Johns Heiratsantrag an. Als er seiner Mutter die Neuigkeit brachte, verlangte sie, mit dem Mädchen allein gelassen zu werden. Eine halbe Stunde später trat Willa mit rotem Gesicht aus dem Krankenzimmer.

»Was fehlt dir, Willa?« fragte John.

»Eigentlich nichts ... es ist alles gut; deine Mutter hat mich alles mögliche gefragt, und dann hat sie mich lange angeschaut.«

»Sie ist eben schon sehr alt«, erklärte John. Er ging in Alicias Zimmer. Der fiebrige, besorgte Ausdruck war aus ihrem Gesicht verschwunden, und das alte, wissende, zufriedene Lächeln war zurückgekehrt.

»Schon gut, John«, sagte sie. »Das Mädchen gefällt mir. Ich hätte gern auf die Kinder gewartet, aber das kann ich jetzt nicht mehr. Ich bin lange genug am Leben geblieben, und jetzt bin ich müde.« Fast augenblicklich wich der hartnäckige Wille aus ihrem Körper. In der Nacht wurde Alicia bewußtlos, und drei Tage später starb sie friedlich und sanft, als sei sie nur eingeschlummert.

Für John Whiteside bedeutete das Haus nicht mehr so sehr ein Symbol als etwas wie die äußere Schale seines Körpers. Mehr als sein Vater liebte er das Haus. So gut wie seine Gedanken seinen Körper verlassen und in die Ferne schweifen konnten, so konnte auch er das Haus verlassen — aber ebenso sicher mußte er immer wieder heimkehren. Alle zwei Jahre erneuerte er den weißen Anstrich; er besorgte den Garten und schnitt selber regelmäßig die Buchshecke. Er bekleidete im Tal nicht die einflußreiche Stellung seines Vaters. John war weniger streng, weniger überzeugt von seinen Anschauungen. Wenn er einen Streit schlichten mußte, war er zu sehr geneigt, auf beiden Seiten etwas zu finden, das man gelten lassen mußte. Die große Meerschaumpfeife war nun dunkel geworden, beinahe schwarz, mit einzelnen rötlichen Schattierungen.

Willa Whiteside liebte das Tal von Anfang an. Alicia war still und reserviert gewesen, und die Leute hatten sie fast ein wenig gefürchtet. Sie hatten sie selten gesehen, und wenn sie ihr einmal begegneten, war sie sanft und gütig und großzügig und ängstlich besorgt gewesen, ihre Gefühle nicht zu verletzen. Bei Alicia waren sich die Leute immer vorgekommen wie Bauern, die im Schloß vorsprachen.

Willa ging gern die Frauen des Tales besuchen. Sie liebte es, in ihren Küchen zu sitzen und mit ihnen eine Tasse Tee zu trinken und über Haushaltsangelegenheiten zu plaudern. Bald betrieb sie einen ausgedehnten Handel mit Küchenrezepten. Bei ihren Besuchen trug sie ein kleines Notizbuch mit sich, in das sie ihr anvertraute Geheimnisse und Rezepte eintrug. Ihre Nachbarinnen nannten sie Willa, und oft erwiderten sie ihre Besuche und kamen am Vormittag in ihre Küche, um eine Tasse Tee zu trinken. Vielleicht war es, wenigstens teilweise, ihr fröhliches Wesen, das aus John einen geselligen, leutseligen Mann machte. John verlor den Einfluß, den sein Vater seiner Unnahbarkeit wegen behauptet hatte. Er hatte seine Nachbarn gern. An warmen Sommernachmittagen saß er auf seiner Veranda und bewirtete und unterhielt ein paar Männer, die gerade nichts zu tun hatten. Auf Johns Veranda fanden politische Versammlungen statt, kleine Sitzungen, an denen über einem Glas Limonade die Wahl- und Abstimmungsgeschäfte besprochen wurden. Die gesellschaftliche und politische Struktur des ganzen Tales wurde auf dieser Veranda festgelegt, und immer ging es dabei fröhlich und ungezwungen zu und her. John betrachtete das Leben um sich herum mit einer Art belustigter Ironie, und dank seiner Einstellung verschwanden aus dem Tal die grimmigen politischen und religiösen Meinungsverschiedenheiten, welche so oft ländliche Gemeinschaften vergiften. Und wenn im Verlaufe der Diskussion irgendein scheinbar unlösbares, lokales oder nationales Problem von großer Tragweite zur Sprache kam, pflegte John seine drei dicken Bücher hervorzuholen und laut von einer ähnlichen Situation in der antiken Welt vorzulesen. Für die alten Völker hegte er die gleiche große Liebe wie sein Vater.

An Sonntagen luden sie das eine oder andere nachbarliche Ehepaar und vielleicht irgendeinen fahrenden Prediger zum Mittagessen ein. Bis das Essen bereit war, halfen die Frauen in der Küche. Bei Tische erfuhr der Prediger, wie das erbarmungslose Feuer seiner Mission in der Atmosphäre sanfter Toleranz langsam dahinschwand, und das ging so weit, bis einmal, als der Nachtisch hereingebracht wurde und der saure Most getrunken war, ein feuriger Baptist über einen harmlosen Witz auf Kosten der totalen Immersion herzlich gelacht haben soll.

John freute sich über solche Dinge, aber der Mittelpunkt seines Daseins war das Wohnzimmer. Die ledernen Lehnstühle, deren Vertiefungen und Löcher die Konsequenzen einer gesunden

Anatomie waren, waren ein Teil von ihm selbst. An den Wänden hingen Bilder, mit denen er aufgewachsen war — Stahlstiche von Waldtieren und von Gemsen und Bergsteigern in den Schweizer Alpen. Die Bilder waren so sehr mit seinem Leben verwachsen, daß John sie gar nicht mehr sah, aber der Verlust eines einzigen wäre ebenso schmerzlich gewesen wie die Amputation eines Armes oder Beines. Am Abend kam sein größtes Vergnügen. In dem roten Backsteinkamin brannte ein kleines Feuer. John saß in seinem Stuhl und liebkoste seine große Meerschaumpfeife. Ab und zu rieb er den polierten Pfeifenkopf an der Seite seiner Nase. Er las in den Georgica oder vielleicht ein Kapitel aus Varro über die Landbestellung. Willa saß unter ihrer eigenen Lampe und schürzte die Lippen und stickte Tellerdeckchen mit Blumenmustern als Weihnachtsgeschenke für Verwandte im Osten, die ihr auch Tellerdeckchen schenkten.

John schlug das Buch zu und ging an sein Pult. Der Rolldeckel blieb immer stecken. Er weigerte sich aufzugehen, und man mußte ihm gut zureden. Dann plötzlich gab er nach und klapperte auf. Willa sah herüber, und der Ausdruck qualvoller Konzentration wich aus ihrem Gesicht. Immer, wenn sie eine heikle Arbeit verrichtete, trat dieser Ausdruck in ihr Gesicht.

»Was um Himmels willen machst du, John?« rief sie.

»Nichts ... ich suche etwas.«

Eine ganze Stunde arbeitete er am Pult. Dann sagte er:

»Du, Willa ... hör mal!«

Er las ihr seine Verse vor und wartete schuldbewußt. Willa schwieg taktvoll. Das Schweigen dauerte so lange, bis es nicht mehr taktvoll war. Dann sagte sie:

»Nicht überwältigend, oder?« Er lachte einfältig.

»Nein, das ist es nicht.« Er zerknüllte das Papier und warf es ins Feuer. »Ein paar Minuten glaubte ich, es würde besser.«

»Was lasest du denn, John?«

»Nun, ich habe ein wenig in meinem Virgil geblättert, und dann dachte ich, jetzt probier' ich's doch auch wieder einmal, weil ich nicht ... also, siehst du, es ist fast unmöglich, etwas Schönes zu lesen, ohne dann nicht selber auch etwas Schönes schreiben zu wollen. Aber das ist ja einerlei.« Er rollte den Pultdeckel herunter und zog ein neues Buch aus dem Büchergestell.

Das Wohnzimmer war sein eigentliches Heim. Hier war er ganz vollkommen und glücklich. Unter den Rochesterlampen war jedes kleinste verstreute Partikelchen von John Whiteside zu einem eindeutigen, scharfumrissenen Ganzen vereinigt. Die meisten menschlichen Leben verlaufen in einer Kurve, in der sich die einzelnen Stadien deutlich unterscheiden: der ansteigende Ast des Ehrgeizes, ein abgerundeter Scheitel der Reife, ein sanft absteigender Ast der Ernüchterung und Enttäuschung, und am Ende das flach auslaufende Stück des Wartens auf den Tod. John Whiteside lebte in einer geraden Linie. Er war völlig ehrgeizlos; der Ertrag seiner Farm genügte nicht nur für seinen Lebensunterhalt, sondern bezahlte ihm auch die Knechte, die für ihn arbeiteten. Er begehrte nicht mehr, als was er schon besaß oder was er sich mühelos verschaffen konnte. Er war einer der wenigen Menschen, die einen Augenblick genießen, wenn sie ihn in der Hand halten. Und er wußte, daß er ein gutes, ein ungewöhnlich gutes Leben führte.

In seinem Leben fehlte nur eins. Er hatte keine Kinder. Das Verlangen nach Kindern war in ihm fast so stark, wie es in seinem Vater gewesen war, aber Willa bekam keine Kinder, obgleich auch sie sich sehnlich ein paar gewünscht hätte. Das Thema war etwas peinlich, und so sprachen sie eigentlich nie darüber.

In ihrem achten Ehejahr wurde Willa infolge eines biologischen oder vielleicht auch eines göttlichen Zufalls schwanger und gebar nach normalen neun Monaten ein gesundes Kind.

Der Zufall ereignete sich nie wieder, aber sowohl Willa wie John waren sehr, sehr dankbar für dieses eine Mal. Mit der Geburt eines Sohnes erwachte das Bedürfnis nach Selbst-Verewigung, das mehr oder weniger immer in John geschlummert hatte, und drängte sich an die Oberfläche. Ein paar Jahre lang pflügte und eggte und walzte er den Boden, und wenn er vorher seiner Farm nur ein guter Freund gewesen war, so machten ihn jetzt die erwachenden Pflichten gegenüber kommenden Generationen zu einem Meister. Er legte die Saatkörner in die Erde und wartete ungeduldig, bis die grünen Pflanzen hervorguckten.

Willa blieb unverändert. Sie nahm ihr Kind als etwas Selbstverständliches entgegen, taufte es William, nannte ihn Bill und weigerte sich, ihn zu vergöttern. John sah in dem Jungen eine große Ähnlichkeit mit seinem Vater, obgleich das außer ihm niemand sah.

»Glaubst du, er ist aufgeweckt?« fragte John seine Frau. »Du bist mehr um ihn herum als ich. Ist er intelligent?«

»Leidlich. Gerade normal wie alle anderen Kinder.«

»Mir scheint, er entwickelt sich so langsam«, sagte John ungeduldig. »Es dauert so lange, bis er anfängt, Dinge zu verstehen.«

An Bills zehntem Geburtstag öffnete John seinen dicken Herodot und begann vorzulesen. Bill saß am Boden und sah seinen Vater verständnislos an. Abend für Abend las ihm John ein paar Seiten vor. Eines Abends, etwa nach einer Woche, blickte er von seinem Buche auf und sah, daß Willa lachte.

»Was ist denn los?« forschte er.

»Sieh unter deinen Stuhl!«

John bückte sich und sah unter den Stuhl. Bill lag auf dem Boden und baute aus Streichhölzern ein Haus. Er war so in seine Arbeit vertieft, daß er gar nicht wußte, daß sein Vater zu lesen aufgehört hatte. »Hat er gar nicht zugehört?«

»Nein. Kein Wort hat er gehört, seit er am ersten Abend schon beim zweiten Abschnitt herausfand, daß es ihn nicht interessiert.«

John schlug das Buch zu und stellte es auf das Gestell zurück. Er wollte nicht zeigen, wie tief er gekränkt war. »Vielleicht ist er noch zu klein. Ich warte ein Jahr, dann versuche ich es nochmals.«

»Es wird ihn nie interessieren, John. Er ist eben anders als du und dein Vater.«

»Aber wofür interessiert er sich denn?« fragte John bestürzt.

»Für alles, was auch den anderen Buben im Tal gefällt ... Gewehre und Pferde und Hunde und Kühe. Er ist dir entwischt, John, und ich glaube nicht, daß du ihn je wieder einfangen wirst.«

»Sag mir die Wahrheit, Willa: ist er ... dumm?«

»Nein, John«, sagte sie überlegend, »nein, dumm ist er nicht. Im Gegenteil, in mancher Hinsicht ist er sogar härter und gescheiter als du. Er ist einfach anders, eine andere Art Mensch, und es ist besser, daß du das jetzt schon einsiehst.«

John Whiteside spürte, wie sein Interesse für die Farm langsam nachließ. Das Land war gesichert; Bill würde es eines Tages bebauen. Und auch um das Haus brauchte er sich keine Sorgen zu machen. Bill war kein Dummkopf. Von klein auf beschäftigte er sich geschickt mit mechanischen Sachen. Er konstruierte kleine Karren, und zu Weihnachten wünschte er sich Spielzeugmotoren und Dampfmaschinen. Auch in einer anderen Hinsicht schlug

Bill aus der Art der Whitesides: er war nicht nur verschwiegen, sondern auch sehr geschickt in einem kaufmännischen Sinn. Er verkaufte seine Besitztümer an andere Buben, und wenn diese dann ihrer überdrüssig waren, kaufte er sie zu einem geringeren Preise zurück. Kleine Geldgeschenke multiplizierten sich in seinen Händen auf geheimnisvolle Art. Es dauerte lange, bis John einsah, daß er mit seinem Sohn nicht viel anfangen konnte. Als er ihm ein Kalb schenkte und als Bill das Kalb unverzüglich gegen einen Wurf Schweine eintauschte, die er aufzog und verkaufte, lachte sich John heimlich aus.

»Der ist allerdings schlauer als ich«, sagte er zu Willa. »Mein Vater schenkte mir einmal ein Kalb. Ich behielt es, bis es an Altersschwäche starb. Bill ist irgendein Rückschlag auf einen Piraten oder so etwas. Seine Kinder werden vermutlich Whitesides sein. Es ist ein kräftiges Blut. Immerhin, ich wollte, er wäre nicht so verstockt. Man weiß ja nie, was er treibt.«

Johns Lederstuhl und seine schwarze Meerschaumpfeife und seine Bücher beanspruchten ihn wieder, und für die Farm hatte er keine Zeit mehr. Er wurde zum Aktuar der Schulpflege gewählt. Und die Bauern versammelten sich wieder häufiger auf seiner Veranda. Johns Haar wurde weiß, und sein Einfluß im Tal wuchs, als er älter wurde.

Das Haus Whiteside war ein wichtiger Bestandteil von Johns Persönlichkeit. John und das Haus bildeten ein harmonisches Ganzes. Wenn die Leute des Tales an ihn dachten, sahen sie nicht den Mann allein auf dem Feld oder auf einem Wagen oder im Laden; das Haus gehörte mit in das Bild: John saß in seinem Lederstuhl und lächelte seinen dicken Büchern zu, oder er ruhte in einem Gartenstuhl auf seiner breiten, einladenden Veranda, oder er hatte eine Blumenschere in der Hand und einen kleinen Korb am Arm und schnitt Blumen im Garten, oder er saß am oberen Ende des Tisches im großen Eßzimmer und tranchierte sorgfältig und kunstvoll einen Braten. John und sein Haus gehörten zusammen. Im Westen ist ein Haus, in dem zwei Generationen der gleichen Familie gewohnt haben, ein altes Haus, und die Familie ist eine Pionierfamilie. Und hier, im Westen, empfinden die Leute eine eigenartige Mischung von Verehrung und Verachtung für alte Häuser. Es gibt sehr wenig alte Häuser im Westen. Jene rastlosen Amerikaner, die das Land urbar gemacht haben, sind nie imstande gewesen, sehr lange an einem Ort zu verweilen. Sie haben behelfsmäßige, wacklige Häuser aufgestellt und sind bald wieder weitergezogen und haben etwas Neues gesucht. Alte Häuser sind fast immer kalt und häßlich.

Als Bert Munroe seine Familie auf die Battle Farm im »Tal des Himmels« brachte, brauchte er nicht lange, um die Sonderstellung, die John Whiteside im Tal bekleidete, zu erkennen und zu verstehen. Sobald es ihm möglich war, schloß er sich den Männern an, die sich auf Johns Veranda trafen. Berts Farm grenzte an Johns Land. Kurze Zeit nach seinem Einzug ins Tal wurde Bert in die Schulpflege gewählt, und das brachte ihn sozusagen von Amtes wegen in näheren Kontakt mit John. Eines Abends bei einer Sitzung zitierte John ein paar Zeilen aus Thukydides. Nach der Sitzung wartete Bert, bis die anderen Schulpfleger gegangen waren.

»Was war das für ein Buch, aus dem Sie heute abend vorgelesen haben, Mr. Whiteside?« fragte er.

»Meinen Sie den Peloponnesischen Krieg?« John holte das Buch vom Gestell und gab es Bert.

»Ich dachte, ich möchte es eigentlich gern lesen, wenn Sie es mir leihen wollten.«

Einen Augenblick zögerte John. Dann sagte er: »Natürlich ... nehmen Sie es mit. Es gehörte meinem Vater. Wenn es Ihnen gefällt, habe ich noch andere, die Sie vielleicht lesen mögen.«

Das war der Anfang einer gewissen Vertrautheit zwischen den beiden Familien. Sie besuchten einander und luden sich gegenseitig zum Essen ein. Bert borgte Werkzeuge von John.

Und dann, eines Abends, als die Familie Munroe schon etwa anderthalb Jahre im Tale war, trat Bill Whiteside in das Wohnzimmer seiner Eltern, tat, als hätte er eine Unglücksbotschaft zu verkünden, und sagte heiser: »Ich heirate.«

»Was!« rief John. »Was zum ... warum hast du uns denn nie etwas davon gesagt? Wer ist es?«

»Mae Munroe.«

Erst jetzt wurde sich John bewußt, daß das eine gute Nachricht und nicht das Geständnis eines Verbrechens war. »Ei ... du, das ist ja gut! Das freut mich. Mae ist ein nettes Mädchen ... nicht wahr, Willa?« Seine Frau wich seinem Blick aus. Sie hatte an jenem Morgen Maes Mutter besucht.

Bill stand steif und schwer in der Mitte des Zimmers.

»Wann ist die Hochzeit?« fragte Willa, und John hatte das Gefühl, ihre Stimme sei hart und fast unfreundlich.

»Ziemlich bald; sobald das Haus in Monterey fertig ist.«

John stand auf, nahm seine schwarze Meerschaumpfeife von der Wand und zündete sie langsam an. Dann setzte er sich wieder in seinen Stuhl. »Das ist etwas überraschend, Bill«, sagte er. »Warum hast du uns nie etwas davon gesagt?« Bill gab keine Antwort. »Du sagst, ihr werdet in Monterey wohnen. Soll das heißen, daß du deine Frau nicht zu uns bringen wirst? Willst du nicht in diesem Hause wohnen und unser Land bebauen?« Bill schüttelte den Kopf. »Schämst du dich über etwas, Bill?«

»Nein, Vater«, sagte Bill. »Ich schäme mich nicht. Ich habe einfach nie gern über meine Angelegenheiten gesprochen.«

»Findest du nicht, daß diese Angelegenheit auch uns etwas betrifft, Bill?« fragte John bitter. »Du bist unsere Familie. Deine Kinder werden unsere Enkel sein.«

»Mae ist in der Stadt aufgewachsen. Alle Freundinnen wohnen in Monterey, verstehst du, Vater ... Freundinnen aus der Schule, und hier hat sie niemanden, und es ist nichts los. Es gefällt ihr nicht hier draußen.«

»Ich verstehe.«

»Und deshalb, als sie sagte, sie möchte lieber in der Stadt wohnen, kaufte ich einen Anteil an der Fordvertretung. Das hab ich schon immer gewollt, irgendein Geschäft.«

John nickte langsam. Er hatte den ersten Ärger überwunden. »Ist es ganz ausgeschlossen, daß Mae einwilligen würde, in diesem Haus zu wohnen? Wir haben so viel Platz. Wir können ändern, was ihr nicht gefällt.«

»Aber es gefällt ihr ja nicht auf dem Land. Ihre Bekannten sind alle in der Stadt.«

Willas Mund war hart zusammengepreßt. »Sieh deinen Vater an!« befahl sie grimmig.

John lächelte traurig. »Dann ziehst du eben in die Stadt, Bill. Meinetwegen. Hast du auch genügend Geld?«

»Natürlich. Und sieh, Vater, wir lassen ein sehr großes Haus bauen, das heißt, sehr groß für uns beide. Wir haben darüber gesprochen; wir dachten, vielleicht möchtet ihr, du und Mutter, zu uns ziehen und bei uns wohnen.«

John lächelte tapfer weiter. »Und was soll dann aus dem Haus und der Farm werden?«

»Darüber haben wir auch gesprochen. Du könntest das Haus verkaufen, mühelos, für viel Geld, und davon könntet ihr beide in der Stadt leben. In einer Woche könnte ich dir alles glatt verkaufen.«

John seufzte und sank in die Kissen seines Stuhles.

Willa sagte: »Wenn ich wüßte, daß es etwas nützte, würde ich dich mit einem Stock schlagen, Bill.«

John zog nachdenklich an seiner Pfeife. Nach einer Weile sagte er leise: »Du kannst nicht für lange fortziehen. Eines Tages wirst du ein Heimweh bekommen, dem du nicht widerstehen kannst. Dieses Haus ist in deinem Blut. Wenn du Kinder hast, wirst du einsehen, daß das der einzige Ort ist, wo sie aufwachsen können. Du magst für eine Weile fortgehen, aber fortbleiben kannst du nicht. Wenn du in der Stadt bist, Bill, warten wir hier und sehen zum Rechten und halten das Haus in Ordnung und besorgen den Garten. Du wirst zurückkommen. Deine Kinder werden im Garten spielen. Wir werden auf sie warten. Als mein Vater starb, träumte er von Kindern.« Er lächelte einfältig. »Das hätte ich bald vergessen.«

»Mit einem Stock könnte ich ihn durchhauen«, murmelte Willa.

Bill war verlegen, als er wortlos aus dem Zimmer ging. »Er wird wiederkommen«, sagte John abermals, als Bill gegangen war.

»Natürlich«, sagte Willa grimmig.

John sah sie mißtrauisch an. »Glaubst du das wirklich, Willa? Du sagst es nicht bloß mir zuliebe? Ich würde mir sehr alt vorkommen.«

»Was du für Ideen hast! Natürlich glaube ich es.«

Bill heiratete im Sommer und zog sofort in sein neues Haus in Monterey. Im Herbst wurde John Whiteside wieder rastlos wie damals, als Bill geboren wurde. Er strich das Haus an, obwohl es eigentlich gar nicht nötig war. Erbarmungslos schnitt er die Hecke im Garten.

»Das Land trägt zuwenig ein«, sagte er zu Bert Munroe. »Ich habe es zu lange sich selbst überlassen. Ich könnte viel mehr herausholen als bisher.«

»Ja«, sagte Bert. »Wir sind alle etwas gleichgültig in dieser Hinsicht. Ich habe mich immer gefragt, weshalb Ihr keine Schafe haltet. Mir scheint, der Hügel hinter dem Haus würde eine ansehnliche Herde ernähren.«

»Zu meines Vaters Zeiten pflegten wir eine Herde Schafe zu halten. Das ist schon lange her. Aber, wie gesagt, ich habe die Farm vernachlässigt. Das Gestrüpp hat sich sehr breit gemacht.«

»Verbrennt es doch!« sagte Bert. »Wenn Ihr es noch diesen Herbst verbrennt, habt Ihr im Frühjahr feines Weideland.«

»Das ist eine gute Idee. Allerdings, die Stauden kommen fast bis an das Haus herunter. Da müßte ich denn schon ein paar Männer haben, dir mir helfen.«

»Ich denke, es genügt, wenn ich komme und Jimmie mitbringe. Ihr habt selber zwei Männer, und mit Euch zusammen sind wir unser fünf. Wenn wir zuerst etwas Regen abwarten und dann an einem Morgen beizeiten beginnen, bevor der Wind kommt, riskieren wir nichts.«

Der Herbst setzte früh ein. Im Oktober waren die Weidenbäume an den Bächen im »Tal des Himmels« wie gelbe Flammen. Hoch am Himmel, kaum zu erkennen, zogen große Wildentenschwärme dem Süden zu, und die zahmen Enten im Hof schlugen mit den Flügeln, streckten die Hälse und schrien sehnsüchtig. Unruhig kreisten die Amseln über den Feldern; schon lag der erste Frost in der Luft. John Whiteside bangte vor dem Winter. Von früh bis spät arbeitete er im Obstgarten und half die Bäume schneiden.

Eines Nachts erwachte er und hörte auf dem Schieferdach das Flüstern eines feines Regens.

»Bist du wach, Willa?« fragte er leise.

»Natürlich.«

»Der erste Regen. Ich wollte, daß du es auch hörtest.«

»Ich bin schon lange wach. Ich habe gehört, wie er kam«, sagte sie behaglich. »Das hast du verpaßt. Du hast geschnarcht.«

»Möglich. Jedenfalls wird er nicht lange dauern. Es ist nur ein kleiner Schauer, um den Staub wegzuwaschen.«

Am Morgen schien die Sonne durch die frische, saubere Luft. Millionen kleiner Wassertröpflein glitzerten wie Kristalle. John und Willa saßen noch beim Frühstück, als Bert und Jimmie Munroe in die Küche traten.

»Morgen, Mrs. Whiteside! Morgen, John! Ich dachte, nach diesem hübschen kleinen Regen könnten wir es wagen, die Stauden zu verbrennen.«

»Das ist eine gute Idee. Setzt Euch und trinkt eine Tasse Kaffee!«

»Danke, John; wir haben eben erst ausgiebig gefrühstückt.«

»Aber du, Jimmie; eine Tasse Kaffee?«

»Nein, danke, Mr. Whiteside.«

»Gut, dann wollen wir beginnen, bevor das Gras wieder trocken ist.«

John rief die beiden Knechte aus dem Obstgarten herbei. Dann ging er von außen durch die Falltür neben der Hintertreppe in den Keller und holte eine Kanne Petroleum. Jeder der fünf Männer bekam ein paar nasse Säcke in die Hand.

»Kein Wind«, sagte Bert. »Das ist günstig. Am besten fangt Ihr gerade hier an. Wir bleiben zwischen dem Feuer und dem Haus, bis das Feuer ein Stück weit vorgedrungen ist. Wir wollen lieber nichts riskieren.«

John zündete die Petroleumfackel an und schritt langsam am Rande des Gestrüpps entlang. Die dürren Stauden brannten augenblicklich. Die Flammen rasten und loderten und fraßen sich gierig in die harzigen Zweige hinein. Schritt für Schritt arbeiteten sich die Männer hinter dem Feuer her, den kleinen, steilen Hügel hinauf.

»Das sollte hier genügen!« rief Bert. »Das Feuer ist weit genug vom Haus entfernt. Jimmie und ich fangen jetzt von oben an.« Er schritt an den seitlichen Rand des Gestrüpps und begann den Hügel hinaufzusteigen. Jimmie stieg ihm nach. In diesem Augenblick erhob sich ein kleiner Wirbelwind und tanzte und hüpfte lustig gegen das Haus hinunter, machte einen koketten Sprung ins Feuer, packte Funken und Asche und schleuderte sie gegen die weißen Mauern. Dann, wie wenn sie ihres Spieles überdrüssig geworden wäre, fiel die kleine Luftsäule in sich zusammen. Bert und Jimmie rannten zurück zu den anderen. Zusammen suchten alle fünf den Boden ab und zertraten mit den Schuhen jedes einzelne Fünklein. »Gut, das haben wir beizeiten bemerkt!« sagte John. »Wegen einer solchen läppischen Kleinigkeit könnte das ganze Haus verbrennen.«

Abermals stiegen Bert und Jimmie an den Hügel hinauf und legten Feuer in den oberen Rand des Gestrüpps. John und seine Knechte arbeiteten hügelaufwärts und blieben zwischen dem Feuer und dem Haus. Die Luft war dick und blau und beißend. In einer Viertelstunde waren fast alle Stauden verbrannt.

Plötzlich ertönte ein Schrei aus der Richtung des Hauses. Durch den Rauch über den brennenden Stauden war das Haus kaum sichtbar. Die Männer rannten hinunter. Als sie näher kamen, sahen sie das Haus. Aus einem der oberen Fenster schlug ein dicker, grauer, häßlicher Rauchwirbel.

Willa kam ihnen über den verbrannten Boden entgegengerannt. John blieb stehen, als er mit ihr zusammentraf.

»Ich hörte etwas im Keller!« rief sie. »Ich öffnete die Kellertür in der Küche, und dann stand ich mitten drin. Jetzt ist es überall im ganzen Haus!«

Bert und Jimmie stürmten auf sie zu. »Sind die Schläuche im Wasserhaus?« rief Bert.

John blickte langsam von seinem brennenden Hause weg und sagte erstaunt: »Ich weiß nicht.«

Bert packte ihn am Arm. »Vorwärts! Worauf wollt Ihr noch warten? Wir können noch einiges retten. Wenigstens ein paar Möbel.«

John begann gegen das Haus hinunterzuschlendern.

»Ich glaube, ich will gar nichts retten«, sagte er.

»Ihr seid verrückt!« rief Bert. Er rannte weiter und suchte die Schläuche.

Jetzt züngelten einzelne Flammen durch den Rauch aus dem Fenster. Aus dem Innern des Hauses kam der Lärm eines wilden Feuers; das alte Gebäude kämpfte um sein Leben.

John starrte unverwandt hin. Einer der Knechte lief ihm nach. »Wenn nur dieses Fenster nicht offen wäre, dann wäre noch Hoffnung«, sagte er kläglich. »Es ist so trocken, dieses Haus. Und es zieht wie ein Kamin.«

John setzte sich auf den Sägebock vor dem Holzstall. Willa sah ihn fragend an, dann stand sie schweigend neben ihm. Und im Haus tobte ein wütender Sturm.

Dann geschah etwas sehr Seltsames und sehr Grausames. Die vordere Hausmauer fiel wie eine Bühnenkulisse nach außen, und dort, zwölf Fuß über dem Erdboden, vom Feuer noch unberührt, war das Wohnzimmer. Alle schauten zu, wie die langen Flammen in das Zimmer schossen. Die Lederstühle zitterten und schrumpften in der Hitze zusammen wie lebende Wesen. Das Glas der Bilder klirrte, und die Stahlstiche verbrannten zu schwarzen Fetzen. Sie sahen die schwarze Meerschaumpfeife, die über dem Kaminsims hing. Dann verschluckten die Flammen das Zimmer. Das schwere Schieferdach stürzte ein und zerschmetterte Mauern und Böden unter seinem Gewicht. Das Haus war nur noch eine einzige, riesige, unförmige Wolke von Feuer und Rauch.

Bert war zurückgekommen und stand hilflos neben John. »Es muß dieser Wirbelwind gewesen sein«, erklärte er. »Ein Funke ist in den Keller geraten und in das Steinöl. Jawohl, das Öl ist schuld!«

John blickte auf und lächelte. Es war ein entsetztes, fast blödes Lächeln. »Jawohl, das Öl ist schuld«, sagte er Bert nach.

Das Feuer brannte gut, nachdem nun sein Sieg gewiß war. Es war eine rasch wachsende, hoch in die Luft ragende Wand von Flammen. Es glich in keiner Weise mehr einem Haus. John Whiteside stand auf und streckte die Schultern und seufzte. Einen Augenblick verweilten seine Augen auf einer Stelle im Feuer, fünfzehn Fuß über dem Erdboden, wo sein Wohnzimmer gewesen war. »Da ist nichts mehr zu wollen«, sagte er. »Alles aus! Und ich glaube, ich weiß jetzt, wie einer Seele zumute ist, wenn sie ihren Körper in der Erde verscharrt und für immer verloren sieht. Gehen wir in Ihr Haus, Bert! Ich will Bill anläuten. Wahrscheinlich hat er für uns ein Zimmer.«

»Warum bleibt Ihr nicht bei uns? Wir haben ja Platz genug.«

»Nein, danke; wir gehen zu Bill.« Noch einmal blickte John zurück auf den brennenden Haufen. Willa streckte die Hand aus, wie wenn sie ihren Mann führen wollte, aber bevor sie ihn berührt hatte, zog sie den Arm zurück. John sah die Gebärde und lächelte Willa zu. »Wenn ich nur meine Pfeife hätte retten können«, sagte er.

»Allerdings«, sagte Bert, froh über das Stichwort. »Das war die bestgefärbte Meerschaumpfeife, die ich je gesehen habe. In den Museen haben sie Pfeifen, die kein bißchen besser gefärbt sind. Die Pfeife muß sehr lange geraucht worden sein.«

»Ja«, sagte John, »sehr, sehr lange. Und sie war sehr angenehm zu rauchen.«

XII

Um zwei Uhr nachmittags verließ der Autobus mit den Touristen die Station in Monterey für eine »Siebzig-Meilen-Rundfahrt« um die Halbinsel. Als der große Wagen die Straßen entlang rollte, staunten die Reisenden die prächtigen Häuser sehr reicher Leute an, die ihre oft bizarre Pracht sichtbar allen Augen darboten. Sie fühlten sich etwas gehemmt, als sie so durch die staubigen Wagenfenster hinausguckten, ein wenig schüchtern wie heimliche Lauscher, aber zugleich irgendwie bevorzugt. Der Wagen kroch durch die Stadt Carmel, dann einen Hügel hinauf und hinüber auf die andere Seite, zur braunen Kirche der Carmelo-Mission mit ihrer schiefen Kuppel. Dort hielt der junge Chauffeur am Straßenrand und streckte die Füße auf das Armaturenbrett, derweil sich seine Passagiere durch die alte dunkle Kirche führen ließen.

Als sie auf ihre Sitze zurückkehrten, waren einige der Schranken, die so Reisende um sich legen, gebrochen.

»Haben Sie gehört?« sagte ein wohlhabender Mann. »Der Führer sagte, die Kirche ist wie ein Schiff mit einem Kiel aus Stein tief im Boden verankert. Das ist wegen der Erdbeben — wie ein Schiff im Sturm, nicht wahr? Aber das würde wohl kaum helfen.«

Ein junger Priester mit einem sauberen, rosigen Gesicht und einer neuen Soutane, auf die er sichtlich stolz war, antwortete, zwei Reihen weiter hinten: »Es hat aber schon etwas geholfen. Die Mission hat schon einige Erdbeben überstanden. Trotzdem sie aus Lehm gebaut ist, steht sie immer noch.«

Ein alter Mann — ein alter und gesunder Mann mit lebhaften Augen — unterbrach ihn. »Es geschehen doch seltsame Dinge«, sagte er. »Vor einem Jahr habe ich meine Frau verloren. Wir waren mehr als fünfzehn Jahre verheiratet.« Dann sah er sich lächelnd um und wartete auf eine Antwort, die ihm niemand gab, und vergaß dabei die seltsamen Dinge, die ihm widerfahren waren.

Ein junges Paar, auf der Hochzeitsreise, saß Arm in Arm. Die junge Frau schmiegte sich an ihren Mann. »Frage doch den Chauffeur, wohin wir jetzt fahren!«

Der Bus stieg langsam weiter, das Carmeltal hinauf, an Obstgärten und Artischockenfeldern vorbei und eine rote Klippe entlang, die mit wilden Reben überwachsen war. Der Nachmittag ging langsam zur Neige, und die Sonne sank tiefer gegen das Meer, dort, wo das Tal einmündete. Die Straße trennte sich vom Carmelfluß und kletterte allein weiter, bis sie oben auf dem schmalen Kamm den höchsten Punkt erreicht hatte. Hier steuerte der Chauffeur seinen Wagen scharf gegen den Straßenrand, fuhr rückwärts und vor und wieder zurück, viermal, bis der Wagen in die entgegengesetzte Richtung wies. Dann stellte er den Motor ab und wandte sich an seine Passagiere. »Weiter fahren wir nicht. Aber bevor wir zurückkehren, strecke ich jeweils gern ein wenig die Beine. Vielleicht wünscht der eine oder andere auszusteigen und ein paar Schritte zu gehen.«

Sie erhoben sich von ihren Sitzen, etwas steif und froh, daß sie sich strecken konnten, und dann standen sie am Rande des Abhangs und blickten in das »Tal des Himmels« hinunter. Die Luft war wie ein goldener Schleier im Licht der letzten Sonnenstrahlen. Das Land unter ihnen war in Vierecke von grünen Obstgärten und gelben Kornfeldern und violetter Erde unterteilt. Von den stattlichen Bauernhäusern in den hübschen Gärten stieg der Rauch der Abendfeuer senkrecht gegen den Himmel, bis er vom Bergwind weggewischt wurde. Kuhglocken läuteten leise, und ein Hund bellte, so weit, weit weg, daß das Bellen nur wie ein scharfes kleines Flüstern an die Ohren der Reisenden drang. Unterhalb des Grates, unter einer riesigen Eiche, hatte eine Schafherde Zuflucht für die Nacht gefunden. »Es heißt das ›Tal des Himmels‹«, erklärte der junge Chauffeur. »Sie pflanzen feines Gemüse dort unten und gute Beeren und Früchte und sie werden viel früher reif als anderswo.«

Die Passagiere sahen fasziniert ins Tal.

Der wohlhabende Mann räusperte sich. Seine Stimme hatte einen prophetischen Ton. »Das sage ich euch: eines Tages wird es auch in diesem Tal große Häuser geben, Häuser aus Stein, mit Gärten und Golfplätzen und großen Toren und Gittern. Reiche Leute werden darin wohnen, Männer, die ihr Glück gemacht haben und des Arbeitens in der Stadt müde geworden sind und sich nach einem stillen Plätzchen sehnen, wo sie sich einnisten und ausruhen und etwas ergötzen können. Wenn ich das Geld hätte, würde ich das ganze Tal kaufen. Dann würde ich es behalten und eines Tages mit viel Gewinn verkaufen.« Er machte eine Pause und fuhr mit der Hand durch die Luft, gleichsam über das Tal. »Jawohl, und bei Gott, ich würde selber dort unten wohnen.«

Seine Frau sagte: »Scht!« Er blickte schuldbewußt um sich und sah beruhigt, daß ihm niemand zugehört hatte, weil sie alle zu ergriffen waren.

Der purpurne Schatten des Hügels kroch gegen die Mitte des Tales; irgendwo weit unten kreischte ein Schwein. Der junge Gatte hob die Augen und lächelte etwas tadelnd zurück. »Fast hätte ich mich vergessen«, hatte sein Lächeln bedeutet, »fast hätte ich gewagt, auch daran zu denken. Es wäre zu schön ... aber natürlich, das geht ja nicht.«

Und ihr Lächeln hatte geantwortet: »Nein, natürlich nicht. Denk doch an den Ehrgeiz und was unsere Freunde von uns erwarten! Und an den Namen, den du dir erst machen mußt, damit ich stolz auf dich sein kann. Man darf nicht vor der Verantwortung davonrennen und sich in einem solchen Ort vergraben. Aber schön wäre es.« Und beider Lächeln wurde sanfter und verweilte eines in des anderen Augen.

Der junge Priester schlenderte ein paar Schritte abseits von den anderen. Er flüsterte ein Gebet, als ob er das Tal vor den drohenden Änderungen bewahren wollte, aber die Gewohnheit hatte ihn gelehrt, beim Beten etwas anderes zu denken.

»Man könnte ein kleines Kirchlein bauen«, dachte er. »Armut und üble Gerüche und Sorgen, das gäbe es nicht dort unten. Meine Leute könnten mir kleine, gesunde Sünden beichten, die mit der Sühne von einigen ›Gegrüßet seist du, Maria‹ hinweggenommen werden. Es wäre friedlich dort unten; es gäbe nichts Schmutziges, nichts Grausames, dessen ich mich schämen müßte. Ich müßte nie zweifeln und nie bereuen. Die Leute in jenen Häusern würden mich lieben. Sie würden mich Vater nennen, und ich wäre gerecht mit ihnen, wenn Gerechtigkeit angebracht ist.« Er runzelte die Stirn und verwarf den Gedanken. »Ich bin kein guter Priester. Ich werde mich bessern; ich werde mich mit den armen Leuten, mit ihrem Gestank und ihren Sorgen züchtigen. Ich darf mich Gottes Tragödien nicht entziehen.« Und er dachte: »Vielleicht aber wartet meiner ein solches Tal, wenn ich dereinst gestorben bin.«

Der alte Mann mit den lebhaften Augen starrte ins Tal, und in seinen tauben Ohren rauschte die Stille des Abends wie ein leichter Wind, der durch eine Zypresse weht. Die entfernteren Hügel sah er nur verschwommen, aber das goldene Licht und die purpurnen Schatten konnte er unterscheiden. Sein Atem kam stockend, und Tränen traten ihm in die Augen. Hilflos schlug er mit den Händen gegen seine Hüften. »Ich habe nie Zeit gehabt, um zu überlegen. Immer haben mich Sorgen beschäftigt, und nie war Zeit genug, um über etwas nachzudenken. Wenn ich dort hinunterziehen könnte; wenn ich dort leben dürfte, nur ein Weilchen ... ich würde über alle Dinge nachdenken, die sich in meinem Leben ereignet haben, und vielleicht könnte ich sie reimen, sie zu Ende denken, könnte ich etwas mit ihnen anfangen, sie zusammenfügen zu einem Ganzen, das einen Sinn hat ... So ist alles nichts, alles lose Enden, alles unfertige, herabhängende Fetzen. Dort unten würde mich nichts stören, und ich könnte nachdenken.«

Der Chauffeur warf die Zigarette auf die Straße und zertrat sie mit dem Schuh. »Einsteigen, meine Herrschaften!« rief er. »Wir müssen weiter.« Er half ihnen in den Wagen und schlug die Türen hinter ihnen zu; aber sie preßten sich an die Fenster und schauten hinunter in das »Tal des Himmels«, wo die Luft blau geworden war wie ein See und wo die Felder und Höfe langsam in der Stille ausgelöscht wurden.

»Wißt ihr«, sagte der Chauffeur mit einem knabenhaften Lächeln, »ich denke jedesmal, es wäre eigentlich schön, wenn man dort unten ein Häuschen hätte. Man könnte sich eine Kuh und ein paar Schweine und einen Hund oder zwei leisten. Man könnte von einer kleinen Farm ganz gut leben.« Er trat auf den Anlasser, und einen Augenblick lang brüllte der Motor, dann drosselte er ihn. »Ihr werdet vielleicht lachen über mich, wenn ich es sage, aber jedesmal freue ich mich, dort hinunterzusehen und mir dabei auszumalen, wie still und zufrieden man auf einem kleinen Stück Land zu leben vermag.«

Langsam setzte sich der große Wagen wieder in Bewegung. Der junge Chauffeur steuerte ihn behende den Abhang hinunter durch das langgezogene Carmeltal und der Sonne entgegen, die an der Mündung des Tales im Meer unterging.

Bitte beachten Sie
die folgenden Seiten:

John Steinbeck

Der rote Pony

und andere Erzählungen

Ullstein Buch 205

Eine reiche Fülle tief eindrucksvoller Gestalten quillt aus diesem Buch. Man wird am besten zunächst die Titelerzählung lesen, die als eindrucksstarke Dichtung über Tiere, Landschaft und nicht alltägliche Menschen viel von der Eigenart dieses Erzählers verrät. Steinbeck liebt das Ereignis und die Begebenheiten selbst und ist darin typischer Vertreter der modernen amerikanischen Literatur. Auch die übrigen Erzählungen erweisen ihn als weltzugewandten, anschaulichen und packenden Erzähler.

ein Ullstein Buch

John Steinbeck

Von Mäusen und Menschen

Ullstein Buch 2693

»Dies ist die Geschichte zweier Landstreicher, die balladenhaft ergreifende Geschichte der Lebensgemeinschaft zwischen einem baumstarken Schwachsinnigen, dessen kindliches Gemüt alles Weiche liebt und in seiner Riesenfaust erdrückt, und dem Freund und Beschützer, der verzweifelt gegen das Verhängnis sich anstemmt und es doch nicht abwehren kann. Es ist eine Geschichte, die in ihrer absichtslosen schönen Verlorenheit die Unausdeutbarkeit aller großen Dichtung erreichte, ein Meisterwerk amerikanischer Erzählungskunst und vielleicht der beste und eigentümlichste Beitrag Amerikas zum englischen Schrifttum unserer Tage.«

Neue Zürcher Zeitung

ein Ullstein Buch

Vincent Brome

Vanessa

Ullstein Buch 2851

Die Lebensgeschichte einer Chirurgin konfrontiert den Leser mit dem Problem der modernen Frau im Zwiespalt zwischen beruflicher und privater Erfüllung. Mit Ehrgeiz und Begabung erreicht Vanessa als Chirurgin alles, was sie sich erträumt. Doch wie soll sie nach kräftezehrenden Stunden im Operationssaal sich noch dem Mann widmen, der sie liebt, und den Kindern, die sie brauchen?

ein Ullstein Buch

Friedrich Dürrenmatt

Grieche sucht Griechin

Ullstein Buch 199

Weil er wohl selber das betrübliche Schicksal als unbillig empfand, das den armen Unterbuchhalter Arnolph Archilochos seiner gesuchten Griechin, kaum daß er sie gefunden, wieder verlustig gehen ließ, hat der sonst so unbarmherzige Zeitdiagnostiker Dürrenmatt dieser hinreißenden Prosakomödie ein versöhnliches Ende angehängt.

ein Ullstein Buch

William S. Burroughs The Naked Lunch

Ullstein Buch 2843

»Das Kriterium der Pornographie ist, daß sie die sogenannten normalen Menschen zur Wollust aufreizen muß. Die Anschuldigung, Naked Lunch sei Pornographie, ist Unsinn und als solcher erkannt worden. Denn der einzige Effekt, den dieses Buch auf irgend jemand haben wird, ist der, dem Sex abzuschwören.« Newsweek

»Ein Buch voller Schönheit, großer Schwierigkeit und exquisiter Einsicht.« Norman Mailer

ein Ullstein Buch

Otto Friedrich Bollnow

Wesen und Wandel der Tugenden

Ullstein Buch 35130

In den Prägungen der Tugenden und ihrer Gegenspieler, der Laster, spricht sich am tiefsten aus, was eine Zeit am Menschen als groß und was sie als verächtlich empfindet. Aber es scheint, als ob keine Zeit die großen Tugenden der Vergangenheit rein zu bewahren vermag, und der besorgte Moralist sieht im Verblassen der alten Tugenden allgemeinen Verfall der Sitten. Der bekannte Tübinger Philosoph versucht in der behutsamen Analyse der Tugenden – des Fleißes, der Bescheidenheit, der Besonnenheit und Gelassenheit, der Wahrhaftigkeit und Treue, der Gerechtigkeit u. a. – die verborgenen Grundlagen des sittlichen Lebens ans Licht zu heben und einen neuen Einblick in das unergründliche Wesen des Menschen zu finden.

Ullstein Materialien

Christine Brückner

Ehe die Spuren verwehen
Ullstein Buch 436

Ein Frühling im Tessin
Ullstein Buch 557

Die Zeit danach
Ullstein Buch 2631

Letztes Jahr auf Ischia
Ullstein Buch 2734

Die Zeit der Leoniden (Der Kokon)
Ullstein Buch 2887

Wie Sommer und Winter
Ullstein Buch 3010

ein Ullstein Buch

Das glückliche Buch der a. p.
Ullstein Buch 3070

Die Mädchen aus meiner Klasse
Ullstein Buch 3156

Überlebensgeschichten
Ullstein Buch 3461

Jauche und Levkojen
Ullstein Buch 20077

Nirgendwo ist Poenichen
Ullstein Buch 20181

Kassette mit fünf Romanen
Ullstein Buch 20078

Das eine sein, das andere lieben
Ullstein Buch 20379

Mein schwarzes Sofa
Ullstein Buch 20500